阳光路过了人间

中国行吟诗歌精选

李 立/主 编

汤红辉/副主编

天津出版传媒集团

百花文艺出版社

图书在版编目（CIP）数据

阳光路过了人间 : 中国行吟诗歌精选 / 李立主编 ;
汤红辉副主编. -- 天津 : 百花文艺出版社，2023.8
ISBN 978-7-5306-8618-8

Ⅰ．①阳… Ⅱ．①李… ②汤… Ⅲ．①诗集－中国－
当代 Ⅳ．① I227

中国国家版本馆 CIP 数据核字（2023）第 120995 号

阳光路过了人间：中国行吟诗歌精选

YANGGUANG LUGUO LE RENJIAN:ZHONGGUO XINGYIN SHIGE JING XUAN

李立 主编 汤红辉 副主编

出 版 人:薛印胜

责任编辑:赵世鑫

装帧设计:鸿儒文轩

出版发行:百花文艺出版社

地址:天津市和平区西康路 35 号 **邮编**:300051

电话传真:+86-22-23332651（发行部）

+86-22-23332656（总编室）

+86-22-23332478（邮购部）

网址:http://www.baihuawenyi.com

印刷:三河市华东印刷有限公司

开本:640 毫米×960 毫米 1/16

字数:485 千字

印张:38.5

版次:2023 年 8 月第 1 版

印次:2023 年 8 月第 1 次印刷

定价:98.00 元

如有印装质量问题，请与三河市华东印刷有限公司联系调换
地址：三河市燕郊冶金路口南马起乏村西
电话：19931677990 邮编：065201

《阳光路过了人间》编辑委员会

主　　编：李　立

副 主 编：汤红辉

编　　委：(按姓名音序排列)

北　塔　姜念光　李　立　刘起伦

汤红辉　杨碧薇　远　人

行而吟，风光无限在远方（序）

李 立

读万卷书不如行万里路。路有千万条，各有各的宽窄长短，各有各的平坦坎坷，各有各的气韵风范，各有各的荆棘繁花，各有各的痴情拥趸，各有各的天作归宿。

随着季节的更迭交替，路的心境也随之变幻，冬去春来，兴衰枯荣，岁月苍茫，梦呓不绝。

丰富多彩的因缘，成就了路的高深渊博。

诗歌的因子因此而腾空漫舞。

行，不一定是诗，却可分娩诗。能吟的诗，不仅是行吟诗。

风无处不在，只有流动了，才叫风。

大千世界，烟火人间，历久弥新的日月星辰，目之所及，诗意比比皆是，只有诗人将之挖掘、提炼、熔化、锻打、淬火、吟诵出来，才叫诗。

呐喊、呻吟、抽泣、嬉笑、追逐、情爱、春种秋收的生产活动，大自然的鬼斧神工、虫鸟舞蹈、电闪雷鸣，只要被诗人的灵感捕捉到，并赋予其灵动、灵气、灵性、灵魂，行吟诗歌便脱茧成蝶。

给心灵插上绚烂翅膀，使其欣然遥赴远方信约，在脚步无法到达的尽头蹁跹，万千姿态妖娆妩媚，抑或音色铿锵激昂，低吟浅唱间灿如星星闪烁的文字，光芒四射，照亮和温暖寂寥的长亭雨巷。

行是情怀，吟是才华。行吟是匠心独运、热忱赤诚，于天地万

1

物之间采摘精华，雕琢成字字珠玑、睿智夺目的诗行。

只有站在高处的雪，如珠穆朗玛峰上的白色精灵，才能始终保持冰清玉洁、晶莹剔透。高处不胜寒，孤独和寂寞是雪的良师益友。

把雕琢文字视作生命的不懈追求，并为之挑灯夜战、奋斗不息、孜孜以求，方可书写出惊天地泣鬼神的旷世之作，这才是真诗人该有的崇高追求和态度。焚香沐浴，诚挚以待，善良和痛苦是诗人的笔与墨。

"语不惊人死不休"，这是诗人杜甫的态度，成就了草堂主人的苦难和幸运，亦是他传世不朽的千古谜底。血肉成灰，诗魂长存。

只有能抵达良知本真的人，才能抵达诗歌的远方。

水，无所不能。在汪洋大海可以汹涌澎湃，在大江大河可以欢歌，在水库湖泊可以妩媚多姿，即便是在高山峡谷处一个小小的坑洼里，内心也照样可以装下整个浩瀚的碧空。

行吟诗，确实神通广大。可以上天入地，可以博古通今，可以高亢激昂，可以喁喁私语，可以厉声痛斥，可以甜言蜜语，可以指点江山，可以吟诵烹饪，可以抽薹开花，可以枯萎凋零，可以披星戴月，可以苍茫辽阔，可以……

于不同的时间和地点，构筑起不一样的绚丽华章。

江山草木，流云走沙，天地腹语只要和诗人的灵魂结合在一起，行吟诗就有了生命。

戴着镣铐的脚步，套上枷锁的思想，所行所吟只会局限于方寸之间，犹如井底之蛙，无缘领略海阔天空的高远，了无风起云涌的境界，绝无行云流水的格局。欠缺鹰的高度、眸光、翅膀和雄心，满眼就只有麻雀的世界。

诗境任由飞，诗意凭雕饰。诗路漫漫，自由求索。

行而吟，风光无限在远方。

2022 年 8 月 8 日于深圳

目　录

高峰·2022

20

悸动·2022

压轴诗群·浙诗小酒群作品大展

年度头条诗人·海男的诗

手工记：神秘主义者的乐园（创作谈）

海　男

可以舍下整个自我，乃至迎着词语的断裂带陪同我的那双翅膀。天空承受着巨大的浩瀚，人温习着自己的卑微和虔诚——以此更深地在水中洗干净羽毛，或者更深邃地在时间中消失自我。只有消失了自我的人生，另一个生命体才能诞生。

所有东西都需要等待，所有时间也都需要等待，所有微弱的星际密码都需要等待，尽管地球人已经太疲惫。我们仍然需要等待，而且我们已经学会了等待。等待已经是一种生命的需求，只有在等待中被等待的事物以及被你所唤醒的时间，会为你的等待而来。

总有一个地方招魂于我，在云端之下的、接近万物生长的地方，终有一天，我在此生活，度过余生。夜夜夜，艰难时世，唯有幻梦让我在雨中漫步，感受到心跳加速，活着，是一件事。善待生命，就能找到爱的居所。

苦难具有强大的力量，改变我们的善恶习性，让人，这个大千世界的生命体猛然醒悟，转过身来感受我们与世界的关系，哪怕走到尽头，我们也能从泥浆中感受到爱。爱，是这个世界最永恒的良心和智慧。

忧心，忧国，忧水，忧词，忧情，忧身，忧灵，忧境，忧命，忧魂……这一切都是我们必经的生命旅途。人间就是一部万灵录，我们的时代，身置的背景无处不是逃亡，这是现代文明历程中的新战役。相比硝烟战火，子弹在头上飞，众生不得不沦陷于又一场新人类的肉身灵魂的逃亡或战役。每个人都在接受考验，书写之语同样在逃亡，接受新的蜕变和创造。

静悄悄的个人史，有时候非常动人，你听不到任何声音，就已经过去了；有时候需要在无数的力量中，才能验证出你到底有多少耐心。人，永远是荒谬的，哪怕制造出多少扭转时间的速度；人，永远生活在时间中，被时光所困。语言或音乐，满足了我们深陷时间中的某些幻想，仅此而已，人将往何处去，永远是一个虚无！

我的《碧色寨之恋》的写作发生在多年以前。碧色寨站，这座滇越铁路上的特级火车站，曾是蔡锷将军从越南海防秘密进入云南的通道，曾是二战时期护送抗战物质的通道，也曾是西南联大精英教授们进入云南的通道………

如今，碧色寨寂静着，如同它的历史。尽管如此，碧色寨的故事仍向前延伸，仍有新的守望碧色寨的人们，驻守此地。《碧色寨之恋》入驻碧色寨的人文艺术梵间酒店客房，希望更多的寻找碧色寨历史的人，能热爱上这条历经沧桑的铁路。希望未来我的新长篇《守望碧色寨》能叙述新的故事。

早点休息，尤其是美丽的女性们，熬夜是对自己身心的不负责；熬夜，使其黑暗更漫长，增加了岁月的负荷。我抵制流行和熬夜，唯有文字，写下的文字更永恒。我同时也抵制睡懒觉，在鸟儿欢鸣前醒来，等待我的将是一天中最沉迷的事情。

整个时代都在变，语系都漂泊不定，有些人长成了树，随树脂树篱而根深蒂固——但依然意味着凋零。有些人随波逐流而在汪洋中潜行。有些人变成了家犬，以动物的忠诚守候主人和家门，看主人的眼神行事……世间万物生长，按照因与果的力量显示命运的终曲。

整个时代在变，语言体系在日新月异中降临。

晚安，我们总是在自身的世界消失自己，迷失自我，又找回明天的自我。而我总是喜欢灯笼，哪怕是在晴朗的白昼，看见灯笼，就好像看见了黑夜。

语词本身的美，消失在语言深处，或者与我们相互隔离。词语，也会散发出原罪痛苦者的滋味，每一个词都像在出生后成长，不得不浸染着时间之色，不得不寻找自己的未来，而写作者的每一种幻觉，每一种生死之忧，每一种命运的起伏不定……好吧，这眼前的盛夏，我们都在生长！

海男的诗

阳光路过了人间————中国行吟诗歌精选

诗人档案 | **海男**：作家、诗人、画家。著有长篇小说集、散文集、诗歌集九十多部。曾获刘丽安诗歌奖、中国新时期十大女诗人殊荣奖、中国女性文学奖、扬子江诗歌奖、中国诗歌网十大诗集奖、第六届鲁迅文学奖（诗歌奖）等。

在云端深处牧羊或纺织

我们住在高高的云层下面，风阻隔掠过幕帐
文明是一件衣服穿在身体上让我们习礼慈航
遗忘，加剧了列车的速度与激情的碰撞
历史已经在人类睡觉时在孤独的石头上留下
铭文。我自认为走过许多地方，这只是想象力
驱动我的视觉而已。在云端深处牧羊或纺织
这现实并非虚拟，我无数次往返并走到云梯
穿过的鞋子总有刺棵，我曾坐在云层的歇身处
伸手去摘下衣服和鞋面上那些柔软坚韧的刺
有时候手指头渗出的血有腥味，被天空中的兀鹫嗅见
就盘旋在我头顶，我只能站起来往前走才能避开
那只饥饿或勇猛的兀鹫。生存和死亡需要智慧

我往上走，已在海拔高度中突破了云的阶梯

牧羊人和纺织娘都在最高的云图中生儿育女

夜啊，如果我们沦为你会唱歌的夜莺

靠近我。是一种顺从于灯光漫曳过来的声音
但我觉得在人世间，蝉的叫声是最惊魂的秘境
如果拉开抽屉，会看见父母的旧相册以光的速度
被手拂开时，恰好相反，我们在不同的地点
沉迷于黑暗，将眼皮下的人影树身融为一体
是的，如果我唱歌，你听见的只是蝉的叫声
我们以性命相互联系，哪怕黑暗骑士并未到达
没有马蹄声传来的夜晚就失去了古老的前夜

就失去了用手心焐热的石头碰撞的火花
夜啊，如果我们沦为你会唱歌的夜莺
如果我们彼此相爱又能走出空中钢绳的芭蕾舞步
在抽屉里，那些迁移的旧照片如同瓦屋中的青苔

年年生亦年年灭寂如同多年以前我们的祖先们
无踪无痕，却突然间让死去的梅花又生了新枝

忧愁的云雀啊多像我用乐器演奏着春光

我总是要找到一个词语，有时为了一个词
我的迷途多么荒谬。晒衣绳上每天都有羽毛的

痕迹，我的内衣永远是红色，我的裙子
永远是曳地的。沉迷蓝牙白，我开始关注
并恳请让我寻找到一条更古老河流的源头
忧愁的云雀啊，多像我用乐器演奏着春光的斑斓
它来到了被褥后，我起床了，洗过了疲惫的锁骨
再用水龙头洗着我的生命，肋骨的柔软啊
如故园仍然在寒瑟中旋转出梅花的潜意识
散架的牛车上爬山藤环绕并陪伴逝去的速度
站在潮湿花园的我手里握着铁铲想松开底部

如果来到手里的物件都成为我的乐器
用乐器演奏时代的暗伤是我的另一个梦想

一个深渊中荡漾着语言的秘密花园

生活就是浮力下观察四周从墙面传来的声音
响应着身前身后的人们漫不经心的召唤
如果冷了就将柴火架在三脚架下生炉火
如果热了就走到树荫下找一块石头坐下说话
一个深渊中荡漾着语言的秘密花园并敞开栏杆
如果我们相爱就走到栏杆外面去散步
一个时代必须寻找到语言的深渊从黑暗走到天亮
就像著名的女祭司披着蓝袍在山冈送走了
死者又返回了黄色油菜花飘出香气的田垄
死亡只是意味着重生。孩子们早就跑进了花海
语言在孩子们的头顶绕着香气云层流浪漂泊

我绕着语言在深渊中被云层托起了身体

一个深渊中回响着草帽被飞鸟和蝉碰撞的低音
你就是神奇就是替我讲述语言故事的灵魂使者

在梦中我酿出了琼浆玉液

我感觉到马车在门口等我，披上外套
带简约的行李，就足够一场梦中的出游
马车夫依倚着马背，那匹枣红色马儿
是来帮我践行梦想的。带上钥匙链接烟雾弥漫
还要不要带上电筒马灯？马车载我去的地方
离开了电线杆，离开了药店百货铺
马车带我去的地方要经受得住春天的诱惑
鸢尾花早在那座古战场的山坡覆盖了硝烟尘土
熔炼青铜器的先祖们像鱼儿游在深渊不再醒来
马车夫吸完了烟锅中的烟叶时，我走出了家门
天高云淡，呼吸到马车存在于未来中的梦境
那匹枣红色马儿的味道，马车夫烟锅的味道

我醉了，在梦中我好像抱着一只酒坛
我好像在梦中酿出了粮食酒的琼浆玉液

虚论时空

只有在时间中时间存在着，无论谈论任何事务
都在拥有和失去中擦干净云的灰烬才能有彼此
往昔和现在的对比就像年轻人和老年人的时光
年轻时的每一天噪音都很大，呼唤着舞台聚光灯
哪怕是做配角也充满了响亮的金属质性像锋芒
渐入老年的人们啊，又像回到了幼年的天真无邪
往昔像一只布口袋装满了舍不得放下的旧物质
我在一只过时的闹钟中想找回唤我醒来的铃声
我在此刻透过麦芽酿酒的窖藏看见了春光美
时间在我身体中静悄悄地燃烧，转化为乌有的风
骑马的勇士曾在我身体下的山冈带着热血征伐
色空总能驾驭灵魂，让多少人放弃了肉身的腐朽

透明的热气球后又有了乘着月球的速度
我的故乡啊人们正忙着春耕忘却了翅膀上的云

播种的农妇和她的美学概念

春天，我们将忘记忧愁和阴郁的句子
活着，就是美感、荣辱、平庸和隐忍的艺术
穿过在冬日中荒废过的四野，想找到冲动的
河流。枯萎是一种急需泉水沁入的现状

播种的农妇站在河右岸的山地，像一个红色的
圆圈。她的土地是红色的，她的衣装是红色的
她的手推车上的谷物远看也是红色的
这红色像火焰持久地绵延到天边尽头的村庄
她从红色中跑出来去迎接那条永不枯竭的河流
她推着红色的手推车像一个红色的球往上飘动
边走边往上看一个农妇的山地和她红色的圆圈
播种的农妇和她的美学概念融入了一条河流

从红色中将幻变出绿色意识流的农妇开始播种
我往山尖那边看去有青黛色的飘带独自地巡游

我的原乡就像一盆火

盗用一卷古地图在想象中驰骋，灯芯挑亮
飞蛾扑火，火焰像手心中的太阳，画布上升起的
是我的太阳。从一卷古地图册中去寻找住所
我的原乡就像外婆的青春期，就像她新婚的衣服
我的原乡就像我的红头绳，就像我用脚
荡起的羽毛毽。当它落地时，外星人在哪里
我的原乡就像一盆火，就像我的爱情
一卷古地图中有众兽的孤独和终老的黄昏
就像黑暗的象征。我想起了谁？在这漫长的尺度
所跨越的海湾，我只有一小块内陆地的尘埃
我只有你还有我自己。荷叶中有露水
就像当我饥饿时，转向母亲，张开了小嘴

盗用一卷古地图，让更多饥饿的小嘴张开
寻找这肉身下的腹地，寻找外婆婚庆的乐队

域外·2022

主持人
北 塔

（按姓名音序排列）

阿诺阿布 龚 璇 胡 弦 李 立

梁 平 梁晓明 刘 剑 梅 尔

王桂林 伊 甸 赵剑华

中国域外诗写作正在迎来第三次高潮

北 塔

纵观中国诗歌史上的域外写作，曾经有过两次高潮：盛唐和晚清。晚清胜过盛唐。我相信，最终当代中国的域外诗写作成就将比肩甚至有可能超过晚清。理由如下：

（1）当代出国诗人、出访国家、域外诗（行数，而非不具备可比性的首数）三个数量指标都正在或者即将超过晚清。晚清出外最多的诗人足迹抵达不过十余国，而当代有些诗人（比如我本人）已经涉足几十国。

（2）就诗歌的情感基调而言，如果说东汉蔡文姬那时的域外诗的基本情调是悲怆，盛唐域外诗的基调是悲壮，晚清的是悲喜交加，那么，当前的基调是不悲不喜。中国传统的诗歌（包括晚清的域外诗）往往有抒情中心主义倾向，而现代诗突破了这种模式，变为以感想为主。所谓感想，是带着感情去思想，感情还在，甚至可以依然浓烈，但已经不占主导地位，在字里行间所表达的主导性主观因素是思想。"悲喜交加"还是感情主导或者说被感情主导，"不悲不喜"则超越了感情的主控，变成以思想控驭感情。

（3）就诗歌中的思想而言。盛唐域外诗以气势取胜，其中的思想比较单薄。晚清域外诗中有了一些观念，但由于受到传统儒家正统观念和华夷有别观念的严重影响，许多诗人要么崇洋媚外，要么对外界的新鲜事物左看不惯、右看不顺。他们中有个别人开始接触并拥抱自由平等的西方现代观念，但很难把这种平等意识用到中外交流中去，即很难用平等的眼光看待中西文化，很难让两种文化展开平等的对话。而当代诗人做到了，我们能平视外国诗歌，深入而从容地与外国诗人进行对话。最重要的是，当代中国经常出国的诗人已经抛弃了崇洋媚外或贬抑夷狄的陈腐观念，不卑不亢地与外国同行进行平等对话，从而能从容地与外国同行商讨各类诗学内部话题。我们更能借鉴他们的思维方式，化用他们的思想成果。因此，当代域外诗所表现的思想更丰富、更深刻、更多元。

（4）就诗学而言，在鸦片战争十多年后，即19世纪50年代，西方即开始现代主义诗学探索和实验。尽管在19世纪80年代或迟至19世纪90年代，黄遵宪等人已经长期在欧洲，而且担任参赞那样的高级外交官，但他们毕竟是在官场，而非文化界，所以对于文化先锋是隔膜、疏离的。因此，他们与西方当时先进的诗歌潮流是脱离的，并没有建立什么有效联系，并没有形成互动，并没有推动中国诗歌的现代化。黄遵宪等晚清诗人的诗学观念号称革命，但其实还在旧诗的观念范畴里打转，只是堆砌、玩弄一些新名词，涉猎一些新现象，或者加入点口语化的表达法，并没有实质性的诗学现代化主张和举措。当代中国诗人已经基本上与世界上的任何诗歌潮流同步，他们广泛地与外国同行交流，谦虚而比较充分地了解同行的所思所想以及所拿手的诗歌技艺。

关于前两次域外诗写作高潮，已经有出版结集、总结研究，成果累累。关于第三次高潮呢，可能是因为正在发生，方兴未艾，所以，至今几乎无人问津。我们世界诗人大会中国办事处致力于中外诗歌实质性交流和研究，理应承担起这一历史性责任，率先系统全面地研究、整理、出版当代中国诗人的域外写作优良成果。

本栏目专门推出中国当代域外诗作品，即是这种学术努力的一部分。

阿诺阿布的诗

诗人档案 阿诺阿布：彝族，诗人、作家。著有诗集、小说、剧本多部。受邀在以色列、秘鲁、俄罗斯、德国、捷克、瑞典、挪威、西班牙、印度等二十多个国家进行文化交流。曾获伊比利亚半岛国际诗歌奖、黎巴嫩国际文学奖等。

在普希金故居

高脚杯涌起的江湖
那是诗歌无法抵达的地方
当阿尔巴特大街的门铃响起
整个莫斯科心惊肉跳

俄罗斯最忧郁的眼睛
看不到一片完整的阳光
皇村之子，他的右手空着
他只用一只手握剑

一个时代就这样被羞辱
在他之前，荣誉一直缺席
一个时代就这样被终结
在他之后，爱情大多不值一提

直到将近过了两百年
我来到莫斯科
那滴最要命的眼泪
才从她的脸上悄然落下

致阿赫玛托娃

很少有人将土豆掰成两半
除了阿赫玛托娃
除了成为荡妇的阿赫玛托娃
很少有人在漏雨的屋檐下
对不存在的祖国一再原谅
除了阿赫玛托娃
除了成为荡妇的阿赫玛托娃
彼得堡，听我再重复一次
除了阿赫玛托娃
除了成为荡妇的阿赫玛托娃
彼得堡，没有谁能阻止
你将被一次次命名
直到不再忘记谁是你真正的主人

很少有人敢咒骂昏昏欲睡的众神
除了阿赫玛托娃
除了作为月亮的阿赫玛托娃
很少有人在俄罗斯最不要脸的年代

在黑夜中抽打人类的绝望

除了阿赫玛托娃

除了作为月亮的阿赫玛托娃

彼得堡，听我再重复一次

除了阿赫玛托娃

除了作为月亮的阿赫玛托娃

彼得堡，没有谁能否定

你将因此永垂不朽

如果不再有人在俄罗斯大地上流亡

自由大道

比鸽子快，比强盗慢的自由

认起真来，也就值一杯酒

从祖母那一代就开始的假设

一个比一个绝望

在《圣经》中，它是启示录

生或死，取决于铁遇见火的态度

在今天，它是面包

新闻说，是王，就会有发疯的时候

男和女都没有拴裤带

但这并不妨碍全世界衣冠楚楚

由尸骨堆积而成的文明

我们晚上陪它睡觉

白天抬着它到处展览

正如此时，在里斯本
我空空的双手摆弄空空的酒杯
那么几个人，狼狈之间
就把我们耍得一无是处
正如此时，在里斯本
我走在以自由命名的大街上
却一点自由的意思都没有

龚璇的诗

诗人档案 | **龚璇：**中国作家协会会员。在《诗刊》《中国作家》《十月》《上海文学》等报纸杂志发表作品六百余篇。出版诗集《或远，或近》《江南》《灵魂犹在》等七部，曾获世界诗人大会（印度）中文诗歌创作一等奖、郭小川诗歌奖等。

斯特林堡最后的半张纸

我的笔，就是我的武器

——斯特林堡

还有什么没有写完的呢？半张
淡黄色的便签纸上
工整的、歪斜的、潦草的字迹
她的名字，银行的电话号码
甚至租车行、鲜花店、杂货铺
以及药房的琐碎事
棺材的图案和葬礼的安排
一切就绪。空白处，搁置的笔
忧郁的底色，无能为力

这一天，斯德哥尔摩的雪

被夜空浸黑，街道上

玫瑰花的暖意，在烛火里

共同叹息，熬过通宵的灵魂

赤裸着，为谁挣扎

多么美的地方，你想以老去的生活

再一次站稳脚跟，用隐形的月光

触动神经，簇拥慈悲的草木

俯瞰雏菊，热泪盈眶

谁，能读懂你的孤僻

从不点亮的那盏红色台灯

此刻，仿佛自焚的火焰

燃烧一出未完成的梦剧

以爱的种子，投掷宽敞的路丛

憧憬前世的绿荫，庇护今生的门庭

比如我，踯躅你的书房

坚定地捏紧蓝黑相间的笔，任性地续写

斯德哥尔摩的传奇

你不曾死亡，半张纸上

没有停留的站名，下一站，还没抵达

美人鱼的忧伤

谁，突然侧身，背对厄勒海峡

企图掩饰爱的热烈
礁石边，凄婉的潮水
唱着心酸的情歌，一波又一波

视线之外，白色海鸥飞过
裂开的梦幻，拢不住天空下的童话
大庭广众之下，忧伤的美人鱼
想起离奇的身世。谁，难以靠近？

我想做你一世的爱人
却被嫉妒的欲念，伤害着每一次
亲密的接触。惊恐的眼神中
断送着秋波，谁，屈从卑微的静默？

我，丢失了收获的利器
在警觉的阳光里，孤独暗涌
一个牵狗的女人走过
谁，看到了遗漏的某些细节

因为承诺，我相信
海的一部分，将穿透罕至的心脏
呼应美妙的疯狂。那么，为你准备
怎样的礼物，才能分享从容的时光？

杰弗斯的石屋与鹰塔

卡梅尔海湾，寂静的荒野
与涌涛的喧嚣，把内心寄居的感觉
织成惶恐的网。鸟飞雾起
我，看不到石屋的侧影
看不到鹰塔的踪迹
所谓世界的尽头
就是海的一边，峭壁的冷峻
使石头只能爱上石头

吴哥窟的弃石，长城的砖
亚瑟王古堡海滩的鹅卵石
图尔巴列利塔的碎石
瓷片、陨块，与墓园的残碑
坚如磐石。空隙间
生长的某种意念
守着灵魂的堡垒，从前的时光
早已耗尽思想的触角

苏格兰民谣，斯坦威钢琴
老照片与旧地图，雪莱墓前的枯叶
楔形文字的巴比伦砖
以及古老的玩偶，可以为一个女人
固守神谕的光阴，但诗歌的刻度

连成的一片命纹，又怎能喻示未来的梦想

石屋，不会推算过路的节令
海狮吼叫着，极具质感的声音
也湮没浪涛之中
向前，就有海岸的风景
桉树、翠柏、蒙特雷松
依然是过去的样子。它们挺立着
以胜利者的姿态，为被折磨的灵魂
构造悬崖上的鹰塔。海雾中
薰衣草、迷迭香、天竺葵的清香
由远及近。记忆，被水鸟啄破
没有谁固执己见，还想偷窃雨水和阳光
以世俗之痛，埋怨一棵树
或者一座石屋与鹰塔的清冷

把你的心献给尤娜吧
那一个地方
谁走过，谁就能成为它的知己

泰姬陵

在阿格拉红堡，我，就这么隔岸对望
以轻缓的嘀咕，接受亚穆纳河
长满波纹的悲伤。欲望之外，镜屋
早已不见炽烈的目光。唯有晨风

潮汛似的和声，一阵紧似一阵，难知所终

我，只能从忧伤的窗口，眺望白色穹顶
耀眼的白，折射天空极限的蓝
刻骨的痛感，奔疾而至
沙贾汗。泰姬玛哈尔。死亡，或重生
都不会赋形确凿的描述。金杖与战争
轻而易举，搅浑了甜蜜的场景
最美的嫁衣，浮动雾霭之间，凝重时光

我知道，这些人的身世
与无数水晶与宝石、珊瑚与翡翠
曾经获取过至尊的资格。但隐藏的悲伤
犹如沉重的砂岩，压着不能移动的门窗
旁观的苦涩，更能感知一截枯枝
不堪入目的苍老。亚穆纳河畔
一份草木的感动，取悦过一个女人的爱
此刻，却毫不在意，大理石的呼吸
爱如深渊。喧闹的人间，与纯净的神界
同样有惊世的俗事
但俘虏的灵魂，不会适应别人的身体
岩鸽的记忆，已从睡眠中醒来
生命必须奔赴，让隐形的肖像
微妙地，占有一席之地

我想，以高贵的名字命名
称之为纪念碑，刻下爱的铭文

不必去探明真相。只以一滴泪珠
宽慰持久的爱的孤独

胡弦的诗

诗人档案 | **胡弦：** 中国诗歌学会副会长、江苏省作家协会副主席、《扬子江诗刊》主编。著有诗集《沙漏》《定风波》等多部。曾获《诗刊》《星星》《钟山》等诗歌奖、闻一多诗歌奖、徐志摩诗歌奖、柔刚诗歌奖、十月文学奖、鲁迅文学奖等。

雅典记

演员在化妆。油彩里，
有陌生灵魂漫游的印记。

"看看喷水池里的硬币吧，有人
曾想买下那份清澈。"
实际上，每当大海带着蔚蓝来拜访
我们的心灵，就会有
语言无法深究的光
在浪尖上迁徙。

猫在广场漫步。葡萄藤低语。
真理只和钟表结盟，
用一根发条称量人心。

歌剧结束了，涂鸦者把剑还给墙壁。
单簧管的孤独仍难以企及。

爱琴海

橄榄树婆娑，群岛尚未醒来；
陶罐上的希腊，被年轻的光看护。

朝向那光，波浪如兽群涌向海堤；
朝向那光，起重机在神殿里缓缓升起。

……启明星闪耀。
壁画里的野牛又狂奔了一夜。
昨天，勇敢的忒修斯做下大事一件，
他不朽的一生将在今天完成。

帕特侬神庙

微明的光有挽歌的哀伤……
神话里，舰队失踪，闪电熄灭。最后，
只有大海成了智者，只有
它的湛蓝从未被征服。
海鸥尖叫，只有
女神嘴角的微笑从未被征服。
峭壁残垣，仍拒绝靠向任何结论。

博物馆里，勇士的雕像正得到复原，有人
摆好石块，比画，猜想，手
停留在空中：它摸到一段
丢失已久的肢体对虚无的依靠。

李立的诗

诗人档案 | 李立：当代行吟诗人，地球村流浪汉，环中国大陆边境线自驾行吟第一人。红网《李立行吟》专栏作家。作品见于《诗刊》《人民文学》《花城》等报刊，获诗歌奖项十数次，出版诗歌、散文随笔、报告文学集共七部。

古罗马斗兽场

公元前 100 年，我与狮子约定的那场

生死决斗，由于我的迟到

一个犹太奴隶替我出征，他怀着对

生命的深重敬意，竭尽全力

直到　最后一滴血

在全场五万人的欢呼和尖叫声中

渗入脚下的泥土，直到

狮子饥饿的胃完全接纳了他的灵与肉，直到

帝王将相们心满意足地离去

今天，蓝天白云，我姗姗来迟

除了年迈的石头还依稀记得当年的腥风血雨

岁月早已把人兽、人人

决斗，置于脑后

帝王将相们早已改变了行为习惯
他们常常乐于窝里斗

我也常常与自己决斗，与命运
决斗，那是当年与奴隶决斗的狮子
不死的灵魂，它丝毫不谦逊
我常常被它掀翻在地，弄得灰头土脸
但我，每次失败，都必须在
命运倒数十声前，顽强地
爬起来

伦敦的落日

万分羞愧。在大英博物馆
中国厅，我耻于面对列祖列宗的
玩偶，涂鸦，泥塑，石雕，手迹和骨头

走进那个现代化的囚牢，我是一个
不孝的探监子孙，这里关押着
我生病的祖国，和我衣不蔽体的祖先
我的尊严、荣耀、自豪和所有的梦

我被反复警示，要轻言细语，蹑手蹑脚
无数的摄像头盯着我的一举一动
那些用鸦片和洋炮，还有
偷盗、哄抢、拐卖、欺骗和偷鸡摸狗伎俩得到

来自故宫、圆明园、敦煌、庙宇荒冢、沧桑大地
囚禁于防爆玻璃柜里的祖传之宝
我无言以对，我连与它们合影的权利，也被
公然剥夺，他们的理由堂而皇之
就像当年头戴礼帽，一手举着文明杖，一手揣着
火药枪，闯进我的家园

站在伦敦河边，那流金的河水
仿佛缓缓逝去的岁月，日不落帝国的
落日，悬挂在河的尽头，浑圆
欲滴，像是从我脸颊滚落的一滴
疼痛的眼泪

水牛城记事

天空像一把无声手枪，大雪过后
世界倒在一片白茫茫的寂静中
你笑容可掬地搂着我的陶醉，依偎在
水牛山庄洁白的怀里

水牛睁着诱人的橘红色眼睛
面带桃色，像喝醉了酒
瞪着桌上一堆五光十色的筹码
我们喝完一杯免费啤酒，在灯光幽暗的
赌场，买了一次青春的赌注

这时候，青春是可以拿来做赌资的
庄家手背的时候，我们也
难以赢得原路返回的资费

那场雪，一直下着
从一张照片里飘落，纷纷扬扬
多年后，聚集在我的两鬓
不再融化

在太阳城

曾经把青春一把押给缪斯
输得夜不能寐，太阳城
赌场我是进不去了
我的赌资已所剩无几，仅剩的时光
一天一天地输给了岁月

凡是真实的，哪怕是一块被太阳灼伤的小石子
都能让我冷飕飕的年龄
感觉温暖。你背靠大草原
却要移植一百多万棵树，靠山造假山
雕刻数不尽的动物，这些不真实的事物
像之前我追求过的虚无

低低的蓝天，偶尔有鹰掠过
像一丝杂念，掠过我的心空

三届世界小姐斗艳的泳池，仿佛还留有
她们的体香，也已勾不起
我心中的涟漪

这热烈的阳光是我喜欢的，这么多年
有些陈旧之物早就应该晾晒了，藏匿太久
我着实担忧，那越来越重的
生活的霉味

尼罗河

好的河可以不是世界第一长河
可以不是印第安人心中的"月亮的眼泪"
可以清澈，可以浑浊，可以急缓有度

好的河应该有生命，有自由游弋的各种鱼群
有筑坝为家的河狸，有占河为王的河马
有潜伏了几千年的尼罗鳄

好的河必须能养育生命，常常有狮子
豹子、水牛、角马、羚羊、狒狒、长颈鹿来饮水
能成为食肉动物的狩猎场

好的河的上空是蓝天白云
有白鹭、雄鹰、秃鹫、猛隼和小麻雀
或优雅，或仓皇，或无忧无虑地飞过

好的河能容得下绿树绵延千里
也容得下飞沙走石的沙漠，不见人烟
它都不慌不忙地流淌

好的河 5 至 8 月河水要定期泛滥上涨
淹没两岸，为的是把肥沃的沙土
送给水稻、小麦、棉花、椰枣享用

好的河的入海口，必定是漫无边际的绿洲
生长庄稼，生长人口，生长村庄和城市
生长耻辱，生长荣耀，生长爱恨情仇

梁平的诗

诗人档案 | 梁平：当代诗人、作家。主编过《红岩》《星星》，还在编《草堂》《青年作家》。著有诗集十二卷以及诗歌评论集《阅读的姿势》，散文随笔集《子在川上曰》等。

2点05分的莫斯科

生物钟长出触须，

爬满身体每一个关节，

我在床上折叠成九十度，

恍惚了。抓不住的梦，

从丽笙酒店八层楼上跌落，

与被我驱逐的夜，

在街头踉跄。

慢性子的莫斯科，

从来不捡拾失落。

我在此刻向北京时间致敬，

这个点，在成都太古里南方向，

第四十层楼有俯冲，

没有起承转合。

这不是时间的差错，

莫斯科已经迁徙到郊外，
冬妮娅、娜塔莎都隐姓埋名，
黑夜的白，无人能懂。
一个酒醉的俄罗斯男人，
从隔壁酒吧出来，
找不到回家的路。

在巴黎听见一只乌鸦叫

不确定是不是乌鸦，
看不见身影，只是声音清脆，
撕裂了巴黎的早晨。
我保持习惯，在阳台上深呼吸，
在所有的过往里吐故纳新。
共和国广场的自由女神，
站得太久，有些倦了，
头顶的橄榄不见枯萎，
也没有绽放鲜绿。
昨夜聚集在广场上的呐喊，
涉及航空与铁路、公交与出租，
像是集结的一群乌鸦。
我听不懂他们的呼号，他们的歌，
只有铿锵有力的节奏，
与三号线的百年地铁合拍，
残留在我的梦里。
一觉起来，广场空空荡荡，

地铁口开始吞吐莲花，
端庄与轻佻，朴素与艳丽，
怎么也看不出浪漫。
而我，听见了乌鸦在叫，
似是而非。

巴黎圣母院听见了敲钟

不得不去巴黎圣母院，
密集的人群与鸽子填满了广场，
我在其中。我确信自己，
与神无关，与信仰无关，心跳加速。
缓缓移动的队列，让我
一点点接近青春期重复的梦，
惊艳、野性、美好、善良，
那个深刻于心的暗恋。
恍惚之中，吉卜赛少女爱斯梅拉达，
在人堆里时隐时现，我久仰的神，
把我带入了教堂。长椅上，
我和那些虔诚的祷告者正襟危坐，
我想的不是他们所想，
我的澎湃自己懂。
烛光辉煌，照亮我的正前方，
一个佝偻的老人步履蹒跚，
惊出我一身冷汗，仔细一看，
并不是卡西莫多。教堂的钟声

从天而降，每一记敲打，
沉重如雷。

梁晓明的诗

诗人档案 │ **梁晓明：**1987 年创办中国先锋诗歌同人诗刊《北回归线》。1994 年获《人民文学》建国四十五周年诗歌奖。1985 年起作品陆续被翻译介绍到日本等国。

下午，在杭州忽然想起俄罗斯

> 只有在我们能爱别人，并且有机会去爱的时候，我们才成为人
>
> ——帕斯捷尔纳克

必须是冬天，必须大雪弥漫
心情的阁楼独雁荒凉
窗帘必须孤单

必须遭遇枪响一般震撼人心的沉寂
和拒绝
必须像看不见自己的耳朵
永远看不见握手和寒暄

必须像南方下雨的街道

揪心等待少见的太阳

必须像秋天

被逼到结果

而无事可干

必须像晃荡的风筝

致命的尾巴拖在地上

天空中讨好地上下翻飞

必须与死亡有不同层次的多种联系

山上开满鲜花

泥土却焦急等待它的落下

必须被使用，丢弃，像一枚弄脏的零钱

玩弄在裤兜，滚动在街角

必须接受背叛，像死亡的父亲

他浑浊的眼珠瞪大在

我无力帮助的雪白的床头

必须绝望，无奈

急速跟踪不停的雨水

把冰凉击打在难以喘息的狭窄的阳台

现在

我喜欢的诗人差不多走完，我推开书：

早晨的铃铛已不复存在

取而代之的喇叭根本不知那铃铛的声响

去爱丁堡路上看到广阔无边的麦田，我停下车观看

我来听风
来听丛草窃窃私语相互压低的笑
顺着这些绿色的笑声我听到大树、它们的大叔
树皮用水分把岁月放在它们的心里，把裂开的历史一层层
掰开的胸脯。我来听风

来看看小路笔直坚定地插过麦田，我来看
小路在更高的麦田中不肯低头的灵魂，它宁可最后死于泥土、消失于
碎石
和荒凉却无人打扰的寂静河边
我来看天边随风而起的自由云彩，来看看天上云彩和脚边野花
相似的面容

我来听风，我都忘了这是遥远的英国，我以为
我是在浙江的农村，七十年代
我家对面那片荒凉的草滩
我听到童年在河对面挥舞着杨柳随意的腰肢
在天上，风筝努力飘荡的头颅，此刻，我在听风

在地球的另一边，在英国，我听到
过去的三十年重新回来
在我仰起的眼睛中、在脚边的杂草里
在不收过路费的公路边，我坐下来
我这一生还剩下几天

刘剑的诗

诗人 档案　刘剑：男，当代诗人。安徽省涡阳县人。出版诗集《坚韧的水流》《微蓝》《短歌行》《海石花》《守望》《他山石》等。

威尼斯城

那些插入亚得里亚海的木桩
那些来自阿尔卑斯山愈久弥坚
坚硬如铁的木桩
那些撑起一百一十八座岛屿和一座
城市的木桩

海水里的黑森林浸透了海水的冶炼
浸透了盐的结石和桥的脊梁
我和最早进入你的夸迪人、马可曼尼人一样
略感忐忑和迷茫地进入你的海盗
进入你的商业　进入你大理石雕刻的城堡

在过叹息桥之前
我一定喝上一杯摩卡或者卡布奇诺

熟悉一下巴洛克建筑风格和威尼斯画派
调整一下呼吸，不让它发出任何声响

蜿蜒的水巷分割着流动的清波
拿破仑宫、圣马可广场、圣马可大教堂
这里的鸽子是全世界最像鸽子的鸽子

广场上的人们任意地谈论着右翼或左翼
谈论着足球，谈论着贝卢斯科尼的狎妓行为，并无任何非议和
嘲讽

细雨飘落，沿着海边的帆影
一位来自东方的诗人　用手指拨弄着琴弦般的雨丝
乘着贡多拉深入威尼斯船歌的尽头
亚得里亚海并未远去，城市已水涨船高

飘向次大陆的风筝

是一种什么样的气流在鼓荡着你
高空的旋涡，暴胀的血管
飞越喜马拉雅山，那里的雪崩
回响在你的峡谷

风筝的手臂突然张开，你的秋天开始弥漫
次大陆的雨季在退却
是一种雾增强着扩展我的目光

幽幽的印度洋的海岬

彼岸的槟榔树如举起的手臂
季风在同一瞬间为我们沉重的头颅祈祷
污泥浊水和香草的汁液

只剩下莫卧儿王国的一堆灰烬
布巴内什瓦尔的一场疾雨，驱散烈日的疾雨

在次大陆的门槛上照亮风筝的
手势，那些像风一样的手势
雨点般纷纷落下

科纳拉克太阳神庙

每天晚上太阳就睡在这里
每天清晨太阳就从这里起床

昨晚我看到美神玉体横陈
碰撞声和交媾声
摩擦肉身却能发出金石之音

连那些拉着战车的马儿都震惊
神啊，创造之神守护之神毁灭之神
孟加拉湾的风暴啃噬婆罗门的空间

狮首象身的双手在生长
黑色绿泥石质的宝座在剥落
供奉的主神变成灰色的云彩
被成群的萤火虫照耀

一只蜘蛛慢慢爬过壁画和雕塑
为寂寥中的一个盛典仪式，为战神
为我眼下的无法平复的生命之泉备注

梅尔的诗

诗人
档案 | **梅尔:** 原名高尚梅,现居北京和伦敦两地。曾出版诗集
《海绵的重量》《我与你》《十二背后》等。

卡夫卡

我的存在变得可疑
在布拉格,你走街串巷
像一只甲虫跟着我
我不能从雪地里走回来
马车在天黑以前已经驶过

我到城堡看你,到你住过的
每一处寻你,我寻到了墓地
朵拉已经先我而到,甚至
K 也在这里,我很压抑
显然,你因被频频打扰
而长期失眠
父亲对他此生未能预见的儿子的成功
嗤之以鼻

我不审判，即使
你要了布拉格的全部美女
你的绶带上写着：惊恐之魂
朵拉，跳进坟墓吧
死，实在是
一件正常不过的事，比生
更加踏实

站在丹麦的门口

用海把过去隔开
海盗举着长矛
迎接一枚贝壳漂洋过海

布拉格、奥匈帝国、日耳曼
城堡、战争、血液和无耻的瓜分
都留在大陆的背后吧
站在丹麦的门口，期待一位公主
出现在阳光的边缘

安徒生

你孑身一人，举着灯塔
火柴里的温暖，闪耀忧伤的光芒
海，你就在耳边

海的女儿，珍珠般疼痛
如今她端坐海边，守护着
一个神话，我们的理想
薄如蝉翼，倒是天鹅
依然优雅从容，在城堡边
把你和你的锡兵、丑小鸭以及
没穿衣服的皇帝
照料得与你一样孤独

摇晃的森林

我带着城堡、丹麦和一小块石头
开凿大河，嫁给挪威

这汹涌的麦地，蓝得
深过我的眼睛
波罗的海，犁开原始的森林
让我胸口的土地
变成琥珀的乡愁

挪威，坐在一首歌里
手捧一本书，会继续飘过我
恍惚的梦境
从上船的那一刻起，海盗
成为我的亲人，所有的珍宝

咸得让人掉泪

布拉格

门槛里流淌出预言之水
培密索尔，公主的帽子上长出一棵草
以爱情的名义，谁会在意
深夜的一杯酒，灌醉了星星

城堡里住着一个童话。女巫，在悬崖
张开魔法的翅膀，所有的钟声
次第鸣响，城中心，十二门徒
依旧手捧虚无，准点出场
一场悲伤的救赎
掷出窗外

雨，落在查理大桥上
一座堂皇的监狱，释放鸽子
黄金巷，分割出善良与邪恶
教堂的中心，千年来
一直为此，争吵不休

伏尔塔瓦河，历数你的辉煌
那些被定格的雕像
渐渐有了历史的心肠，夜幕里
沉睡的剑，抽断流水

光阴，留在了岸上

无论 K 如何伪装，土地测量员
总能在阁楼上找到种子
找到桌子下的甲壳虫，找到
刺眼的阳光下不能承受的生命之轻
找到卡夫卡和我，千古的爱情
布拉格，那一刻开始燃烧
红色的灰烬落在屋顶
每家每户
都在深情地歌唱

王桂林的诗

诗人 档案 | **王桂林**：当代诗人，曾应邀赴以色列、马来西亚、秘鲁、捷克、蒙古参加世界诗人大会和罗马尼亚国际诗歌节。

一匹牧马在沙丘上

我们被一列旧火车

运送到草原深处。到达时

草原还没有全部醒来。

熹微中无物比她更加完美。

不远处，一匹牧马在沙丘上站立。

打着响鼻，踢踏着脚。

她的暗红色正好配得上天际的暗红色。

和我们一样，她也在等待

某种开始或者结局？

我们如此善于以自我忖度万物。

她太美，容不下人们过多的爱。

女巫之夜

这阴沉的一族已经消失了多久?
终年大雾的布洛肯峰顶上积雪闪耀
她们曾披散着灰白的头发,在树林的
小矮屋里,生火,熬药,研究巫术。
她们会骑着扫把穿越茂密的丛林
一只黑猫蹲在上面,总是半睁着眼睛。

这是每年四月的最后一个夜晚,她们
从世界各地赶赴这山峰,脸上涂着神奇药膏
长长的裙摆下,掩藏着不为人知的秘密。
整整一夜,她们都和精灵、动物一起狂欢,
布洛肯峰也因魔法,在营火中疯狂起舞。

此刻的黄河口也进入四月,我正骑上
写作的扫把,准备赶赴诗歌的"魔宴日"
我寻找一个词组的悬崖以便于起飞
避开韵律,当然也要避开意义的猎杀。
内心的营火照着飞行的轨迹,不远处
就有一个句子,成为大雾中降落的斜坡。

蒸汽火车

哈茨山脉的布洛肯峰下
至今还运行着古老的蒸汽火车
是专为"魔宴日"保留的女巫专列
开动时，它白色的蒸汽飘向后方的树梢
在阳光里，形成一片魔幻森林

我乘坐它时，正好在微信上读到
臧老师教人入门的诗歌，他高超的技艺
淬炼哲思，不管多么激动人心的场景
他都不动声色，本来他在寻找真相，却偏偏
绕来绕去，将明白晓畅的语言拧成麻花

我佩服他不厌其烦地变换花样
又总能找到一个句式，降落，停靠
将麻花再镶上一道迷人的花纹
我就想，如果把这列蒸汽火车给他
他会如何让它在语言的轨道上运行呢

此刻，这列蒸汽火车沿着两条平行的铁轨
"吭哧吭哧"地一路前行，女巫们浓妆艳抹
有的在座位上打盹，有的在车厢里打闹
还有的在车厢连接处吸烟，烟灰与冷风
丝毫也没有损伤她们的妖娆

我随着蒸汽火车，不紧不慢地向前
它似乎在教我学习另一种语言
它隆隆穿越石头隧道的黑暗与幽深
平稳驶过针叶林和潺潺溪水的湿润原野
过一会儿，又起伏进开满鲜花的苍翠山谷

伊甸的诗

诗人档案 | 伊甸：出版诗集《石头·剪子·布》《黑暗中的河流》《战栗和祈祷》，散文集《疼痛和仰望》《别挡住我的太阳光》《明亮的事物》，小说集《铁罐》。

布拉格

在转向城堡的每一个拐角

十字架的阴影

摇晃着刺眼的阳光

穿过街巷的风像洞察时世的预言家

对那些藏在语言和血液背后的枪

它懒得嘘一声

从 1883 年到 1993 年

伏尔塔瓦河那双痛苦的眼睛看到的一切

它不忍心说出

天鹅似乎患了集体健忘症

它们在童话里悠闲地游来游去

没一只愿意扎到水底

去看看堆积在时间深处的

淤泥、弹壳、骨骸和屈辱……

旧城广场上空，太阳和乌云
紧张地争夺着游人仰望的目光
从"一分钟之屋"走出来的
那个神色忧郁的人，他的双脚
踩痛了一个城市的记忆

在卡夫卡墓前

在你的墓前，我发现我在缩小，缩小
我会成为你身边的一颗小石子
一株小草，还是一片悲伤的落叶？
也许我会缩成一只小小的甲虫
跳进你的小说，缩成一团

弗朗兹·卡夫卡，我瘦小的兄弟
你进不去的城堡我也同样
敲不开它的大门
孤独是我们唯一的粮食
你夹在胳肢窝的那把黑伞
一辈子都来不及撑开——也无须撑开
整个天空都在塌陷
几滴雨算得了什么？

墓园宁静得

听得见一滴血在什么地方流动的声音
犹太人，高高矮矮的犹太人
老老少少的犹太人
他们的灵魂在树叶间飘荡
缄默无言。我看见每一块墓碑在刹那间复活
像严肃的审判官端坐在法庭上

卡夫卡，你也在审判我吗？
我虫子一样怯懦，木偶一样顺从
冰块般僵硬和冷漠
我在不断地变形
我像风一样
失去了自己的形状和色彩

而你是黑色的，比黑夜更黑
比煤块更硬，比世界上最好的墨水
更难褪色
你穿一身黑西装站在天空
你黑色的瞳仁像一架最精确的摄像机
忠实地记录人世间的
荒谬、狰狞和恐惧

卡夫卡，你寒冷而又暗藏温暖的目光
久久注视着我
我这只卑微的甲虫
能不能重新回到人的躯体里
找回坚硬的骨头和灼热的鲜血？

59

我离开你的时候
脚步虚弱、慌乱
我害怕我永远不能摆脱
一只甲虫的命运

伏尔塔瓦河

伏尔塔瓦河，你低低地垂下头颅
神色肃穆地守着你知晓的一切秘密
——午夜的刀光，清晨的血滴
城堡深处一个女人压抑的哭泣
胳膊下夹一把黑伞的诗人在阳光下走着走着
突然走进大地深处的黑暗……

游轮上不同肤色的人群
用各种颜色的语言
任性地涂抹头顶和水底的天空
但没有一个人能说清楚你的色彩
是蓝，是绿，是暗红，是亮黄……
没有一个人能说清楚你奔流的方向
是童话世界、巫师的预言还是
某个高烧病人的梦境

布拉格的成千上万座雕像
你无法一一拥抱，你也不想
——拥抱。你渴望拥抱的

正在远离你，你不想拥抱的
却拼命挤上来抱紧你
教堂顶上的云彩挣脱钟声的束缚
来看与你有关的一切尴尬、变幻、无奈……
哭笑不得地摇了摇头

其实你就是弗朗兹·卡夫卡
你一遍又一遍地观察
人类变成甲虫的每一个细节
你的目光铁一样冷静
身体却像风中的旗帜一样不停地颤抖
你用恐惧和绝望制作的弓箭
一不小心就射中了自己

其实你就是莱纳·玛利亚·里尔克
你忧郁，神经质，浪迹四方
你孤独地流淌着
你的哀歌，你的十四行流淌着
你把大地的一部分
把椴树林和红色屋顶的一部分
洗得比天使的灵魂还要洁净

你怀抱中的天鹅
是从塞弗尔特和哈维尔的文字中游出来的
它们高高仰起的脖颈
比所有的旗杆更加高贵、优雅
它们从容不迫的飞翔和游动方式

让世界上所有焦虑和暴躁的猛兽
全都失去了威风

我长久地，长久地伫立在你的身旁
像陪伴一个艳丽、多情而又变幻莫测的情人
我凝视你的目光是痴迷而又多疑的
我不知道你的水有多深
你有多少弯，多少旋涡、急流和暗礁
但我看到了你诗歌般的神秘
你小说般的丰富、奇异，你盛大的悲剧和喜剧

我不是你的一滴泪
你也不是我的一件风衣或者一顶帽子
我马上要离开你，在很远很陌生的地方
向你行注目礼，在静静的深夜聆听
你过去、现在和未来
所有的呻吟、倾诉和祈祷

赵剑华的诗

诗人
档案 | 赵剑华：中国作家协会会员，一级作家，获第三十六届
世界诗人大会年度汉语诗歌创作奖。部分诗作被译介到
国外。出版个人诗集九部。

面对哭墙

石头上种花
美女端着长枪

关于美好
人们只撒下种子
长出什么是什么

在宗教层面上
诗歌有一种更深的
超越

一面墙挡住了眼泪
谁都不知道墙缝里的文字
所以，从来没听到哭声

在死海

我背负着已经过时的咸淡
和一部教科书的重量
狠狠地把自己腌制在时间之外
阳光很好，远离了防晒霜
泥也可以做成盾牌
有真诚和善良做底线
浑浊反而成了护肤品牌
我知道自己血管里有多少盐
不包括岁月曾经流出的晶莹
多少人想来这里试试筋骨
以及世态炎凉浸透的这副皮囊

在最后的冲洗中
我保留了一点点黑色的救赎
伤口悄然愈合
远处有一系列的岚在行走
云，成为最终的高度

湖畔

加利利湖湛蓝而清澈
湖水来自约旦河

一只鸽子
从容地降落在耶稣雕像的头顶上
十二圣徒盘腿而坐
看着鸽子祥和地微笑着

这只鸽子
来自约旦河西岸吗

高峰·2022

主持人

姜念光　远人

（按姓名音序排列）

艾子　安琪　包容冰　北塔　毕志　草树

陈贵根　陈新文　大枪　邓流沙　邓叶艳　东方浩

范蓉　方文竹　方雪梅　冯娜　甘红　谷频

古剑　郭辉　海叶　呼岩鸾　黄恩鹏　黄亚洲　霍竹山

季川　贾文华　健如风　姜华　姜念光　蒋默

空也静　兰浅　黎阳　李犁　李利拉　李龙年

李永才　李跃　梁梁　梁永利　林杰荣　林忠成

李少君　李松璋　李威　李浔　李耀斌　李勇

凌之鹤　刘起伦　刘涛　陆岸　罗鹿鸣　保保

马萧萧　梅苔儿　邱红根　慕白　倪长录　牛梦牛

彭戈　彭惊宇　梦天岚　秋实　荣荣　如风

若羌　沈云霞　石玉坤　霜扣儿　汤红辉　田耘

田暖　涂拥　瓦楞草　汪剑钊　王爱民　王悦

王振华　卫国强　魏兰芳　魏先和　温青

温小词　吴开展　吴山　吴昕孺　吴乙一　夏文成

鲜圣　向以鲜　肖照越　辛夷　行顺　熊育群

徐庶　许登彦　杨碧薇　杨华　杨金中　姚辉

衣米一　益西康珠　英伦　映铮　予衣　远人

张况　张绍民　张雪珊　张媛媛　赵晓梅　赵雪松

郑德宏　周道模　朱继忠　子空

接上行吟的传统

远　人

按体例要求，应写篇主持人语。我动手就撞上了问题：今天的汉语诗歌究竟到达了什么"高峰"？"高峰"与"行吟"又有什么关系？将这些看似简单的问题稍作深究，我发现很难给出一个令人信服的答案。

不得不认真注视"行吟"二字。我猛然发现，古今中外的无数诗人，其实都没有避开行吟的创作方式。就源头看，中国的《诗经》与古希腊的《荷马史诗》，哪一部不是因行吟而作？尤其从中国诗歌的发展看，《诗经》奠定的，既是中国现实主义文学的基础，也是数千年行吟的基础。没有这一基础，很难想象"三曹""建安七子"，乃至李白、杜甫、苏东坡、陆游等无数青史垂名的诗人、词人会沿着哪种方向突进。

提笔写作的人，谁也不陌生"工夫在诗外"一说。所谓"外"，无非两点，一是对前人和他人进行系统研究，二是真正走出去，感受生活和外界给你的切身体会。从这里来说，一首诗好不好和有没有生命力，与行吟有着密不可分的关系。至于高峰，汉语诗的高峰历来就是从行吟中出来。没有哪个行吟的诗人不是望着高处。没有哪座高峰不令诗人们涌上征服和超越的冲动。

但有冲动显然不够，古人见到的山河和今天诗人们见到的自然，本质上并无区别，这就看今天的诗人们能感受到哪个地步，沉到哪个方向，最终打开哪个角度，同时还要求诗人们的语言和表现功力。说诗歌易写，是在不少写作者那里，写诗无非是将文字分行，这就使诗歌看起来没什么门槛；说诗歌难写，又因前人建立的高度令后人望尘莫及，所以对今天的诗人们来说，发现并体会高峰的存在，才能在内心产生对写作的敬畏，因而我理解的高峰，也就包括诗人对诗歌本身的敬畏。

诗歌的确需要敬畏，它能成为文学的最高表现形式不是没有理由。最起码，诗歌是直捣核心的文学体裁。语言要求诗歌的精练，精练要求写作者的认识，认识要求语言的干净，这些相辅相成的条件最终决定诗歌的质量高下。很难想象，一首随意完成的诗歌能够达到诗歌本身的种种要求。诗人们内心的高峰需要诗人们的行动和表现。行吟看起来是慢的艺术，但它不是因为慢而允许语言的多余。判断是否为诗歌语言，就看它是不是一句话说出散文多句话才完成的表达，从这里再认真面对先人们留下的作品，会发现诗歌不论如何发展，语言如何变化，总是在行吟的基础上推陈出新，所以诗歌，从来不是轻易就能完成。如何接上行吟的传统，如何铸造一座当代汉诗的行吟高峰，是李立兄对这套年选的期待。它的难点和兴奋点都在这里——每一卷都在对他提出新的要求，也在对入选的诗人们提出新的要求。

2022 年 8 月 9 日于深圳

安琪的诗

诗人档案 | 安琪：本名黄江嫔，中国作家协会会员。《诗刊》社"新世纪十佳青年女诗人"。出版诗集《极地之境》《美学诊所》《万物奔腾》《未完成》《秘境之旅：内蒙古诗篇》及随笔集《女性主义者笔记》《人间书话》等。

康西草原

康西草原没有草，没有风吹草低的草，没有牛羊
只有马，只有马师傅和马
康西草原马师傅带我骑马，他一匹我一匹，先是慢走
然后小跑，然后大跑，我迅速地让长发
飞散在康西草原。马师傅说
你真行，这么快就适应马的节奏
我说马师傅难道你没有看出
我也是一匹马
像我这样的快马在康西草原已经不多了

冬，希拉穆仁草原

冬日，彻底颠覆了

我们对草原的想象，希拉穆仁草原

绿色不在，柔软的草不在，惊叹不在
我们木木地站在辽阔又辽阔的黄色面前，木木地
希拉穆仁草原

蒙古高原在这时终于坚硬，风坚硬
日光坚硬，草皮坚硬，无牛，无羊，无马
无人，希拉穆仁草原

我们千里迢迢，从北京来到这里
只为看一眼传说中黄色的河，无边无际，无边
无际，希拉穆仁草原

这是寒冷的地盘，这是荒凉的地盘
人啊，你永远拿这冬日的希拉穆仁草原没有办法
你没有办法！你连多待一会儿都不行

你缩回宝马车的窘相寒冷看了会笑
你缩回宝马车的窘相荒凉看了会笑
那就驱使你的宝马车回到你的来处，这里不是
你该来的地方，冬日的，希拉穆仁草原

燕子把宫殿建在哪里

谁能想到
燕子居然把它们的宫殿
建在格凸河上

格凸河当然知道
它抿着深绿色的嘴，死命地保守着
天大的秘密

那看见数十万只燕子飞入宫殿的人
在向我讲述时依然大睁着惊叹的眼
太壮观
也太恐怖了，它们猛烈地扑过来
扑过来，我连忙趴在栈道上，它们
把唾沫，把燕子屎
把尖叫声甩到我身上时，我感觉
我要被淹没了

黄昏时切记
不要走进这洞里，她说
那是神给燕子建的宫殿
宫殿旁有一个大坑，燕子年老体衰时
就会飞到坑里等死，她继续说

真有这么一个"她"对我说
我在写作此诗时也迷糊了，但我确曾
闯入燕子的宫殿，在公元 2021 年 7 月
24 日的格凸河上——

那宫殿有一个名字叫大穿洞

艾子的诗

诗人 档案 | 艾子：中国作家协会会员、海南省作家协会副主席。出版个人作品集《寻找性别的女人》《异性村庄》《静水深流》《向后飞翔》等。曾获两岸诗会桂冠诗人奖、博鳌国际诗歌奖、海南文学双年奖等奖项。

此刻我唯愿一事无成

无须攀爬 2158 米主峰

在武夷山脚下

就是离天堂最近的地方

从民宿碧水丹山

通往云朵掐花的台阶

便是通往芳菲之所

绽红泻绿 天高秋爽

云朵铺开洁白的坐垫

我体内的神龛一个接一个地亮了

儒、道、释

集体住进我的身体

极具包容精神的武夷山

让瘀阻

瞬间贯通

白天饮茶

晚上还饮茶

热情的民宿老板

为我们沏山上的岩茶

大红袍、水仙、肉桂、铁罗汉

水仙十三沏

一沏洗尘

二沏清心火

三沏护脾胃

四沏消炎祛湿

五沏去杂念

抬头望窗外大王峰

官帽威武

在夕光下璀璨

往日下跪谒拜的欲望

此刻唯愿一事无成

饮茶　玩泥巴

数一数老板自制的陶罐

等玫瑰把花送至浴缸

正午的风吹开案头的宣纸

头一回将骚人墨客供奉

海口火山口

用了上万年
她才淡忘了那场天灾
那天，老虎与豹子联姻
天庭震怒
狮子扯着土地公向玉帝求情
大象吟诵经卷传播福音
唯有一只小鸟看到
海浪白光急骋
月亮充血
地壳瞬间被撕裂，火龙冲天

那一夜
她失去了远亲和近邻
身上有 40 个伤口
最大的一个在心脏上，日夜张着巨大的口
向岁月抗议

今天，我看到千疮百孔的石块垒起房子
她的儿子已长成海口的制高点
前庭后院种满了庄稼和果树
当你听到溶洞的水滴声
那是她们在琴棋书画
当你看到桃金娘花开

请与她们合张影，祝福累累伤口之上终于开出
柔美之花

临高古银瀑布

深水藏蛟龙
穿越层层植物的香气
鸟与花果的盛世容颜，我们终于见到
临高银子最多的富豪
任性到买古赎今
私藏观音洞
哪位白发魔女自山岩跃下
"光摇山月堕，我向石床闻"
霸气的声响自带发电机的轰鸣
巨龙口吐白银
白光摔破
水妖抛珠飞玉的声音
传至二十里外的居仁村

村里正为一群诗人表演人偶戏
四个红男绿女
正用上帝之手
操控、渲染着木偶的情欲与生死
海南临高调升高、跌落、一个漂亮的拐弯
跌的时候始于南宋
高的时候是戊戌年海南的五月

我们被盛夏正午的太阳桑拿，喉干舌燥
此刻我不想买古赎今的瀑布，我只想
昨晚一心等我和安琪以身相许的
两个椰子

北塔的诗

诗人
档案

北塔：出版诗集《滚石有苔》《巨蟒紧抱街衢》，学术专著《照亮自身的深渊——北塔诗学文选》和译著《八堂课》等约三十种，有作品曾被译成十多种文字。

拟莫噶树唱侗族情歌

把你的歌儿像鸟儿粘在我的枝头
让我死气沉沉的心怦怦直跳
把你的真情像阳光暴晒我的叶子
让我黄沙漫漫的魂渐渐变绿

迎接你的铁炮装满了爱的火药
请让一万棵青葱绕着我舞蹈

把你跳累了的头巾搭在我的唇边
让你带汗的气息像电流袭遍我全身
把你牛角里的酒浸透我深埋的根
让它从沉睡中醒来，奔向你的后院

79

拟文笔塔致中和山

我久已染上墨水的瘟病
只剩下倾塌的身子
和一颗颓废的心

没有一片云会拿着我
给你画眉
没有一缕光会借着我
装饰你的影子
也没有一个信徒会为了增你的寿
而给我加一块砖
连老和尚都不愿意
把他的老骨头交托给我

与所有染毒的笔不同
我还想在一个人的梦中开花
还想在沅水的心里
描出你峻峭的样子

请借给我你的一个肩胛
让我站在上面歇一歇脚
然后一匹驿马会再度出发
一个尚未战斗到最后的骑士
会滚鞍落

——下
——你的悬崖

听荷轩读诗记事

十万株青荷从污泥中踮起脚尖
细长腿从三门滩伸到庭院里
竖起肥硕的耳朵，搜集
各种异样的滴滴声响

那声音尚未响起，蓝雪花
已经激动得被自己的眼泪包围
如同在苦海中，被浊浪摇晃
不能不动，但绝不漂浮

那声音刚刚响起
紫藤的长臂已经翻过高墙
抱住了更高的柚子树
生怕青柚被瞬间催熟而坠落

那声音中断的片刻
凌霄花已经跨上了秋千的脊背
渴盼自己被荡起来、荡起来
直达逐渐暧昧的云霄

鸭子趁隙加入了朗诵的行列

嘎嘎嘎，一发而不可收
更好的文本还在它丰满的肚子里
今夜，肯定会逃脱它的肉身

老鹅厌倦了一再重复的发声
宁愿蹲坐在地上，嘴里衔着
一棵绵草，倾听其他动物的狂叫

春已叫过，比草坪更加驯顺的花猫
此刻，既不唱，也不听
只喜爱在花间贤淑地穿梭

听着听着，一阵阵芳香从花蕊中袭来
那最香的一缕却始终屏息着
仿佛是在等着另一阵风

毕志的诗

诗人档案 | 毕志：诗人、媒体人，现栖居辽宁沈阳。

画

我想画 70 亿颗小星球

上面布满山脉、森林、江河、动物

有庄园、农场、教堂

自由、平等、博爱和慈悲怜悯

画好后，给全世界所有人

每人分一个

我想画战争、饥荒、瘟疫

画出独裁和邪恶

我想画宗教

但不画神，神留给每个人亲手画

让他们画了改，改了画

画出敬畏

画出头顶长满苍生

我想画出爱，六颜九色的
画出免费的幸福，分发给每个人
画着画着，我就画出了
哑巴的花岗岩，耳聋的芨芨草
瞎了眼的几亩黄土地
画出低下头
偷偷抹泪的故乡

贴春联

从宋朝，一直贴到今天
从祖祖太爷，一直贴到赵老四
再到他的儿子、孙子
不过是些福禄寿财、平安、吉祥
许多梦话

扯掉前一年溃烂的心愿
像揭下血污的纱布
清腐肉，涂药，换两条新的想法
揭掉失望再贴上希望
又把希望一点点弄成失望
再揭、再贴
血红的纸，锅底的黑在上面爬
于门框上，给路人看
也给牲畜看
给天看

赵老四说，去年腊月

他看到院子大门上，衣衫褴褛的钟馗

在流泪

泥房门板上倒贴的福字，在劝他

扳道岔

入睡前，模拟坐绿皮火车

数咣当咣当声

那声音，可以分解成

活着的各种动作，分解成

狗剩子、老疙瘩、大长脸、小迷糊

等等工友。分解成

四川、湖北、广西、陕西、辽宁等等

十几个不相邻的村子睡在一起

几十条汉子睡成一个国家

他们咬牙，嘎巴嘴，说梦话

用鼾声不停地喊：扳道岔！

扳道岔！危险！危险！

他们的火车

"就要撞上故乡了"

包容冰的诗

**诗人
档案**　包容冰：中国作家协会会员，甘肃省定西市作家协会副主席，岷县作家协会主席，《岷州文学》主编。出版诗集《空门独语》《内心放射的光芒》《驿路向西》等多部。曾获黄河文学奖、马家窑文艺奖等。

行走马坞

在鸡叫一声三县鸣的马坞
驻足留宿，傍晚的风微凉而冷清
蔓菁花正开，黄得令人心慌
高耸的竹尖山是客山，龙盘山是主山
客山大主山小。在三霄娘娘殿前走过
九宫八卦布阵的民俗向我发出邀请

捶打羊皮鼓祭神的青年
嘴里唱着我听不懂的歌词
一副哭腔刺穿马坞安静的清晨
跪在经幡前浇酒烧冥币的人一脸虔诚
他们也不把我放在眼里

向右一步就是礼县

向左一步就是武山县
岷县的马坞左右开弓，牛马互市
繁华的历史在九宫八卦阵里涅槃

在马坞的街道里行走
忽然想起一个人
这里是伊人成长的故乡
而今不知去了哪里，杳无音讯

草眼

草也长有眼睛，看着我
走入了她的法眼，也许辨认出
我是草根的后裔，异常欢喜
沏茶倒水。拿出各种档案材料
笑迎着我们的莅临，配合默契

听草眼小学的女校长娓娓道来
述说草眼的一棵棵小草顶风冒雨
历经酷暑严寒，如何成长的经历
感同身受。跳舞唱歌的小草啊
长成参天大树，多么不易——

草眼的小草，用惊异的眼睛
看着几棵饱经风霜的老树
鞠躬行礼问好：老师好！老师好！

草眼的小草，齐刷刷染绿我们的目光
看到了一片生机蓬勃的希望

沙金

我不是去那里淘金发财的商贩
沙里有金、无金并不重要
重要的是清澈见底的燕子河哗啦啦流淌

双燕沟的自然风光宜人
林茂草盛，燕子翻飞，牛羊点点
俨然进入世外桃源，仿佛心跳舒缓了节奏
一声声鸟鸣的问候，淡忘了尘世的纷扰

掬一捧沙金的沙，询问金在何处
金在一篇篇美文里隐遁
金在一页页小学课本中闪烁
金在一位位教师的唇齿间明灭
金在四季变幻的风雨里高蹈

沙里淘金。在智者眼里
每一颗沙子都是宝贵的金子
在愚者眼里，每一颗金子
似乎都是无用的沙子

柯汰沟的石头

穿越空旷的草地。众草举首
翘盼，纷纷发言，只有我能听懂
它们细若游丝的声音，表达的爱意
下草地牵着上草地的手，看着山外来客
一天督导的工作在此画上句号

柯汰沟的石头顾盼生辉
星罗棋布。热情而安静地迎迓我们
像乱石阵一样等候大师的破解
一颗石头就是一座坚不可摧的城堡
一颗石头就是一位战无不胜的将军
一颗石头就是一尊剃度出家的和尚
千万年来寸步不移，寒来暑往
任凄风苦雨锻打磨砺，初心不改

一群群游客来了去了
一茬茬牛羊啃食身边的青草
柯汰沟的石头犹如一个个坐禅的罗汉
灵魂出窍，开悟千年却一言不发
尽管历史变迁，世事七彩斑斓
在它们的心中都是儿童过家家的游戏

清澈的溪流扯开迷人的瀑布

演奏天地赋予的使命。柯汰沟
这无数的石头就是你
宠辱不惊，从容处世的法宝

陈贵根的诗

诗人档案 | **陈贵根**：诗人。作品散见于《诗刊》《草堂》《星星》《扬子江》《广西文学》《四川文学》《南方文学》《红豆》等。偶有获奖。

漓江

那一年，第一次来看漓江
我还是一个少年
漓江是个小妖，蓝缎长袖里
暗藏一把轻柔锋利的剪刀
将我轻轻一剪，一剪两段
一段送回给湘南的懵懂少年
一段变作漓江之畔狂狷的浪子

从此，我便不能离了这条江
离开了，剪刀伤就会喊疼
离得远了，伤痕还会重新撕裂成豁口
即使短时的别离
伤口也会隐隐疼痛，像风湿
必须回到漓江

91

让江水轻抚，让江风轻拂
才能神清气爽完好如初

如今，漓江的群峰都是还乡客
每一只飞鸟，每一颗鹅卵石
都是浪子的千万次回头

桂林，可亲可爱的人间

我常常在桂林的大地上
漫无目的地行走
这里的山水草木
有一种神秘的定力
让浮躁的心逐渐宁静
多年来，我与它
蹬着不同的风火轮相向而行
我的风火轮蹬过青春的河流
爬上中年的山峰，逐渐云淡风轻
而这一片土地却正盎然青春
山水，各呈姿态的美
云彩，最是得意，不是
飘移在山顶，就是潜游入水中
越来越多的花，给人惊喜
越来越多的果，给舌头抹蜜
那些竹筏、渔翁、鸬鹚
那些古老的石拱桥、阡陌、牛羊

村舍里腾起的袅袅烟火

无不受人羡慕，追捧

也有雨雾，也有洪流

也有燠热和冰雪

这些属于人间的事物

并不妨碍

成千上万的访客指指点点

曰仙境

曰如画如诗

而总有一些鸟在林中升起

又从心房里飞出

在高空中反复鸣叫，仿佛在告诉人们

不是仙界，不是世外

这里是可触可爱的人间

印山记

每一条江，都有畅想

每一条江，都走向无常

昭州，三江口

有山如印，有印如山

李靖老令公

仁立印山之上

漓江、茶江、荔江
逶迤而来
列队，整装，授旗

三江口，浩荡开阔
摆满离情别绪
老令公拨起印山，犹如拨起自己，狠狠摁了下去
三江，便磅礴如男人的泪
奔流而来，奔流而去

从此，没了漓江，没了荔江，没了茶江
没有了高山流水，和过往的旖旎风光

一条桂江
下珠江，下南洋

陈新文的诗

诗人档案 | **陈新文**：湖南文艺出版社社长兼《芙蓉》杂志社社长、主编，湖南诗歌学会副会长。诗歌散见于《诗刊》《星星》《诗歌报》《绿风》等。

彩虹出发

草甸上的花丛

是彩虹出发的地方

带着光与水珠的完美叙述

像瞬间迸发的爱情

骤然降临的神

在夏日雨后的天空

作为营建天堂和通达虚妄的

必备要素

彩虹诠释着

七种梦境的倒影

遥不可及的美和

令人心悸的痛

这世上
没有什么比彩虹
更明白自己烟消云散的命运
为此
它早已把一切
嵌进时间和命运的心灵

有人路过了人间

有人路过了人间
像一滴清露跌进尘埃
风在墙和松树之间折返
收拾他在大地上留下的杂念
原来哀伤是一种常态
我不看也知道
它就是路边那朵花低头的样子

我在夜晚赶路
不敢把那朵花摘下
看见月光把自己贴在墙上
给阴影一点明亮的慰藉

墙角一个人正在埋头挖坑
他可能希望
把月光埋进土里
去融化部分黑暗

夜游

像一队骏马
更像一匹黑黑的丝绸
远方卷来的风
迎着夜晚展开　窜入心中

漫天星辰的叙述
除了犹疑就是闪烁
落在大地上的那一颗
他的故事充满了光与灰烬的寂寞

只有暗中的树
抓住了泥土的本质
一如徒劳的我　幻想在梦中
让汗水里结晶的盐
成为生命和爱的核心

我在醒来时翻身
世界在镜中转身
各自发现自己背面的创伤

夏日马车

乘坐夏日的马车
秋风送我
抵达生命核心的花园
我心怀百年深情
不为人知
如同黑暗的女儿在天庭飘摇
将光明藏于梦中

而今夜我将向你坦露心迹
开不败的花朵
是我们永远的期待
巨大而幸福的果实
通过秋天在期待中回归
走遍大地始终充满眷恋
每个村庄生长一棵千年大树
延续灵魂执着的根
掌握我们的命运

你看那最黑暗的灯盏
最终将带来最明亮的时辰
在早晨的河边
我们手执鲜花
努力坚守这流动的王国

秋天沿水逝去
而后白雪落满心灵

草树的诗

诗人档案 | 草树：当代诗人。著有《淤泥之子》等诗集五部，诗歌随笔集《文明守夜人》等两部。现为湖南师范大学文学院兼职教授。

黄河吟

巴颜喀拉山的雪峰脚下
一块哭泣的草地
长成黄河，流经祖国的大片土地
流过李白、王维、王之涣、刘禹锡的诗篇

当我驱车前往呼和浩特
它在鄂尔多斯平原缓缓移动
秋风吹弯河畔芦苇
一大群乌鸦布满天空

白色的羊群挡住公路
我轻踩油门慢慢地移动
一个妇女抱着一只羊羔拦住我
声称车轮伤害了小羊羔

黄河兀自远去。不见它远上白云间
我从河边取回一瓶水
至今没有澄清。寂静的咆哮
时常响彻午夜的梦境

我也看见它滚滚奔腾，泛起巨浪
当列车在黄河大桥上发出轰鸣
软卧车厢对面坐着一个耳塞女孩
她和我分属两个不同的世界

古老大河的上游坐着老子和孔子
他们的声音回响在两岸
"上善若水，水善利万物而不争"
"黄河之水奔腾不息，人之年华流逝不止"

谁领我去看看那片草地
人类童年的天真和欢声
蚱蜢的敏捷。蓝天下牛羊静静吃草
尾巴甩着牛虻的嗡鸣

海上吠声

鱼排上狗群吠声密集
大海上落日照着
海风吹拂的脊背

网箱里鱼母游弋
不能被它们引为知音
夜海上月亮太冷清

三年后再到陵水
海中央窜动的狗群
让我又想起它们脊背上的毛
如何为海风塑形

仿佛依依送别亲人
仿佛远离陆地忽然涌出绝望
让我顿生宽宥世界之心
靠岸的船下海波轻轻舔着沙滩

银锭桥

银锭桥的黄昏
流动不息的人影
瞬间把我带入幻境

此刻微拱的桥顶和落日平行
暮光里人影穿梭伴随着
后海波光粼粼

我想起艾略特的诗句

"伦敦桥上死了那么多人"
银锭桥的时光宛若天庭

很快酒吧开始试音
"南门涮肉"门口在排队
华年转瞬即逝。四处杨树簌簌作响

大枪的诗

**诗人
档案** | **大枪:** 中国当代诗人、昭通学院文学研究院研究员、《诗林》杂志特邀栏目主持人、《国际汉语诗歌》执行主编。诗作散见于各专业诗歌期刊及年度选本。

鱼鳞石塘

一个来自北方的南方人来到南方,看到海盐
才顿悟原来每天的菜碟里都潜伏着大海的调味师
看到鱼鳞石塘,他才想起要告诉祖父——
一位多年前就被水患销去户籍的农民,向他讲述
在海盐的海边,一群条石对一座海的统治:
每一块条石就像一条勃起的海绵体,它们呈"T"形
自下而上堆砌,海盐人把它们当成"正"字的
第一画和第二画,海风把这些长长短短的诗句
送到浪的鼻端,浪头就温顺下来,送到鲸鲨的
鼻端,鲸鲨就温顺下来。漂亮的女人们从此
不再憧憬远嫁,她们喜欢上了这匹土金色的
鱼鳞缎面,愿意回想骑在缎面上的羞赧
她们在 1700 多年的光阴里抄袭这种生活
听蔚蓝色号子,平和到有时间数自己男人胡子的

奇数和偶数，富足、简单、节俭、清正
像海盐的盐推行的极简主义：和舌头说话要简单

绮园樟树

要像荒地记住第一把开荒的锄头，记住海盐绮园
它铺着让脚板觉悟下来的小路，个性又温暖的
鹅卵石在路上轻盈舞蹈，但我没有必须写下这些
石桥，对，向一池湖水索爱了 100 年的石桥
但我没有必须写下这些，潭影九曲、海月小隐
古藤盘云、美人照镜、泥香三乐。它们每一帧
都有小脚女人和高矮旗袍之美，并集体对抗我的遗忘
但我仍然没有必须写下这些，我只记得绮园的
古樟树，一片樟叶就是绮园的一折唱词
它们驱邪、除污、正本清源，沉稳的香气四处
发布启示，和我年轻时的母亲的说法如出一辙
——樟木是最好的嫁妆。公元 2022 年 7 月 4 日
它们逆江而上，清廉和正气是绮园逐船远游的白蝴蝶
我和母亲这样讲述，和生儿养女的爱人这样讲述

叶家桥

在我卑微的诗行中，家是我的原乡，桥是我的
外婆桥，我曾经与一个叶姓女子将黑夜的肉身
修成金身，这不是肤浅的杜撰，生活中原本有许多巧合

就像"叶——家——桥",我踏上海盐的第一道闪电
我的近视下拉 300 度,也能清楚地看见桥上的青苔
桥下的丝茅草,它们曾经构成我 20 世纪 80 年代的
伤痕与欢喜,我也是从那时开始学会练习
诗歌语法,站在稿纸上摇晃的意象贞操一样干净
现在,叶家桥,在我的镜头下完成一段街头
随机采访,它像乳贴一样开在海盐挺拔的身体上

现在,叶家桥,像彩虹一样扎进海盐生活河的桥
除了"高出水面",我无法用更谦逊的文字进行陈述

东方浩的诗

诗人档案 │ **东方浩**：本名蔡人灏，中国作家协会会员。作品见于《人民文学》《诗刊》《星星》等百余家刊物，出版诗集八部。

云端小镇遇雨

必须感谢这一场雨
它挽留了我匆忙的脚步

尽管它打乱了云的姿势
却为我安排了一小片计划外的闲坐

那就进一家民宿掇一把木椅　靠窗坐下吧
什么都不用念想　什么话都不用说

即使要说　也要低到比雨声小
因为滴滴答答的声音　就是原生态的音乐

远山和近树泛起了青绿的光泽　而老房子
收敛了所有光华　黯淡的黄泥墙依旧干燥坚硬

只有目光　在一丝丝变得柔软
一双日渐粗糙的手　仿佛真的可以放下一切

一场雨即使短暂　端午茶也要续几回
淡黄色的茶汤里　隐藏着好几声大山的叮咛

现在我要再一次细数雨滴的声音
并且回忆刚才认识的云朵、古枫和驿道

在云端小镇　云雾变幻让你心生翅膀
而偶遇的一场雨　却能够清凉和湿润你全部的时光

雨中上瀛山

绵密的雨　笼罩山林和道路
目光所及一切都是潮湿的
但我很清楚　那些年书院里的童声朗读
肯定干净清脆　绝不拖泥带水

就像是一些美玉环佩在轻轻碰撞
就像是无数珠子　大大小小落在盘中
而此时　身边的草木发出另一种声音
它们青葱的表达　仿佛久远的缅怀

瀛山其实不高　上山的道路

也不陡峭　石阶平坦整齐
而雨水在每个转弯处　带走我的浮尘

当我面对一块块字迹模糊的石碑
当我仰视一个个岁月深处的身影
我知道　有些山的高度不是海拔能够标识的

一盏旧油灯

艾青故居的西厢房二楼　一张老桌子上
安放着一盏旧油灯
灯座完整　灯罩只剩半截

它在空旷的屋子里
傲然肃立　我进屋的第一眼
就看到它的身影

狭小的窗外　屋顶和马头墙高高矮矮地
排列着　更远处的天空蓝得耀眼
而白云如此干净

楼下的展厅里摆放了无数诗集和图片
这一间小厢房　只有一张床
一张桌子　一盏破旧的油灯

我知道　如果我在这一刻走上前去

点亮这盏灯　它暗淡而摇晃的光芒
依然能够照亮我的目光　照亮道路和歌声

邓流沙的诗

诗人档案 | 邓流沙：湖南省作家协会会员。作品见于《散文》《散文诗世界》《诗歌月刊》《延河》《山花》等。获首届重庆大风诗歌奖，第二届深圳家园文化节诗歌奖，第六届"诗歌与孩子"深圳公益诗歌奖。著有诗集《时光的沙粒》《月光流年》。

故居，写着名节

千百次，总在一个地方重逢
乌海线把道路拓宽了
二广线是后来才赶到的
它们在村前村后，争着翻开书页
夹杂着我少年时吹响的笛音

半边松林连着半边田陌
平淡的山冈，落下平常的足印
雄鹰一展翅就遮住了蓝天
让人误认为，这小地方还在沉睡
从迷雾中突破出来的一双大眼
闪着蓝色的火光

牛角和豹子的花纹，装饰了窗帘
虎啸的图腾，挂在堂屋的正中央
当镰刀响动，谷粒铺向了天边
只等太阳出来，有一个沸腾的早晨
一群终生与山路周旋的人
给我的天空，细小又完整

土墙围猎，猛虎藏身处
我毛发奓起，群鸟惊飞
在山里生活多年，我不愿提及
曾经穿过的一件虎皮大衣

出乡关，念故里
梦里牛虎翻动，一身虚汗
肉刺扎破的手指，写着名节
当身体形如虎角，瘦如干柴
我拔出火罐，血气归位
饭香里，又闻舐犊之情

过天子湖

天上的云朵，在追赶一群鱼
自由之身挥洒的自由之笔，记录着丹青
一翻卷，都是夏天的气息

平淡一日怀着激情，有鱼引路

网开的信物，在额头刻上潮汐的印痕
选择走水路，直抵上游的武邵码头
"新娘站在岸边，将迎接王子的到来"
在雨中对着一面宽广的镜子，相视而笑

渣滩，一场雨替我喊出一个女子的芳名
平静之水，在洪峰来时容颜倾城
洪峰过后，青春的笔墨浓郁
雷鸣之音，回响万道霞光
至今，我在浠水之畔反复阅读

我相信，这尘世之爱是有意念的
就算是一路繁花，有时也只是陪衬
所谓湖光山色，就是活了大半辈子
不用记忆，不用指引
就能回答，有多少人在同一艘船上
不谙世事，可以以湖滔胸

这是一首晚写了三十三年的诗
随意挑个日子都是闪亮的一天
帆和晗，看着沙洲上的一群白鹭出神
洁的美眼灵动，装下的全是远山
一艘船替她摆渡，在细雨中擦亮蓝天
只有晞这个冒失鬼，头往船舷一碰
雨水遇上火星，水与火安抚了一顿美觉
我时而高兴，在幻想着自我抵达
时而沉默，剪断了水中的泡沫

终于发现，柔软中也有坚硬之物
我们坐下时，为一群鸢鸟鼓掌

湖面宽了，船远了
荷叶伸长脖子，一路甜言蜜语
托一缕烟雨尽情挽留，赠予稻香与河鱼
看我此行，如何以身相许

邓叶艳的诗

诗人档案

邓叶艳：湖南省作家协会会员。作品见于《诗选刊》《诗歌月刊》《诗林》《中国铁路文艺》《大地文学》《湖南文学》《芒种》等。已出版诗集《月光旋梯》《遇见花开》《不过是一次次相逢》《邓叶艳诗选》等。

在窑市

在窑市　风可以不在乎温度
水可以不在乎速度
空气可以不在乎湿度
树木草叶　也可以不在乎绿的深度
而路过的人　到了窑市
便可以不在乎行程的进度

也许我真的不该
从这个时候经过
作为一个酷爱游走的过客
这里不该有太多的理由
叫我止住前行的脚步——

你看这天上除了云朵

空气中除了微风
夫夷河除了被流水覆盖的卵石
再没有其他看得见的事物

是的　我不该从三月的和风里来
目之所及　几乎没有多出来的色彩
可供我赏读
或许我该选择六月
来考证这满目的青翠
究竟还能绿到何等程度
到了九月　这田野
又会金黄到什么尺度

或许我最终应该在隆冬
来这里　来这里看看窑市的原野
以及脚下安详的河流
等待一场无度的雪
将这广袤的世界
深深藏住

梵净山

在通往金顶的途中
刀削斧劈的绝壁上
游客们紧握粗壮的链条
攀缘而上

这举步维艰的台阶

每向前挪一步

人间的虚妄便退却了半尺

走着走着

红云就收回了它的亮光

禅雾和云瀑铺天盖地地漫过来

触手可及的同伴

转瞬便与我

相隔了一层人间的薄凉

回望山下

人世间深不见底的欲念

愈加模糊起来

而峰顶　悠远的佛音

携带着清亮

从梵天之上盘旋而降——

这轻柔的手指

仿佛无形的链条

正将我一步步引向

静寂的高处

在大云山山顶

你指给我看——

那是将军石　牛鼻寨

那是辣椒峰　一线天
那是断江石的石
那就是天下第一巷的巷

你笑着告诉我
就在昨夜，满天的星斗
和金石镇璀璨的灯火
闪烁在夫夷河的两岸
然后你把目光移向更远
指着远处的云海对我说
只要雨过天晴，空气湿润
云海便是八角寨必有的景色

而我更爱这一地新绿
千年的苔藓
绵延起伏的山峦
满坡的映山红开得正艳
你看这头顶的白云
有时相拥成团，有时带状展开
有时像片片鱼鳞
有时，更像一团团暖融融的木棉

冯娜的诗

诗人档案 | 冯娜：首都师范大学第十二届驻校诗人。著有诗文集十余部。作品被译为英语、俄语、韩语等多国文字。参加第二十九届青春诗会。曾获中国少数民族文学骏马奖等多种奖项。

龟兹古国

在晾衣绳上晒得卷曲的下午

在昏暗的洞窟

残破的壁画中，乐器还在弹拨

在一首不完整的和歌中——

我曾听命于我的佩剑：这里是龟兹

我将会隐身于我的夙愿：这里依旧是龟兹

那波斯曲调的水分

让我在某一个地方秘密地活着

战争、苦役、罪人的刀口，将我弃于沙土

智者在流放中，抵达了我丝绸的音律

劫掠者，在自己的贪婪中面壁——

我是壁画中最高的修辞

被剜去双眼的造像，赐予我更多的星宿

119

这里有更多不属于谁的酒酿、经文、烈马

在干涩的海盐中，我会过去

在一部会被读错名字的古籍里

消失在一个诗人的汉语中

——我存在于：龟兹

听说你住在恰克图

水流到恰克图便拐弯了

火车并没有途经恰克图

我也无法跳过左边的河　去探望一个住在雪里的人

听说去年的信死在了鸽子怀里

悲伤的消息已经够多了

这不算其中一个

听说恰克图的冬天　像新娘没有长大的模样

有阳光的早上　我会被一匹马驯服

我迫不及待地学会俘获水上的雾霭

在恰克图　你的

我多需要一面镜子啊

驮队卸下异域的珍宝

人们都说　骰子会向着麻脸的长发女人

再晚一些　露天集市被吹出一部经书的响动

你就要把我当作灯笼袖里的绢花

120

拍拍手——我要消失

再拍一拍，我变成灯盏

由一个游僧擎着，他对你说起往生

水流到恰克图便再也不会回头

你若在恰克图死去　会遇见一个从未到过这里的女人

寻鹤

牛羊藏在草原的阴影中

巴音布鲁克　我遇见一个养鹤的人

他有长喙一般的脖颈

断翅一般的腔调

鹤群掏空落在水面的九个太阳

他让我觉得草原应该另有模样

黄昏轻易纵容了辽阔

我等待着鹤群从他的袍袖中飞起

我祈愿天空落下另一个我

她有狭窄的脸庞　瘦细的脚踝

与养鹤人相爱　厌弃　痴缠

四野茫茫　她有一百零八种躲藏的途径

养鹤人只需一种寻找的方法

在巴音布鲁克

被他抚摸过的鹤　都必将在夜里归巢

方文竹的诗

诗人档案 | **方文竹**：20 世纪 80 年代起步校园诗歌，早先与友人创办先锋民刊《门》，后主编民刊《滴撒诗歌》。出版诗集《九十年代实验室》等各类著作二十一部。"复合型写作"实践者，倡导"抵抗诗学"。

在海边

在流动的沙滩上，提前领略

桑田的美，这神秘的容器

背着众人，我有意写下

所有永恒的事物，然后

让波浪将它们冲走

让它们易逝或转换成他物

除了我心中保存的一个名字

我相信世界上就没有永恒了

沙粒与海浪瞬息万变

万物随其分崩离析

答案变成了争执，传奇

永恒的只有变化本身

而大海是上帝操持的

一桌永远不会完成的盛宴
（上帝死而复生）
没想到，我心中保存的那个名字
原是一道名菜，早在上帝的订单中
只是上帝不愿意吃
而我一向将大海看作摇篮
背后一定有上帝的那双手

十字铺一宿

世界空了，郎川河的独白
让人紧张
窗外，一种黑暗变成了一千种黑暗
高铁站方向的一缕星光
代替我在黑暗里写下了什么
待到一轮旭日泼出鲜红的墨
抹去隐于角落的错别字
我感到万物突然被转译
到哪里寻找昨夜的主题词呢
一株樱花树托起皖东南大地
而我独自挖掘她的根系

苏州忆

长长的走廊里我俩是一个人
时间之灰并不代表荒芜

腰身比胸怀显示更多的灵动性
在审美之余，园林也会犯错失误

迷人的风光抵挡着人世的雷电
命运中注定安置一颗山水之心

自然的粗糙与未成年的梦境
一拍即合。内蕴的锋芒必蘸星辉

秋风一来，整个世界都是磨刀石
而我宁可将你看作一滴抹不去的蜜

方雪梅的诗

诗人 档案 | **方雪梅**：一级作家、中国作家协会会员、长沙市作家协会副主席。出版诗集《结糖果的树》《疼痛的风》，文艺评论集《闲品录》等多部。作品见诸《人民日报》《中国作家》《青年文学》《诗刊》《芙蓉》等报刊。

垦丁

鹅銮鼻灯塔

是垦丁海岸的眼睛

目光前方　再没有路了

只有黑蓝色大洋

生成鱼　风暴　巨浪

那些看到灯塔

不回航的船

远成了海平线上

一滴消失的黑点

眼前海鸥　飞过

像白色的闪电

泉水洗过的湘西

来时　秋霜踩着鞋跟

桂花迟开　等我

与一块酸辣子交心

银饰　头枕万溶江

苞谷在十八洞　听苗语青葱

一卷沱江的册页

写满　青山绵延的恋情

我遇见的人　哭声和欢呼

都是泉水洗过的

怀抱凤凰　乾州古城　茶峒拉拉渡

过清幽透亮的一生

湘西背篓里　地阔天高

每一句方言都敞亮

每一呼吸　都清澈见底

每一块蜡染布下　都起伏

青山万仞　茶道千里

坐在　苗语和土家木楼里

与酸汤　银饰　锦绣　烈焰一起

烧热十月　问候

住在歌词里的亲人

湘西的酒　笔直

穿透　一路隧道

端起　就直达真心

汉中盆地

与这抔土是亲戚

所以　我来了

在五月

我是秦岭　汉山的

外孙女　也是外甥女

对着山上的一块碑

山下的一丘田

低下自己温热的血液

我参拜的这抔汉家之土

每一粒尘埃

都深不见底　一回眸

定军山　五丈原　武侯的冠带

汉水的风

都是千里之外的上亲

与我沾亲的　还有

某个月夜　韩信的马蹄

我是来探亲的

写汉字　说汉语

履历表上　汉族一词

也从这片地里　缘起

我记住了　汉台区

王家坎村田里的稻秸

正是我丢失了的外婆

大巴山余脉北坡上

木质坚硬的汉柏

一定是我单瘦的小舅

一对母子　长眠

在汉文化的（根部）出发点

我想　每一个春天

他们与汉家山河

长出的新绿　都是我深爱的由头

范蓉的诗

诗人档案 | **范蓉**：河南省作家协会会员。喜欢诗歌与散文。作品散见于《星星》《诗潮》等刊物。

雁荡山之夜

是的，我从远方来
携带的词语已在灵峰的梦幻之境迷失
当黄昏从碧玉溪的水面划过
我借一弯明月率领众星辰如飞鸟奔向你

我的女神啊
这是蝴蝶在草尖振翅的夜
桃花从指尖冒出的夜
鱼群从大龙湫集体跳下的夜

你听，谁的琴声在夫妻峰的树冠上
戛然而止
果实散落一地。在灵岩
谁把飞渡一词变成最诱人的饵
度数偏高的梦

129

哦！时间划着它的桨橹

在一条溪流的身体上起伏。一群宿鸟在歌唱

翅羽驮着星光

它们飞过卓笔峰、显胜门、羊角岩

要把祝福塞满夜的胸腔

这一切多么美好！走丢的词语回来了

伸着长颈亲吻我们

夜在熟透，夜在涨潮，夜在拨弄它的琴弦

诗神终于从床榻上醒来

递给我一双翅膀

黄昏

我看到船队正在归来。

我看到鸥鸟衔着残枝。

我看到古老的落日掉入水中而溅起金属的碎片。

是的，一天就此结束。

时间的马蹄渐远，仿佛夜的浓稠影响前进的速度，

到处回响着它抽打自己的鞭声。

而游吟的诗人

像网中蜘蛛，端坐在经纬交织的词语中。

他想到死，想到磨灭之美

内心便辉煌如圣殿。

回乡偶书

一潭黑水。
我看到秋风吹啊吹。
落叶如舟行驶水面。
仿佛穿越生死之门，即可抵达永生。

明亮的波光，
冲刷看不见的绝壁。
我知道，水面之下，
埋葬着日子的框架，以及缠绕其上的琐碎。

我试图为死去的昨天打造棺椁。
而走丢的童年，从水中一跃而起，
摆着七彩的尾。

郭辉的诗

诗人档案 | **郭辉**：中国作家协会会员。作品散见于《诗刊》《星星》《人民文学》《十月》《北京文学》《中国诗歌》《扬子江诗刊》等。著有诗集《美人窝风情》《永远的乡土》《错过一生的好时光》《九味泥土》等。

登南岳致李白

内心有雪的人

乐于承受所有的白

这就是了——

那一日你血脉里的酒性

刚刚发热，刚刚

散入一场久违的雪

八百里南岳

就三月春满，四处扬花了

你留在石级上的

履痕，带着盛唐的气色气韵与气象

深深浅浅

根植于青苔之下

今日何日

我竟然——拾取了

每一个词性，都在一俯一仰间
得以升华，别开生面
你是雪白之白
也是天下大白的白
你于衡山播种下的诗意
至今犹在飞花
犹在一个后来者的诗骨里
发酵，酿造
生出一袭又一袭酒香

虎跑泉

石壁内有蛰虎
气息如沉雷。可大啸、大吼
也可大隐于三千
兰草之下，不声不响
化而为长流水——
清冽，明澈，纯而又纯
像是南山的
一道血脉。又像是古刹梵音
上千年绵绵不绝
泉水渗透人间
细无声。唯有在夜的深处
佛性的更深处
才能听到一匹虎奔跑的
四蹄，踏踏而来又踏踏而去

133

敲亮了无我之境

倒影

塞纳河中，暮色
如浅墨。巴黎圣母院的倒影
则如一尾删繁就简的鱼
敲钟人敲响的
那些最为要紧、最宜收藏的片段
全都沉落了
一场不明就里的火
化为了水波之中
无法熄灭的抽搐与断代史
一位老者倚伏在栏杆上
沉吟不语
秃顶，花白的胡子，深蓝色的眼神
纠结成了水里的
又一道倒影
那么老，那么小，那么细，那么凄凉
仿佛是从巴黎之殇上
漏出来的一点痛

白马山

马背上江湖沉陷

夕照苍黄，如最后的一声
厮锣。要弃就
弃了奔行，弃了腰间星辰剑
弃了浑身侠骨
只留下一颗落败之心
遁入于无有之中
掷鞭成树。一千年过后
柏籽乌亮的清香
依然幽幽如诉
山不高，幸有白马冠之
宜远望——
凹处如鞍，凸处如弓
是不是为了一个
遗梦，或是
三生恨，依然在积蓄待发之势
蹄花早已凋谢了
但嘚嘚之响
犹在，常常于明月夜
纷至沓来
宛若是断代史上的一阕
——长恨歌

谷频的诗

诗人 档案 ｜ **谷频**：本名李国平，中国作家协会会员、《群岛文学》主编。著有诗文集四部，曾获《安徽文学》《海燕》等年度诗歌奖。

在白礁听潮

潮汐漫过白礁的同时

也漫过了我们的肉体，在日落时分

寻找禅意的火焰，去留给黑夜的眼睛。

是谁内心的潮涌

最终让岩石的激情近于沸腾

如火山一样喷迸出潮音

而章鱼的目光炯炯在青苔之间隐伏

幻觉中的万朵莲花迎风而起

高过头顶上的云霞

站在白礁的高处，岛屿的轮廓

就是心中收藏多年的画轴

一眼望北，我们所延伸的大海

正慢慢收紧胸肋。那些向阳坡上的房子

多像排列整齐的调色盒
让花鸟的石头
都长出了蓝白相间的羽翎
我更相信这座岛的前世后生似有通途
多年寻觅的踪迹，宛若为时间的门牌
涂上了一层生死间隔的白釉

岛上

洋面是拖网组成的纸页
那一排排桅杆显得多么孤独无助
就像灯塔喊出堤岸的危险
迎面而来的小男孩吹着口哨
使岛屿缩短了光阴的距离
在约定的风暴之下，一个小渔村
到处是虾米腐烂的气息，而我们
所缺少的正是死亡的悼词
现实的浪峰是情人唇边的花朵
任何礁岩都无力抵抗它们
把破旧的大海唤醒
我们之间横亘着多少个大陆
每天都在内心
为自己升起一条道路
那些还在喘息的爱情、打捞的岁月
都变得颜容依稀，远远望去
那些城堡般的石屋

更像一群忘记飞翔的麻雀

江南岛

蒲门港并不孤立的灯盏
逐尾的海鸥高举着它，整座村子
银子般闪着光，铁壳船的嘴唇
距离陆地的高度，正好带来
喧嚣中的静，使海风从没有过心跳
树荫跟潮水亲吻的声音
改变着每一场风暴的速度
每次出航都变成了过去的宗教
这里很多房子陈旧如黑白电影
连早晨的光线都涂抹着炊烟
也许它的存在就是
大自然的隐匿，飘上的岛屿
如同器皿，盛满遥远的食物和水
如今，我们怀着复杂的心情去呼唤它
游历的风景已找不到思想的住址
从海面突出来的那些石堆
更像是傍晚时分的蝴蝶花
潜伏在铁锚的残骸上
偷窥着人们把桥梁固定在滩涂的螺帽上
而光滑的鱼颤动黑色的睫毛
在能够回忆的水中慢慢融解

甘红的诗

诗人档案 | **甘红**：深圳某中学教师、福田作家协会"五朵金花"之一。作品散见于各报纸杂志。

苏州小花猫

历史的桨从扬州拨动岁月绵长
隋唐商贾如鱼得水，京杭汽笛声声
唤举锤如云之盛况

驳岸垂柳隐，青砖黛瓦陈
独剩你，苏州的小花猫，如智者一般
低眉顺首，嗅指尖花
历史的沉香微凉，似那半罐晚霞
被夜色稀释殆尽

从春熙路出发，丈量锦里慢时光

从春熙路出发，用脚丈量
从现代走到秦汉

139

从快节奏到慢时光
从西餐牛排到麻辣火锅汤

剪辑一段小桥流水
花灯和红幌子，荡一口绵柔的成都腔
广场上三国的戏台，连西蜀风光
花重锦官城，我只采撷一抹夕阳

躺椅上摇一壶茶
拼《清明上河图》一角
曲儿悠长，耳根痒痒
何不采耳，晒着暖阳

走过五公里的斑驳时光
扯一墙藤蔓入眼
顶着油纸伞徜徉灯河
宽窄巷子，井巷子，惊喜纷至沓来

慰雀跃之势，纵饕餮之欲
几成内伤
宁愿过错也不错过
成都的慢时光

黄亚洲的诗

诗人档案 | 黄亚洲：《诗刊》编委，曾任中国作家协会副主席、浙江省作家协会主席。出版各类文学专著四十余部，其中诗集三十部。诗歌作品曾获鲁迅文学奖、首届屈原诗歌奖银奖、马鞍山李白诗歌奖金奖。

深圳上合村：岭南胡琴艺术馆

在中国南部的热浪里，我竟然，一步
就踏入了草原与京剧
瞬间，马蹄、风，以及马连良、梅兰芳、程砚秋
都通过下列词汇，迎面扑来：
二胡、高胡、中胡、革胡、雷琴、板胡、三胡、四胡
坠琴、二弦、京胡、京二胡、大筒、坠胡、提琴

我的左右大脑，现在被两根弦分别牵上了
被一支马尾牵着了
我眼前，草原上的王公，与长城以南的帝王将相
一起翻滚了

我发现胡琴比战鼓厉害
就在咿咿呀呀之中，很快地

政治，为我翻着一页又一页的朝代

没料想在一个新兴城市的乡村，忽然
真正认识了胡琴
认识了马尾巴拖着的中国

有些革命是外来的，但是
姓胡的胡琴，绝不是
外来的琴

蔡学元进士第

在深圳宝安区松岗街道，我结识了蔡学元这个人
我在老蔡府上坐了一会儿，跟他合影
但没有寒暄
没有寒暄的原因，也并不是他不会官话

据说他做过潮州的教育局局长，这应属"正处"
任上退下后，发挥余热多年
帮这家写字，帮那家拟文
所以现在政府给他修缮这栋大房子，也是应该的
现在红领巾一队队进进出出
老蔡从不反对

地方上出个饱学之士，政府很重视
已将此辟为儒童的激励之地

政府觉得，老蔡是座桥
桥上可以走人

其实，老蔡要不是嘉庆年间的进士
我们真能成为茶友
可重点探讨，如何发挥退职后的余热

除了他不会玩微信，其实
我俩没任何隔阂

苍南，在明矾煅烧炉前留影

这绝对是凤凰在涅槃前必须要做的事情
这一程序意义重大

必须相逢火焰
你是伴随着羊水与血水来到这个世界的
你必须直面于火
这个世界，本就起源于火球

人最后，都进炉子，但在此之前
你必须以炉为背景留影
你要知道，自水至火，就是一个人
结晶的过程

朋友咔嚓一声，为我定格

他知道我是凤凰，我的羽翎血水未干
这就够了
拿下炉与火，我已够格

黄恩鹏的诗

诗人档案 | 黄恩鹏：满族，中国作家协会会员。著有散文诗集《过故人庄》《时间的河》等多部。获首届中国散文诗理论建设奖。

怒江大峡谷

横断山脉的秘密通道，流淌旷世的大水。
大峡谷！
千年的水，万世的浪，带着遍身疲倦，
在最高处拱起巨大的涛流。

我行走江边，
披满俗尘的身子随一束洁净的光，
穿越三重空间，绝唱江水的心跳。

一只鹰，驮一块大绝壁向上拔升。
太阳拱出山，不朽的光芒照亮了大地。
大雷炸响，一匹马，披电光腾踔而起，
大水冲开了白天与黑夜的缝隙。

145

阳光，以箭的速度挟沧浪穿过，
屋宇被掀翻，浪花磨亮鸟鸣。
大风推船，骏马扬蹄。群石和丛崖顷刻间倒塌。

大流之上，遍布的是沧海的骸骨。
天地间盛满宝石的巨大玉奁。
生命在祈祷中醒悟。
行走的人，身子在下，精神在上。

而我此时像一个怀抱火种和柴刀的猎人，
随鹰鹫的翅翎在风中上升、下坠。
长羽的身子，深入了悠远的天空。

横断山写意

闪电在我的四周到处闪现，
水的清风从林间漫溢。一种虚籁，响在耳侧。
空喷吐雪片，香气罩住大地。

向晚时分，我在腾冲的一个叫江苴的山村小住，
竹林深处的小屋，有着王摩诘竹里馆的味道。

抬头望天，总会看见云和鹰鹫从林子上面飘过。
村庄的炊烟，似老人枯白的鬓发。
远山驿路，一抹雨帘掀开，祖先的马队响在耳侧。

一枚坚果破开，一座大森林莽然出世！
花心状的光斑。远天朦胧，夕阳被大船载走。

江苴镇金家寨，几株千年大香樟树，
终结了我远路的脚步。
我停下，望这生命之原初的大树，时光之火烧退了鸿蒙。

鸟鸣清幽，我的终生大梦清幽。
南北走向的横断山，总会令我心灵飘雪。

一只小松鼠就轻易挡住了我的脚步。
它与我对峙。当它审视了我一番，旋即跳开时，
便把一座大山，搬到了我面前。

这座大山哦，经历了无数个苦难，蓄藏着无尽的秘密。
瞧，这山的南坡上，
那一缕云，似斋公的行脚，随一道云烟逶逶迤迤走远……

腾冲古城

面前的白云，不是因为飞得太低，
而是因为我站得太高，就有摇摇欲坠的感觉。
为了打捞鸟鸣，我要到这巍峨的高黎贡大山，
才能把那些鸣啭的珠玑数清。但我能否看得清大地？

能否一知半解，读懂三叠纪或侏罗纪浴火的恐龙家族？

站在山上，数不清碧蓝的夜空有多少星。

说不清那株举世闻名的大树杜鹃要把多少思绪染红。

森林深藏迷宫，亿万年前的桫椤那样高大、葱茏。

盘古的飓风，

大兽抱着低垂的冰雪，踩踏出大空山的天坑。

这是横断山的极美，让遗存的化石远比人类繁盛。

高山。大江。火山石。茶马古道。比记忆更深刻。

江苴。曲石。玛玉窝。人文和顺。比祖先更阔绰。

抬头望望远山。这里没有小桥流水。

我只能听见长天之上漫过的浩浩水声、汹涌的奔马蹄声。

我随一朵云一片雪，

从山下攀上了山顶，又从山顶飘向了山下。

孤独的弦子随一脉大江的涛声在山涧里穿行。

腾冲，古道在我梦境里渐渐远了……

霍竹山的诗

诗人档案 | 霍竹山：中国作家协会会员。作品见于《人民文学》《诗刊》《解放军文艺》《青年文学》《中国作家》等。著有诗集《农历里的白于山》《兰花花》《赶牲灵》等九部，曾获《诗选刊》年度诗人奖、陕西省优秀文学作品奖、柳青文学奖等。

小草仿佛骑了春风的快马

小草仿佛骑了春风的快马
一夜之间，就让草原绿了起来

我在想昨天的草原
还停在一只羊咩叫的空寂之中

我在想明天草原的花朵
那天边的缤纷，一定从马蹄声里飞来

夜，在库布其沙漠

我要说一种宁静

这是一种辽阔又孤独的宁静
一切都仿佛睡着了
灰鸟飞走之后留下的叫声
蜥蜴惊慌中的张望
以及晚间刮过的呼啸的风
此时，耳朵被俱寂的万籁啊
包裹得很不适应

我要说一种黑
一种叫没有光污染的黑
一种深一脚浅一脚走路的黑
伸手不见五指，我试了又试
我只能拉着前面向导的后衣襟迈步
或跟着声音里的黑摸索
还有一些关于黑的错误的认知
我们眼睛原来依赖着光照

我还要说一些被忽视的
比如一支烟点亮的空旷的夜
让平衡瞬间回到身体里
比如我们向往的远方
其实就在心中，在我们空白的身边
而属于库布其沙漠诡异的星星
在我爬上一个沙丘时
银河变成一条大道

在西海固

褐色的山在视域里耸立着
生长风的西海固，忽略了风景

一种叫干拌面的食物说着渴
河床上歇息的乱石，再也走不动了

羊穿着夏天的旧衣服寻寻觅觅
一只鹰在倾斜的天空划了一道弧线

大风车站在风声里
仿佛巨型花朵，在阳光下盛开

伸手不见五指的夜空
谁的梦里响起星星的流水声

二仙亭

棋盘旁的斧柄早已朽了
两个仙人还淡定在黑白间

一仙拈须静坐
一仙举棋于指尖

方圆之间无声的刀光剑影
日升月落千年过去了

输赢其实不重要
棋下到最后下得不再是棋了
成局在胸也好
举棋不定也罢
烂柯就是这种真正的境界

鬼怪妖孽原都在我们心中
可笑有人非要求什么烂柯图

呼岩鸢的诗

诗人档案 | **呼岩鸢**：诗人、文学评论家。作品散见于《人民日报》《诗刊》《星星》《延河》《诗潮》《山花》等。著有诗集《四季流放》《飘翎无坠》《呼岩鸢世纪末诗选》《碎片》《金沙粒》《呼岩鸢新世纪诗选》《呼岩鸢长诗集》等。

雪满榆树

两面镜子对面照

镜子里没有镜子

我走到中间

一面镜子里有我的后世

一面镜子里有我的前生

中国西天下了大雪

天山雪亮

昆仑山雪亮

我在两列雪山中间走

带着五个青稞面饼子

喂老羊的后世前生

喂我的后世前生

153

桑科草原的太阳

佛祖在拉卜楞寺里
做植物们的领袖
十万亩草原
亿万棵草
十万亩草原亿万棵草每一棵草举一颗露珠
收拢太阳光做了亿万个太阳
照耀蚂蚁蚂蚱土拨鼠
我也有一棵草一颗露珠一个太阳
扶着我从一夜混沌中站起来

岷山牧羊

白云进了山寮
把牧人赶了出来
牧人挥鞭赶羊群
鞭轻鞭重
羊都跟着鞭声走
咩咩咩，咩咩咩
唱着赞美诗
牧人晕了
对面山上花儿越来越骚情

寒山寺钟

寒山寺的巨钟，夜半敲，日半敲

都不是丧钟

五色的骨骸撒满北朝，撒满南朝

和尚往生天堂，好生欢喜，说舍利是移民证

我重重敲，不停敲，能敲多远就多远

钟声万里，一路洒落

寒山拾得什么

一颗种子落到东山，东山再起

祁连山的一块石头

祁连山的一块石头被雪花抛弃已久

太阳把它照得越来越小

山羊看了一眼

牧女坐了片刻

一只蚂蚁爬上去躺下来

头颅四肢心脏紧紧贴着它

不走了

下沙村望月

住在下沙村
夜晚望月亮

上半夜
月亮在深圳
照着香港

下半夜
月亮在香港
照着深圳

隔开两地的海湾
只盛得下一个月亮

海叶的诗

海叶：中国作家协会会员。作品散见于《诗刊》《星星》《诗潮》《诗歌月刊》《诗选刊》《草堂》《青年文学》《北京文学》《湖南文学》《湘江文艺》《散文诗》等文学期刊。出版有作品集八部。

诗人档案

流水的琴瑟

孙水河在此拐弯
枇杷与桑葚
在岸边微微颔首
五月的倒影在此静默

郊野，炙热的阳光
点燃这个特别的日子
昨夜的孤寂之火
连灰烬都有一丝甘甜

枝头上的枇杷
一颗覆盖另一颗
枝头上的桑葚
一颗也覆盖另一颗

流水的琴瑟

在此日夜单曲循环

眼前的尽是虚无之物

为何还在意乌有的失落

白云岩

松语一半，经文一半

都悬在白云边

岩高可晒月

林深，可隐樵

有雾岚供群峰水墨

有岩豁，供神人相依

而我是一介凡夫

空余一腔虔诚

纵使登临峰顶

也只遇见野花一二

原来的秋天

我一直在尝试
给落叶改个名字
让秋风，少些自责

原来的秋天是鲜艳的
南山的草换上金色的长袍
鸟雀们盘旋着，不愿落下来

谁也不愿意去弄脏
如此干净的画卷
包括我这个打马上山的人

在秋雨来临之前
我率领的马队和云朵
正急匆匆去往时间的更高处

姜念光的诗

诗人档案 | **姜念光**：中国作家协会会员、《解放军文艺》杂志原主编。著有诗集《白马》《我们的暴雨星辰》等。曾获闻一多诗歌奖、扬子江诗学奖、刘伯温诗歌奖、鲁迅文学奖提名、丰子恺散文奖等。

带着一块石头过河

你一举跃过青葱的树篱
又被一段横卧的流水挡住去路
但见清波荡漾，泥泞四布
像一只无赖难缠的神兽
你需要从陡峭的河岸斜切过去

方法论竖着一根食指，叫作
摸着石头过河，你稍加思忖
俯身将其中一块捡起，握在手里
沉甸甸的，圆润，几道漂亮花纹
像某种美德和真理已经得到确认
恰好掂量你的体重，又填补你的空缺

所以现在的你多么稳定！你走在

峭崖和流水之间，不左倾，也不右倾
踩钢丝的困难也被一并克服
生命，得到了齐腰深的平衡
不偏不倚，从中庸之道将沟壑逾越

回到书房后，这椭圆的一块放在案上
你有些意外，它体温不散，冒着热气
似乎具有了语言的能力
那么，你带回的，是一个石头亚当
还是一个石头孔子

你开始担心，你今天的移动
将会影响大地的秩序和山河的本性
而石头却是心照不宣的
有时想它的夏娃，有时背它的《论语》
更多的时候，是一个不规则的镇纸

一道咒语压住书页，地平线就不再抖动

金鞭溪

你在白天的金鞭溪遇到一群又一群鱼
到了夜晚你就轻轻翻身上马
像个绿色的邮差
送信给爽朗的男子，更多是美丽的女性
路途都清洁，不扬尘，蛮横的强盗也没有

铁已经甘心地软了，他们放下了斧头

你在白天的金鞭溪遇到一群又一群人
到了夜晚你还会遇见他们
那个间谍失败了，忘记了自己的任务
漂亮的女搭档斥责这个口吐莲花的叛徒
那书生念着君子不器，在山水中躲闪
不想回去，不想做饭。记忆里
扯着衣襟的美娇娘变成了丑陋的家属

你在白天的金鞭溪是不是还遇到了鹤
它们一只又一只从空气中出现
到了夜晚你会睡不着。你猜想，浪头和星星
在充分的氧气中，溪水流下去又涌上来
一会儿是马一会儿是鹤。喷着鼻息，皮毛光亮
马一匹一匹都是好马，你骑不完它
鹤都是些美的和太美的鹤，你看不完它

远道而来的你放松了语言中的一嘴钢牙
终于写道："我原本是激烈的血液
金鞭溪呀金鞭溪，劝导我，稀释我"

乾坤柱

另外有个名字叫作指天峰
让人想起少年时代，舔湿食指

然后指天发誓

就是那么一种确定和信任，不辩解

所有的疑惑和犹豫，全部解决了

这就是天意和盟誓

语言所无法达到的，只能冲天一指

不容反悔，海枯石烂

如今的世界和心灵需要这样一个尺度

需要一种近乎无限的测试

那么接受它的邀请吧

它来自深海，你来自尘埃

参与这万古常存的促膝谈

张家界

如果十五岁的时候到来

会是清新的少年

穿着雨鞋，在星空下

用大桶冷水冲洗瘦瘦的身体

如果三十五岁的时候到来

会劈面迎见，赤手空拳者

肩负责任，步行三千里

有一种类似火中取栗的严峻

而五十五岁的时候到来

因为往事和追悔

才会有这样的时刻，如晤对故人

这么安静，这么繁茂，又这么嶙峋

姜华的诗

诗人档案

姜华：中国作家协会会员、旬阳市作家协会主席。首届"十佳网络诗人"，陕西文学奖诗歌奖、"五个一工程"奖、杜甫诗歌奖、李白诗歌奖、海子诗歌奖、鲁黎诗歌奖等。作品见于《人民日报》《诗刊》等。出版诗集《生命密码》等七部。

画里桐庐

时光会让许多山水褪色。却有一个名词日渐
明亮。五月，富春江上陡峭的风正在提速
掠过浙西北。铺天盖地的绿，带着山水
锋芒，锐叫着扑过来，险些把我扑倒
《富春山居图》里，打开一幅绝版山水

那些从三国出走的名词，依次被山水洞天
贯穿始终。走进瑶琳仙境，我双腿有些发软
这些眉目清秀、仙风道骨的石头撑起了
一方山水独有的品质。还有那些辽阔的绿
用方言铺成连绵不绝的修辞

如今，一座诗画之都，已在江南把根扎深

提炼出潇洒的诗眼。一个叫桐庐的地方
在一幅图里，守住自己本色、梦想和节操
让山水开花，生出真金白银。如果可能
我愿意，把这里的海拔再拔高一些

富春江之恋

珍贵的记忆稔熟如肌肤，比如一条江
让人一生也不会忘记。最早认识你
是一本简装的地图册，富春江在一页
白纸上捧出汗水。那时我刚刚知道母亲
名字，还不懂一条江修辞的平仄

青年时我怀揣着梦想、诗歌、远方和一条江
去远方谋生。在异乡移动的屋檐下
我学会了弯曲、忍耐和愤怒。失眠的夜晚
总有一条江在我耳畔咆哮，敲击
我的骨头，成为我诗歌中的断句

中年以后，我的流域变窄、变短，内存缩小
世界上那么多河流，我只爱一条。我只爱流经
桐庐那一截，我只爱那一截里一个叫瑶琳的
地方。我只爱那位站在村口，雪花满头的女人
我的爱卑微、自私、难言。羞于示人

也许若干年后，你会在富春江边找到一截骨头

如一块记事碑，深深地戳进泥沙里

夜宿白云源

彼时，月亮已经融入山水，抓住树梢向上
攀登。一支由昆虫组成的民俗乐队
演奏进入低音部。月光下白云源，沿着
富春江河谷铺开，如一幅水墨。细小的风
钻进了人们的鼾声。画面，在轻轻摇晃

那些树木、野草和庄稼，还在夜间赶路
牛羊和夜鸟已沉入梦乡，蛙鼓敲击着
稠密的农事。一只蝉抱着垂柳竖琴，更像
演奏家。露水总是来得很突然，山里人
细小的幸福，一夜之间，全都湿了

在山峦上行走的下弦月，偷窥到人间一些
秘密。萤火虫像一位提灯巡夜的更夫
在天籁一样的音乐陪伴下，小村伸出手
把月亮从树梢上向后挪了挪。夜宿
白云源，让我瞬间有了作古之心

季川的诗

诗人档案 | 季川：江苏省作家协会会员。作品见于《工人日报》《诗刊》《星星》《诗潮》《北京文学》《山东文学》《诗歌月刊》《雨花》《青春》《读者》等。出版《季川诗选》。

村庄

是的，那是我乳名诞生的地方
是的，那是我泪水里的故乡

村口的老槐树，它的方言很重
它见证过风雨，也见证过辉煌
现在，它已经很老了，满脸皱纹
可还是守在那里
纹丝不动，等我回家

村后的一方荷塘，也是月光的宠儿
它经常在月夜，与月亮窃窃私语
它持有蛙声的说明书
也持有荷花的身份证

这么多年过去了
村庄的树还是那么茂盛
村庄的炊烟还是那么洁白
村庄的亲情还是那么浓厚
村庄也无数次问过我
春天来了，你也不要走了
假如你的心不在咱村里了
还算咱村的人吗

田野

春风又吹开了众多的花朵
春光又把田野果断抬出来

它们集体越过了冬天
集体在一场誓言里选择复活
被犁铧开垦过，被鸟鸣提醒过
现在，它们义无反顾
从春天出发，迈向汗水的征途

野草已经绿了，田埂已经绿了
它们没有理由拒绝
这些春光明媚的邀请
天空那么辽阔，云彩那么高远
它们没有理由不持有
辽阔的心情与向前的车轮

是的，要来一场蓬勃的生长
才能验证它们的权利与义务
是的，要来一次无边的热爱
才能彰显它们书写大地的理想

燕子

它们又飞回来了，起先是三三两两
后来是成群结队，借着东风
它们赢得了春天的信任与尊重
它们体态轻盈，飞行敏捷
完美地画出了春风的第一道弧线

它们选择熟悉的屋檐下
就像选择久别重逢的亲人
它们含草衔泥，安营扎寨
它们成双成对，生儿育女
它们要在春天大干一番事业

是的，没有人愿意伤害它们
对春天的承诺与激情
正如，我们除了献出天空与爱
也没有太多拿得出手的了

健如风的诗

诗人 档案 | 健如风：原名高健。作品散见文学期刊和多种诗歌选本。曾受邀参加第二十六届麦德林国际诗歌节，在墨西哥、智利、哥伦比亚举办个人诗歌研讨与朗诵会。

白鹭

在普者黑，白鹭是与我相似的事物
一只或三五只
掠过山腰往湖那边飞去

山峰陡峭，湖水时有波澜
一只单飞的鸟儿
穿着我的白裙子

风吹拉普蒂河

身体里有水声，在响
我按住心脏
按住拉普蒂河的源头

一声鸟鸣冲出来
我按不住
风吹拉普蒂河
哭声响在夜里

远去的船漂得更远了
星群里的拉普蒂
水是水，风是风

高原上的花朵都有风的脚

可不可以不打伞呢
太阳这么好，让它晒着我吧
先晒红了
再晒黑了
一颗发烫的灵魂
脱下苍白的身体

这样就更自由
由着性子疯跑，多么快乐
你知道公园里的花儿
远不如高原上好看
在大山里，在荒坡乱石间
那些迎向阳光的少女啊

那些红的黄的蓝的白的花朵

她们有风的脚

有水的村庄和云的城

和我一样，有半个月亮

有时弯下腰来，在江边

捞出汲水的人

贾文华的诗

诗人档案　**贾文华：**在《人民日报》《文艺报》《文学报》《诗刊》《儿童文学》《星星》《散文诗》《北方文学》《草原》《青岛文学》《绿风》《诗潮》等报刊发表散文诗若干。

假如命运不曾来过

假如命运不曾来过，
不会晓得，逝去有多难过。
两尊石狮。强行搬走一尊，
只会让另一尊更加沉默。

那深陷的眼窝，压根没打算软下来的心肠，
更加铁青："仇恨，并非在于固执，
而是介于虚拟与存在之间，类似于马蹄铁似的硬壳。"
它太不幸了。生就轮廓雄浑，
狂野的内心，却被岁月的贪念掏空，
附之以另一种结构注释生命。

它太不幸了。它曲解了匠人的惋惜，
以为天生就是英雄胴体。

174

它张开信仰的大口，静止于没有滋味的黄昏。
直到隐约的刻刀声，将它心脏的赘肉剔掉；
直到雷鸣的呼叫，不再像先前那般令它敬畏；
反而，侍卫般梳理它的毛发，
还将天外味道，蓄在它浅灰色披肩。

现在，它无所谓了；它祈祷时间早些将自身肢解。
凝眸深灰色单扇大门，它想抖一抖金毛，
像活化石那样动起来，给身边镶嵌绿藤蔓的铁栅栏一些暗示：
动荡不安的年代，终于莅临了。

别不信

别不信，月亮的光晕源于眼神的凝聚。
自从第一滴泪水朝它翩飞，注定大海将升起云梯。
即使石头被凝视久了，内部也会发生变化；
只是我们肉眼，不可能发现而已。

别不信。风，也有被戳穿的软肋。
一种微积分似的物体，于冥冥之中聚拢，
帮助思想，逾越投机者的高度与莫须有的代替。
据说某些比灰烬还保险的机密，终将于灵魂的沉浸中显影；
或者，在自然的走向中真相大白。

别不信，长夜将阴谋降临人世，太阳携真理周游环宇。
时间在它左右盯梢，且将晴雨表记录在流水账的史记。

时间不惜粉身碎骨，练就饱含元气的颗粒。

它就是阴谋的磁铁，它就是光明的正极。

让一切不耻脱不得干系，叫所有正义不言而喻。

蒋默的诗

诗人档案 | **蒋默**：著有诗集《海韵》《陌生的水域》《曾经的树》《远去的人》《穿过森林的河流》等。

生命河

我一直生活在河流，透进阳光和月光

我的时间没有明显的分界，不必用四季划分

岸边的礁石固执，泥沙往往屈服于水

柔弱的水草选择挺立

逆流而上的鱼群处在繁殖期

透明的卵在上游破壳，波涛中的个体长成流线

不要误解两栖的青蛙和水蛇

点水的蜻蜓和纷飞的蝴蝶

一条河的生机是水组合的，无论是汛期或枯水时节

我依赖于温暖的河流，视为生养的母亲

理解她的生动和欢腾，惦记她的承受和包容

过河的桥，划行的船，岸边的捣衣声

都是乡亲，都离不开河流

我向往蓝天时，在河面摊开一叶叶睡莲

开白色花朵。洁白，是水的本色

听见太阳的呼吸

有那么几天，或者一个秋季，你离开河流
向我飞来，用你宽大的翅膀遮蔽我的土地和房屋
鸟会选择这个时候不出门，守在树上
林中的枝叶彼此观望
道路上行走的人比汽车自信，他们习惯了
用声音探索方向
我停留在山坡上的窗口，天空拉上雾霾
听见太阳的呼吸，华蓥山向东，越来越急促
铁轨不断延伸。火车在昨夜纷纷抵达
我约定的远方并不遥远
你总是在寒冷的早晨降临房顶，与猫对话
内容涉及忧虑和期盼
如果用大片的宁静擦拭不掉人间的嘈杂
我宁愿不说。语言蜷缩在巢穴不是惧怕，不是逃避
渠江一直在呼唤，虽然低沉
我感觉你已贴近

短暂的时光

我看到漂浮在水面的碎片，曾经照耀的光芒
庇佑的树叶。引导我们幻想的羽毛
因沉思而泛出的泡沫。居无定所的水鸟

撞毁的木船不想被河流抛弃，沉没，与卵石为伴
彼此沉默，谁都不说过去
一代一代的鱼群也不流传
河流的历史是水的思想，由波涛书写
冲淡了疼痛，掩饰了千疮百孔的河床
穿过峡谷时穿过我的身体，草木用根须输送
到达枝梢，到达叶片
开出鲜艳的花朵是真诚的微笑
不会发出声音。有声音是昆虫制造的，还有风
凋敝和坠落是我们回避不了的
旅途漫长
河流袒露在每个季节，像一头背负枷档的耕牛
我不愿充当耕夫，不愿随意挥舞手中的竹鞭
抽打短暂的时光

空也静的诗

诗人
档案

空也静：原名魏彦烈，军旅诗人。诗发三百多种纸刊，出版《格桑花开》《草原情歌》《仰望昆仑》《风舞经幡》、汉英双语诗集《轮回》等诗集多部。获昆仑文艺奖、唐蕃古道文学奖等。

剪纸

剪刀刚一响

山坡的荞麦花就开了一大片

一声乡音卡在唢呐里

腰鼓敲碎满地鸟鸣

一条小花狗

猛一下

从纸里跑了出来

咬住我的裤腿

喝茶

茶杯里泡着

千年普洱茶树的嫩芽

榆林城像一幅画

被夜晚点亮的灯盏

挂在窗户上

一群人天南海北瞎谝着

他坐在一旁

若有所思

半天不插一句话

李少君的诗

诗人 档案 | 李少君：曾任《天涯》杂志主编、海南省文联副主席，现为中国作家协会《诗刊》社主编，一级作家。主要著作有《自然集》《草根集》《海天集》《应该对春天有所表示》等十六部，被誉为"自然诗人"。

应该对春天有所表示

倾听过春雷运动的人，都会记忆顽固
深信春天已经自天外抵达

我暗下决心，不再沉迷于暖气催眠的昏睡里
应该勒马悬崖，对春天有所表示了

即使一切都还在争夺之中，冬寒仍不甘退却
即使还需要一轮皓月，才能拨开沉沉夜雾

应该向大地发射一支支燕子的令箭
应该向天空吹奏起高亢嘹亮的笛音

这样，才会突破封锁，浮现明媚的春光
让一缕一缕的云彩，铺展到整个世界

西山暮色

久居西山，心底渐有风云
傍晚我们要下山时，他还不肯走
说要守住这一山暮色

他端坐寺庙前，仿佛一个守庙人
他黝黑朴实的面孔，也适宜这一角色
他目送我们，也目送一个清静时代的远去

鼓浪屿的琴声

仿佛置于大海之中天地之间的一架钢琴
清风海浪每天都弹奏你
流淌出世界上最动人的旋律

这演奏里满是一丝丝的情意
挑动着每一个路过的浪子的心弦
让他们魂飞魄散，泪流满面

确实，你是人间最美妙的一曲琴音
你的最奇异之处
就是唤起每一个偶尔路过的浪子
不由自主地回想起一生中最美妙的经历

然后，他们的心弦浪花一样绽开
在这个他们意想不到的时刻和异乡

江南

春风的和善，每天都教育着我们
雨的温润，时常熏陶着我们
在江南，很容易就成为一个一个的书生

还有流水的耐心绵长，让我们学会执着

最终，亭台楼阁的端庄整齐
以及昆曲里散发的微小细腻的人性的光辉
教给了我们什么是美的规范

古渡

每一个人心中都会有一个古老的意象

比如车站，可以通向远方的起点
比如桃花，内心的激情需要舒展
比如秋霜，成熟到绚烂之后的冷寂
比如大海，无比宽阔又无限包容
比如寺庙，一个最终的安静归宿

而我独爱古渡，掩抑于茂密大树底下
无论喧闹或寂寥皆沉默的古渡
面对一条阻断陆地和行人的水
自渡，渡人

李犁的诗

诗人档案 | **李犁**：本名李玉生。已出版诗集《大风》《黑罂粟》《一座村庄的二十四首歌》、文学评论集《烹诗》《拒绝永恒》、诗人研究集《天堂无门——世界自杀诗人的心理分析》。获刘章诗歌奖、辽宁文学评论奖等。

三沙诗抄

1

把上与下颠倒，大海就是盛产蔚蓝的天空
三沙就是三只彩蝶，绿的、白的、红的
盘旋着，让我们误以为菩萨
在南海诵经，诗人们开始变轻
脱去身上的黑龙江、辽宁、山东、重庆，还有
内心的冰雪阴雨和潮湿，像白云
禅化，虚而无为

但诗人不是庄子，至少在今天
他们更愿做一个墨子，青春的墨翟
入世的、现实的、爱恨分明的
用浪堆花，用肋骨磨剑

186

而诗歌就是他们手里的闪电，在三沙
一会儿是雷雨，一会儿是彩虹

2

西沙的大海是肥艳的。丰乳厚臀的水
让我感到人类那些宏大的想法
不过是毛毛虫，包括粗壮的身体和历史
也像夹在一本典籍中的几个助词
以不动制动，浩瀚者最低调

远眺，海水一浪撵着一浪，如关云长
白花花的大刀砍在虚无处，类似人类较劲
而又徒劳的一生。汹涌的海面如大提琴中起伏的胸脯
性感而有韵脚，我想把内心的音符
碎成佛珠，汇入大海
我明白了，汪洋就是水挽着水，水偎着水
那迸溅在岸上的，或者有意从中分离出来的
是平庸的水，再与海无关

唯西沙经得起打磨，海潮越猛烈，它越兴奋且美

3

我饮了一夜的月光，身体也没皎洁
从耳朵里掏出成吨成亩的涛声，从酒杯里倒出李白陶渊明
黎明在铺展。一只螃蟹在沙滩上写诗
小脚丫扭出了内心的平仄。红日褪去裹身的袈裟
亮出咋舌的小蛮腰。该诞生的都已诞生

187

在太阳的故乡，我认识了地平线
世界以及人生犹如初见
天地小清新，人间大欢喜

感谢生命中能有这样一个时刻，让我忆起
我曾梦想挽一个人来西沙隐居
当我打鱼归来，有一个织网的女子在岸边迎候
那海边跳跃的不是鱼，是一群牙牙学语的孩童
如今我来了，裹挟在诗人的队伍中
在永兴学校也遇到一群孩子，其中一个女孩的父亲
被风浪卷走。谈起这个，她眼中闪过一道阴影
像刀片在石头上磨薄

4

大海才高气盛，过目成灿，把盛宴摆满蓝色的桌面
三鲜浪花粥、香脆阳光柳、海市蜃楼汤、清拌涛声大拼盘
我是大海饕餮客，嗅美景而七窍顿开
贪吃者绝不抑郁，我反对清高和虚谈
我要在南海当一次食霸，像强盗
只盗花香；像侠客，只解放心跳
以及血管里的鲸鱼，身体里的狮吼

气血在上升，青春要暴动
我要跟着浪花奔跑，打开蔚蓝的布匹
把大海翻过来晒晒，包括海腹里的潮湿和涡流
还有珊瑚下的阴影、鳄鱼的眼泪、乌贼的阴谋

在西沙，幸福和自由是这么真切
像烈日在皮肤上掐着，包括对祖国的感觉
从没有此刻这样具体和强烈

5

在三沙，我在想，是海旋出了风
还是风撩起了海，反正
风与海相遇，海就耸起来
成巨蟒。硕大的雨点
就是它身上的鳞，成片地落下
巨蟒就轰然倒下，随之
地动山摇

我觉得海是无辜的，殃及周围是因为它的自由主义
海只是呼吸着
狂奔、散步，还是坐下来小憩
都源自内心的激情
或者是身体里潜伏的毒

海有时也回旋，并非是出尔反尔
只是性格中的野性，无羁又无为
海与风都不需要方向，也不需要抵达
只是吹，向四面八方吹，咬着牙吹，像刮痧
把天空刮得气血偾张，把大地刮得皮开肉绽
但不论是海浪还是飓风，都一直不能把弓着的腰拉直
更不能把我刮成你，把黑吹成白
那些在风与浪中现了原形的，是自己露了马脚

譬如永兴岛，海潮和台风洗涤之后
它就是卸妆的少女，清丽静穆
海水一样的眼睛深情地注视着永不迷失的
星空

李浔的诗

诗人档案 | 李浔：中国作家协会会员、湖州市作家协会副主席。出版多部诗集。曾获闻一多文学奖，杜甫诗歌奖，浙江省第二届、第四届文学奖。1991年参加《诗刊》社第九届青春诗会。

杜甫草堂

唐朝的成都方言怎么说草民

我不知道，唐朝的秋风

吹茅屋，我一字一句都记得

惊心啊，城春草木深

良心在废墟里，伤痛在笔杆上

使命在生死离别中

从杜甫草堂出来，才知

草，一直都在给草民铺路

武侯祠

天府的鸟都在他手上飞翔

191

东风或西风，在草船上有无名的锋利
三顾茅庐已是过去的事了
从这山到那山，扶不起的阿斗
叫不醒的祖先，唯有君臣同坐一祠默念
成都的官话曰，大白于天下的
无非是一孔见光明的感知

南池子

两个格格的嫁妆
从这出发
经过瓷器店
一个打碎盆碗
另一个打破了杯
推迟的婚期
是绣花鞋上的牡丹
又皱又累

两个大嫂的小脚
追着蚂蚁
经过的四合院
门关得又紧又密
另一个撞上了石狮
换了朝代的巷子
又宽又长

两个北漂的少女

在南池子迷路了

左边的天安门

右边的王府井

在庄严与活泼中

她俩总是想问

月亮究竟是从哪边升上来

李永才的诗

诗人档案 | **李永才**：中国作家协会会员、成都文学院签约作家、《四川诗歌》执行主编。作品见于《诗刊》《诗选刊》《星星》《扬子江》《绿风》《诗歌月刊》《诗林》《诗潮》《诗江南》等刊物。出版诗集《空白的色彩》《城市器物》等多部。

江南辞

过江南，黄昏寂寂如孤舟

山水那么旧

旧如一位琴师，淡定的神情

在黑与白之间，纤指闲敲

断桥、雕栏与几枝残荷

在流水中低吟

——我似乎听见

高山流水，犹如一段故人情

轻轻走近江南

来不及仔细打量——

一阵秋风，随手晕染的幻境

红尘仰青山，谓之远

落日临木窗，谓之近

且让芦苇私语，棉花絮叨
所有的闲饰都敌不过
一棵枫树，寂寞无言的红
此刻，纵有江山万里
不如一寸新月

我在秋风铺就的寒山寺
听一记钟声
敲落一枚梦中的柿子
而黄昏的烧坊里，一杯相思
已醉倒一轮明月
灯火阑珊，我仰头望远处
每一页窗户，都挂满
绣花女子的闲愁

缓缓走近江南
平原与丘陵，被运河与大江
沟通成农桑之地
一季春风过三月，满树梨花
掩不住桃红李白
夏雨霏霏，让整个江南郁郁葱葱
秋霜染红树。每一个季节
都有农林牧渔的耕种者，各行其道
冬雪拥白鹤，每一片水土
都有飞禽走兽，在赤橙黄绿中
把沧海走成桑田

我沿着历史的芳踪

寻江南的记忆，唐风宋雨湿枫桥

民国阳光抛弧线

怎一个明媚了得——

一只时光的小鸟

停在沧桑的松枝上，左顾右盼

在鸟儿的眼里

江南的落霞，像一只小花猫

懒洋洋，不知归处

登东安阁

阳光，如一个建筑师

师唐时之风格，法历史之朱甍碧瓦

将举折平缓、出檐深广的美学

建构在一条中轴线上

一座遗世独立的阁楼，飞霞流丹

云朵，是一个丹青手

将烟火成都，三千年锦绣华章

涂抹在一个城市的会客厅

让"扬一益二"的盛景

跃然于复海与梁架上。东风吹梦

吹开了几许格窗

风景沉默。每一扇窗户都是一个万花筒

你可以看见，一片苍山翠岭下

古道飞花，好似一桶柠檬汁

泼在东安公园的脸上

湖水阑珊。每一层细浪

都是恰如其分的修辞。送你一座白石桥

就多了一种链接古今的形式

若言远方，泱泱古城醒于辽远之梦

神鸟掠金沙，"嘤其鸣也"

众鸟咸集。你将从哪一片天空飞来

若言当下，一群追梦人

在适当的时候，来到时光缱绻的平原

在这里，一切自由的速度

都任由激情去书写

赛场无边，左右都是奔跑的草木

那些箭矢一样的鸟儿，成双成对地飞

冲线一刻，欢欣如旋风

纵身一跃时，腾空如蛟龙出海

秩序之上，每一树桃李都是风度

每一幅山水都有精神

李勇的诗

诗人档案 李勇：湖南省作家协会会员、临湘市作家协会副主席。作品见于《解放军报》《解放军文艺》《诗刊》《中国青年》《青年文学家》《鸭绿江》《诗歌月刊》《湖南文学》《北京文学》等报刊。出版诗集《故乡》。

火狐的魅惑撩动了整个夜色

大雨过后

天地又湿几重

乳状云尚在西山打盹

暮色已爬过时针的指向

正一浪裹着一浪

荡漾，弥合

我穿越狭长的雨意

埋首沉思

倏然　一只乖戾的火狐

晃着白色的尾巴

突破夜的防线

迎面撞向我

它从容不迫的闲情

令我望而生畏

此时　暮色稠浓
空中飘着四面埋伏的旋律
我将自己置若梦中
闭上眼睛脑洞大开

睁开眼睛
墨黑的四野空空荡荡
一阵冷风吹来
星星点灯
火狐的魅惑撩动了整个夜色

夜花

忧伤是星星的眼睛
月亮是寂寞的疏影
在曙光来临之前
我一瓣一瓣
剥落，将芬芳洒向大地

香径拂尘
浮世遗梦
即便没有阳光受孕
依然绚丽绽放
每一个春潮激荡的日子

我习惯将自己归隐

在帝释天的天国花园里

款款深情　独饮秋风

羊古村夜色

夕阳将落未落

月亮已爬过蛇窖山顶

习习夏风

解开了乡村的衣扣

一只灵猫

用眼睛探路

在月色中细嗅蔷薇

草丛里

蟋蟀的歌声亲切又明亮

月光下

萤火虫排着长长的队伍

为禾场上打麦子的父亲掌灯

月光真好

父亲紧握麦秸的双手

坚实　有力

父亲打麦子的声响

清脆　悠远

像一首迷人的小夜曲

生动的旋律

荡漾着大地的深情
缱绻了羊古冲的夜色

李耀斌的诗

**诗人
档案** **李耀斌**：诗人、评论家。作品散见于《诗刊》《星星》《散文诗》《诗选刊》等。著有诗集《河是水的衣裳》《左手和右手的舞蹈》、散文诗集《山河谣》、诗歌评论集《中国新媒体文学诗歌评鉴》(合著)。

望长安

往西，是戈壁
是长滩
驼铃悠悠，胡笳惊艳
之后，还有
如莹如玉的草原

征蓬的淡影过处
北雁的凄声背后
一个游子曾经长叹的地方
孤烟早已散尽
落日
也不见其圆

千年之前，和千年之后

我正好
站在千年之前和千年之后的中间
或者若迟若早，偏左偏右
哪怕一点点，我知道，我还是
夹在千年时光的缝隙里
一个匆匆过客

执手向谁
风过处，如风
风亦如我
有叶落下来，如叶
亦如我
眼泪不多，不知不觉
悄悄濡湿一片沙漠

龙钟两袖，东看漫漫
那里有故国，有长安
可怜无数山
可怜，无数
浓浓淡淡的云烟

长安还有我的姐姐
长安寄存着一粒尘的执念
望长安，或者
不为故园
亦不为思念

经过一个秋天

突然之间
有风吹来
从前面吹
从后背吹

有些树
和我一样
迎风倾斜

有些草
跟着
和我一起跌倒

有些沙子
也和我一样
学会了
在风里飞翔

有一条河流
也和我一样
选择背靠着风
匆匆忙忙地，走向远方

忍不住
再回首，再望一眼
被风吹散的故乡

还有那些，斑斑驳驳
被风吹散的记忆
能不能
随着下一个春天
和苏醒的种子一起
——捡拾

经过大地的时候
所有的记忆
都被风吹散
我只记得
我经过一片原野
经过一个秋天

李松璋的诗

诗人
档案　李松璋：中国作家协会会员。出版有散文诗集《冷石》
《寓言的核心》《愤怒的蝴蝶》《羽毛飞过青铜》《在时间
深处相遇》等。曾获深圳市第四届青年文学奖、天马散
文诗奖、2018·中国散文诗大奖。

羊·山水·牧羊人

羊是好羊

谈不上膘肥，还算体壮

大概能活过

这个枯冷的冬天

因为，它心里

有春天青草的信念

山水是好山水

谈不上山青水绿

可也能在宣纸上

让外行人

让不懂山水的人

目瞪口呆

牧羊人不语
手持一把刀

远行，穿过隧道

欲望，感性，理智
离灵界有多远？也许
它们正携手走过暗黑隧道
滴水的墙壁爬满死藤
前方敞开的那一束光
恰逢子夜展开翅膀
它们的想象之旅
恰如十六岁远行的少年
胆怯，充满诱惑
心怀恐惧，同时
怀着莫名的喜悦

山冈倒下

大象孤独
在不起微波的镜子里
看到自己急剧消瘦的身体
看到自己的容颜
因远离母亲和族群
有多么困窘和不安

草原华丽
但有何意义
草叶间隐藏的幽灵
惊慌地目睹
一座伟岸的山冈
即将扑倒尘埃

墙与枯草

道路尽头的方向
一堵墙，一堵
未及画上涂鸦的裸墙
墙根下如山的枯草
季风抽干思想
点火就着

寻常的光焰

应该不是萤火
夜晚的钻石，切开睡眠的秘密
雕虫小技。还有
一个孤独者坠入深渊的冥想
但不知那声音是谁在碎裂

夜色里走向远处的人，仿佛
将一座比夜更庞大的山峦
背在了身上，暗金色的光焰
照着他。那不是萤火

李跃的诗

**诗人
档案** | **李跃**：生于20世纪70年代，湖南新邵人，媒体人。出
版散文集等多部。

在斑马线上弹奏赞美的歌曲

没有查那一天的天气预报
但我想，那一刻
斑马线上，一定有阳光漫溢

这不是彩排、不是舞台表演
当这两个小女孩遵从内心的指令
向司机鞠躬致谢的时候
时间的指针为此而停留

鞠躬，是拔节生长的一种方式
鞠躬，也可以看成是
她们在执行自己的"双减"政策
减去漠视、减去冰冷
得到的
是大片大片的灿烂

有人说，种子的力量
是这个世界上最大的力量
那么你可以看到，那一刻
感恩的种子，从她们体内破土而出

这种子，足以迅速繁衍出一个春天

是的，三月，正是鲜花盛开的季节
那一刻，整个城市一定听见了花开的声音
一朵、两朵、三朵
每个被这个镜头所打动的人
都像花一样盛开了

这个时候，不能没有音乐
你可以把斑马线想象成琴键
马路就是一架巨大的钢琴
每辆礼让的车、每个听从红绿灯指挥的人
一起弹奏出了优美的歌曲

"那雨水告诉我的，我将告诉每一个人"

我们都知道，雨伞是绝缘体
但是，这一柄雨伞
作为一个连接器，一定能够
在你我之间通上电

是的，所有见过这幅照片的人
一定会被感动的电流击中

天空中，传来了谁的电闪雷鸣

我很想采访那位交警
当他发现有人为他撑伞的那一刻
当雨水被命令与他保持距离
他心底里的波澜，究竟有多高
身体有没有微微一颤
眼睛里，有没有藏着一座堰塞湖

我还想采访那个中学生，想知道
是否，被雨水打湿的交警叔叔
也将他内心的某个角落打湿了
当他将雨伞举过头顶
他的世界
也获得了一种新的高度

我还想问一问那雨水
她们远道而来，在雨伞上歌之舞之
是否，以这样的方式
向少年致以密集的祝福
然后，将这样的深圳故事
带回大地，带向天空

在这里，请允许修改一个诗人的诗句：

"那雨水告诉我的,我将告诉每一个人"

没有谁是一座孤岛

通常,死神的速度很快
但快不过这场接力赛
从交警,到120急救人员,到路人
合力嘿呀一声
将这个人从生命的悬崖边拉回

这是一次伟大的分工合作
它使命运对生命的伏击阴谋流产
使这个幸运的人
体内的时间齿轮重新运转

人们常问,明天和意外谁先赶到
其实,我们更应该问的是
意外和身边向你伸手的人谁先赶到
是的,只要人人伸出手来
就足以织就一张严密的防坠网
防止我们坠入意外设计的深渊

还可以想象
没有谁是一座孤岛
我们都是陆地的一部分
每个人的领土

必须保持完整
也不允许海水淹过任何人的头顶
因为生命的海拔至高无上
即使暂时被淹没了
看，大家用力一抬
又使一座岛屿露出了水面

李龙年的诗

诗人档案 | 李龙年：中国作家协会会员。著有诗集三部、散文集三部。作品发表于《当代》《北京文学》《诗刊》《星星》《解放军文艺》《人民日报》《解放军报》等报刊。多次获福建文学奖等奖项。

白桦林，马匹的梦境写满安详

白桦林的大色块金黄中
仅有的嫩绿羞涩间或有些慌乱
马不在意这些
它们埋头，潜心品饮
禾木河里安详的时光
日子无所谓簇新
也无所谓陈旧
落叶会把闪光的岁月一一回味
怀揣黄金的人缄默不语
他拥有往昔也有今日可以夸耀
柔情已经编织成纱巾
未来也有温暖值得依偎
放马南山，词典中无可觅迹
日子始于平和，至今不曾变化

时光金黄，而思想近于斑驳

小牛犊贪婪，已经深入黄色内部
沉醉于火焰的芬芳与狂欢
只有老牛从容而且简约
它甘守寂静，舍不得一下子抵达灿烂
从深绿、墨绿开始，
埋头，一点点递进
美通常是缓慢的
譬如星辰，如果闪耀醒目
那显然可能归属于流星
箴默的星子，愿意守候天际一角
感受生命内在的节律
关于大地，关于植物的低语
关于来年草籽的念想
草脉之间，生命之潮一定会有潜流
小牛犊啃食之中
自身渐渐接近金黄
它心目中的黄金之虎
已饲养成熟，它与父辈的恪守
方向相反，美学却趋向大同

戈壁之湖，死神之微笑

在无垠的沙漠之海
它几乎可以忽略不计
但苏泊淖尔
在灰暗里的无际延伸中
又带出一星点儿可怜的淡蓝——
嘎顺淖尔
多么悲壮
在灰黄色无边的挤压之下
看不到命运和未来
以万年为计量时间的尺度上
两个小湖，两个孤儿
在大戈壁滩上　注定不可能成为
幸福的小矮人

幸好你们还有个名字
聊以自慰
让绝望的世界
多少有一丝丝温存

李利拉的诗

诗人档案 | 李利拉：湖南省作家协会会员、湖南省诗歌学会理事。著有诗集《让梦灿烂》等多部。作品散见于《诗刊》《诗歌报月刊》《诗歌世界》《天津诗人》《湖南文学》《芙蓉》《湖南日报》《香港文艺报》《澳门晚报》等报刊。

缅因州鱼梯

看看你脚下，全都是鱼

格雷说得不假

约万条银色的灰西鲱

从锡巴斯蒂库克河向我游来

缅因州的这位

生物学家正告我

是温斯洛和奥古斯塔的

两座大坝拆除后

这些鱼来这里

通过一个水力鱼梯

排队跃过水电大坝

再随复原的河流奔海

鱼梯？我想

是美元造的水梯

还是诗造的水境

如同当年把河流截断

造出一个一个巍峨大坝

造坝时，人类与鱼类谈妥了吗

诗人、生物学家

与设计师、工程师交流了吗

一年一年，900 座水坝訇然拆除

一岁一岁，900 座鱼梯悄然矗立

现在，问问脚下的鱼

和头顶归来的鹰

是否愿意与人类握手言欢

巴黎圣母院大火三周年祭

我宁愿相信，那是塔顶的钟声

撞了鸽子的翅膀

羽毛呈

红

雨

飘

零

获救的圣荆棘冠

重新点亮了玫瑰花窗

奏响的"石头的交响乐"略去了

蔚蓝的

悲怆

其实早在大火前
我们就失去了雨果
就像失去了
屈原

书湖阴先生壁

二十四番花信风
一轮轮把我
吹去江南，做个闲人

半山园
变法名相
与乌台辱臣会于
黄鹂声翠
同此境而乐山水
再嚼一口渔家傲
就泯了一生的恩仇

隔壁的
湖阴先生
也来喝一盅如何
顺手扯一兜
你亲栽的青菜来即可

李威的诗

诗人档案 | **李威**：作品见于《星星》《诗潮》《绿风》《诗选刊》等。出版诗集《让一只羊活下去》。

长途之夜

忽然想起，很久没看见女儿的
戴着无指手套握笔的小手
没看见她呵气呵暖了手指
然后笨拙地依倒笔画写字

倒着笔画，拼凑出她名字中的"辰"字
仿佛她相信星辰之夜
不是从高处一垂而就
而是星星们，拾取地面一小截一小截星光
由下向上，将星空搭就

在孤独中一个人要像一列火车

看一个独行的人

221

身后跟着一长列昨日的、昨日的昨日的他自己
此刻的他是火车头
在风霜中呵出霜雾
再仔细看，他身后一长列他自己
其实是一长列
临窗凝视窗外夜雾中的大地的他
映在车窗上的影像
每一个车厢内都亮着灯
每一个车厢内都亮着灯
在夜的行程上
车厢内的人们在沉睡

我打盹了

在山区小站逗留片刻
列车又启程了

夜雾中的铁轨
被小站旁一间小屋窗户投出的灯光
照亮了一段

像小屋内做作业的小孩停下笔
凝神想起的

片刻，小孩又拿起笔
回到作业本上

梁粱的诗

诗人档案

梁粱：诗歌、散文、小说、报告文学、评论见于各种报刊。出版诗集、散文集、纪实作品等多部。作品被选入《1986年诗选》《20世纪新诗鉴赏辞典》等选集。诗集《远山沉寂》获"中国人民解放军文艺新作品奖"一等奖。

带一些月光

那些个夜晚

所有的山都在月光下静默

我哪里也去不了

我在山与月光游移不定的夹缝中

困乏排斥一切探头探脑的梦

只有母亲的步履清晰可辨

但她不会梦到月光下那些个山

风剃去他们额际乱发

更凸显天庭饱满

好像可以学会思索人的问题

山是不会轻易移动的

那就移动自己
带好衣皱间藏掖的尘土
就像怀揣一只懂事的鸽子
温驯于我略微高升的体温
和小心脏忽快忽慢的速率

明天，我会带着留存的月光走在阳光下
就像带着过时的考卷去应试太空

面对流水

不只是孔子
我亦面对流水
不只是逝者
来者也纷纭而至
不只是浩荡的、阔大的
我眼前的流水
如小女孩羞涩的泪
该到来的一定要到来
就像
该离开的一定要离开
我和流水一道
反射这天空映照下的万物
譬如，处于下游的羔羊
跳向龙门的金鲤
站立在尼亚加拉瀑布顶端

224

捕捉鱼儿的熊

譬如，起于蓝色多瑙河的音乐

止于凝固的壶口

面向自己吧

面向血流布局的网

我在 2021 年的中途

竟不知它从哪年而来

向哪年而去

女儿山下

离星星最近的地方

也是离月亮最近的地方

它的名字叫达尔罕茂名安

它的名字叫艾不盖河

它的名字叫女儿山

睡在离蓝天最近的地方

呼吸均匀

让胸脯尽量起伏开来

不要误导老鹰以为你已经死了

枕下的石头已经沉默了千年万年

此时被我热醒

它催促我快快离开

喝你的早茶去

抓你的秋膘去

他需要继续沉默下去

梁永利的诗

诗人档案　梁永利:《湛江文学》杂志社主编。作品见于《诗刊》《星星》《绿风》《诗选刊》《诗歌月刊》《扬子江》《诗潮》《诗林》《作品》等，曾获首届吴伯箫散文奖等。出版诗集五部。

面对突来的风雨

午后。云瓦解整块天蓝

海的侧面，高于堤岸

椰果、木瓜在挣扎

不计坠落的后果

海燕掠过帆影，能将世界瞬时抹黑

唯有它！飘摇必不可少

缺少礁石的沉实，如同死海

风雨突来，千疮百孔的日子

依然珍藏一道彩虹

所见

海水淹没金湾的红树林，没有眼泪

暴晒中落下的白花，微波带到远处
绿叶指望的活路又宽又广
消逝或忘却的礼物，市肆里盛行

我记起有一摊污泥，海水重复清理
它爱银针般的气根，趁潮水返流
沙——沙——沙，弹跳鱼守望
蟛蜞的声音不过如此
尽管这类细小的动物死得偶然

涠洲岛上

浪涌的来路，避开水母。大多数幼鱼
躺在档口，小卖部的土话长起盐花

三婆庙与教堂相比，高低不同
祈求平安的游客，心声分成两批次

五彩滩芝麻点点，鳄鱼未曾开口
黑脸石的背景掩盖汤翁的形象

在此一游，游出世外的比喻
玩情肠，空洞无物
玩孤独，心间有多条戏路

合浦往事

小时候去过合浦
亲戚开间杂货铺，我一边写作业
一边数着穿裙子的人
那时，拉大网的舅公放生了海公鱼
娶回穿花裙的舅妈
整条街的话题谈到现在
现在中街杂货铺改了几次门牌
舅妈喜欢艳丽裙子的习惯未改变
高台上，她晒的花裙，如同船头的风旗
心里迷乱的人不止舅公
还有古街保留的渔家光景
再后来，小时候杂货店的珍珠买去
我保存下来，作为合浦新娘的嫁妆

刘起伦的诗

诗人档案 | **刘起伦：** 1988 年始尝试业余写作，有大量的诗、小说、散文发表于海内外名刊和选本。现居长沙。

界山达坂，赠李立

你的朝圣之旅一直引领我的心走向高原
你诗行里的履痕，如心灵
清晰可见。此刻，海拔 6700 米的界山达坂
这吐蕃古道的起点
新疆西藏分界点，又成为我生命的新标高
我是说，夕阳是一个抱着经卷的苦行僧
头枕昆仑，酣然入梦
我会按下尘世的悲伤不表
轻盈、干净的月亮
必将升起在我们期待之中
照着雪山的安详，照着白雪和沙砾
兄弟，我不知道此刻，你我之外
还有谁能看见高悬的明镜，以及明镜之中
那屏住呼吸双手合十的人
因在一曲晚祷歌里听见自己灵魂的

低吟浅唱，早已泪流满面

车过长江

化用东坡论书之句
比拟兄弟捷才与辛丑年行旅
最为恰当——
兴来一挥三百篇，骏马倏忽踏九州
云南、西藏、新疆、甘肃、内蒙古、吉林
一路长风浩荡，写尽
雪山、大漠、莫高窟、河西走廊、辽阔无涯的草原
突然掉转车头，经天津又抵上海
兄弟啊，长江奔流入海
你用不羁的灵魂向我诠释诗与远方
一部部长诗，一首首短制
让我这个活在牛年慢生活中的人
不得不上紧时光的发条，才能感受到
你激越的心跳和飙诗的快乐
可是，我拿什么回应你又一首赠诗呢
沿途的交警最能体会"平安是福"的道理
我顺着他们的思维，寄语兄弟一句
最平常不过的叮嘱
——心念纷飞之时难免忙中出错
当慢且慢下来吧……

初冬的雾

兄弟，你赠我的雾中西湖很美
今天株洲芦淞早晨也有雾
雾里有群山逶迤。初冬是多雾季节
关于雾，我想说的不多
不会用更多充满力度与肯定、模糊与暗示的
言辞，加以描写和论述
我想说点别的意思，或者言外之意
雾里看西湖、看景
融入其间或保持适当距离，只是方法问题
关键需要一双慧眼，甚至哲学之外的直觉
我想告诉你，尤其欣赏你诗里
那棵历经风雨之后的香樟树，临湖伫立
身披飒飒清风，孤单又专注
多像我们宠辱不惊的中年及其背后永恒的静寂

雪峰蜜橘，给易鑫一

我欣赏率尔成篇又极具风致的诗之"逸品"
更敬重致诚之力培育出的真情果实
如果胸腔里不是燃烧一团永不熄灭的火焰
为何年过半百，又独身远赴湘西支教
在一片陌生土地上播撒爱心

232

这让我想起你爱诗写诗。我们曾探讨过
连接事物的秘密辅助线。我想我已经找到
一个最合适的隐喻。那黄灿灿的雪峰蜜橘
有一条由酸到甜的通幽曲径，最终抵达
多汁的柔情蜜意。此之前，我会默默祝福
那一步步登上山巅的人。因为他
承受了孤寂和寒冷，理应得到阳光加冕
大地如此丰厚，让那日渐饱和的灵魂
有一种大器晚成的圆满

在秋夜的河堤上

有人纵酒放歌及时行乐，有人感时伤怀心忧天下
而我敝帚自珍，只让清茶喂养自己诗魂
来一杯满月，人也醉。且待秋风唤来夜雨
惆怅之外，听浏阳河吹奏出无限意味
及其永恒的孤独

刘涛的诗

诗人档案 | 刘涛：诗人、少儿文学写作课教师。出版诗集《玫瑰之门》、访谈集《心香——当代诗歌访谈》。非非主义流派、第三代诗歌运动的见证者、参与者。

少城苑

在开着睡莲的少城苑，旧池塘

举着伞，走在石子路的，那个下午

一边走一边想

怎么把体外的气场，收入体内

但不容易，我的意识很快飘散

心门前出现昨晚的梦

我站在高处窗口

望着下面的他

他抬头，看见我望着他

很快走开

走到那边空地上

围着的一群人，身边

补充细节：

234

我穿的衣服很宽松

上面有油污

像工作服

他走到那边空地

人群开始手牵手

围成圆圈

镜头切换：

我在看着邻居家修漏雨的房顶

王薇穿一件深色风衣

从漏雨房的隔壁出来

在开着睡莲的少城苑旧池塘

我想把体外的气场

收入体内

或许一个深呼吸

就够了

海边

二人坐在海边的餐厅

望着大海

这是淡季

没有其他旅客

你看见海上

有人走过

她的双足

穿绣花的布鞋

那可能是梦中的
一面镜子通往
另一个寂静世界
削肩柳腰
朝着镜子深处
她的脸何时回转

望着餐厅外的海
我们的左边
潮水发出
巨大响声
节奏均匀
像一个盲人
听见的那样响亮
仿佛世界只剩下
这声音

花宴

和一些人或神仙坐在一个
纯净之地
有天风吹拂
一个声音飘过头顶
"初夏的仙子"
梦中的感觉那么真
宴席上摆满小花篮

我和他们或她们
吃着花宴上的花
感觉甜腻

花宴上的花
我都没见过
而这个春夏
我见过太多的花
我让眼睛和镜头吃了花宴

蔷薇、百合、玫瑰
绣球花、玻璃海棠、
凌霄花、百子莲、睡莲……
盛大花宴

陆岸的诗

诗人 档案 陆岸：浙江诗人。作品见于《诗刊》《星星》《诗潮》《江南诗》《绿风》《西部》《延河》等刊物。著有诗集《煮水的黄昏》，诗合集《无见地》。创办诗媒体《一见之地》。

马金溪

一座江边的木楼

倚江而建。设置了亭台楼阁

蜿蜒如江水的长廊

设置了清凉的龙顶，小小的茶盏

还须摆放几位高朋，焚香，浅笑的女子

在轻轻抚琴。茶几上有一个好看的花瓶

以及她好看的阴影

窗外的大水滚滚而来

又滚滚而去

声音动人，时间沉浸在声音中了

木楼的腰肢在轻颤

哦，马金溪

应该是一匹雄壮之马

或者一个女人的名字

我在马金溪畔笑谈山水的时候
马金溪的四蹄正咆哮而过

禅源寺

太子庵的黄昏降临时
昭明峰的鸣蝉正演奏一日的高潮
远处的婉转，近处的琅琅
隐居多年的这些读书人如今重见天日
正在努力登攀高枝之上

那时的禅源寺暮鼓还未敲响
静谧的曲径因此格外响亮
而更醒目的是密林中的赭黄色高墙
以及庄严的石狮和虔诚的路人
一个为考取功名的山庄和一个遁世修行的禅寺
在深山深处，仅有咫尺之遥
似乎都跳出了红尘之外
又明明藏身在俗世之中
而它们怀抱的这些

仿佛我们深爱着的一些矛盾之物
并不矛盾
又同时爱着这个初见的黄昏

天梯

唯一的舷梯上挤满了人
已不再争夺吵闹
他们安静
这是一个虚无的梦魇
这是一座不存在的空舷梯
飞机已真的远去

雪山下的一头毛驴
正驮着一位老父亲和三个孩子
朝太阳升起的地方赶路
故国的都城消失在背影中
枪炮声也渐渐安静

前方
瓦罕走廊狭窄
那女孩回头的笑脸
它是另一座天梯

喀布尔河奔流的方向是一致的
大风吹拂荒草的方向也是一致的

黎阳的诗

诗人档案 | 黎阳：原名王利平。曾在国内外两百多家报刊发表作品，出版个人作品集《成都语汇——步行者的素写》《情人节后九十九朵玫瑰》等。

今夜我为冶木河写出涛声

每一次流过陌生的岸
我总是站在草木之中沉默
仰望星空的流云　那是
流人今生的羽翼

一衣带水的风
留给月色的碗，留给静谧的峡谷
容纳余生的深邃
我们沿着灯火走向灯火
在车流消失的拐弯处　陷进
众口铄金的光影胶片

没有坡度的往事落在纸上
落在晨曦窗口的光里

潺潺波心荡漾出步行者的背影
这是外来客的背影
平静的目光，涌出甘南的波涛
一次次冲刷格桑花的履历

临潭的云

灌木不约而同高过目光
在野林关的溪水里，一声乡音
涌出水面，我看到的格桑花
是邻人张鸿和徐海玉
举起久违的词汇

温暖的中年，从卧佛的衣袂下
读到经幡的呢喃和峭壁伸展的平仄
古磨下的汁液飘香
在杯盏之间演绎聚散离合

那些年，那些岁月
缓缓落在这一刻
枫叶的红色素里　秋风漫卷
在梯田的台阶上
衍化成欲言又止的家书

在野林关的夜晚，等一场浩瀚的雪

雨落下了，秋风吹着天空的微澜
吹着往事的阑珊
冶木河低声部
唱和那些削落指甲的往事
疼枯草叶脉上的一颗冰珠

围绕灯火，我把步伐落进中年
平平仄仄的梯田渲染着晚秋的绿色
那个跑在雨夹雪里的牧人
奔向惊慌失措的牛羊
还是奔向篝火

迎宾楼下，这最后一曲藏歌
是临潭花儿的绽放，还是
膜拜雪夜的归者，在琴弦断裂之前
撕开夜色的围巾　用一碗烈酒
落进中年的愧色
还是放开紧锁的歌喉
把兰花花的扭捏装进动感的岁月

在大雪封闭春天的道路之前

棉布帘子是关东陈旧记忆的隘
落在寒冬屋门的雪花
和玻璃窗上的涟漪　是妙手天成的
腊月的风景线

在甘南　牧人浩荡的行军曲线
是当周草原的矩阵
牛群、羊群必须翻越雪地
翻出雪下的草命
才能抵达囤积春天的仓圈

每年最后一次的迁徙
牧犬守护着围栏
和最后一片草场的蓝

罗鹿鸣的诗

诗人档案 | **罗鹿鸣**：诗人、作家、摄影家，中国作家协会会员、中国金融作家协会副主席。作品见于《人民文学》《诗刊》等刊物。出版诗集等文学著作十四部。先后获海西州优秀文艺作品奖、湖南省金融文学奖、丁玲文学奖、中国金融文学奖等。

黄河源头

巴颜喀拉山像一头巨型的雪豹
而约古宗列也长得虎背熊腰
她的嘴很小，吐一口雪泉
就吐出了一条万里长的黄河

黄河源头最缺乏的是波浪
咕噜咕噜的声音像极了雪蛙叫唤
黄河中游下游最不缺乏的也是波浪
从下游的浊浪里摘取一叶白帆
从中游的古战场拾起一把锈剑
从上游的碧波里捋下一片白云
唐诗宋词便有了浪漫、苦难与质地

黄河源头的草甸很软，适合跪下叩拜

掬一捧喝下去，就会天高地阔，星斗满怀
黄河源头的水细得像一根轻薄的绸带
没有人会想到竟能长出千帆蔽日的雄心

夜宿唐古拉兵站

唐古拉兵站太高，氧气只够肺吸得半饱
天的黑布抖动，捂着我的嘴鼻不让呼吸
雪山的影子在旋转，风在门窗边刨地
刨出的冻土与冰石一个劲地往门窗上砸撞

使用喷油器喷火怎么也烧不熟饭菜
米饭是一锅散沙，馒头硬如铁蛋
牦牛毛长在酸奶里面
酸奶像豆腐块，用筷子夹往嘴里

头像要炸崩开来，胸被石头压着
首长用了一个大钢瓶氧气瓶送氧
我的氧气袋没有打开
稀里糊涂地看到狼的绿眼在发光

一个车队拥有一条车灯的长龙
从垭口疾游而来，带给兵站一阵人声鼎沸
直到汽车兵给汽车加油添水
天地好久好久才阖上眼皮

又被汽车的轰鸣声唤醒

披着军大衣出门

没有看到太阳升起，车队

拉着一车车星辉消隐

那一截光明的尾巴断在我的眼里

那是一只只雪豹回到自己的风雪之家

剩下青藏公路，像一根黑绳子

丢在盛大的可可西里，像死亡在雪风中荡秋千

尽管我有着山岳一样的雄心

还是尝到了旷阔中伶仃的滋味

缺乏楚玛尔河奔跑到大海的目标

甚至没有一只藏羚羊的敏捷与机警

祁连山的回声

摸着一长条冰雪中的铁，锯齿状的

极像触摸着祁连山脉八百公里的起伏

还有从南到北四百公里的宽厚与高峻

脱下歌赞的衣袍，接近白雪与圆柏

峰峰壑壑的忧伤深埋在大饥荒的白骨之下

它的欢欣在雪顿节与那达慕的日子里沸腾

不知不觉，高铁变成一头头生龙活虎的巨兽

比雪豹还威武、强劲，比龙蛇还迅捷、优美

247

不管油菜花黄万顷，还是百里青稞荡金
总在祁连山钻出钻进，不时地驾雾腾云

疏勒南山的那场弥天大雪啊
没有封存我在柏树山下葳蕤的青春
宗务隆山底下的导弹一直瞄准着天狼星
而我抖落一身的雪，抱着暮色独坐湘江之滨
遥遥地谛听祁连山的回声，看橘子洲上
一颗冲天而起的花炮，在高处燃爆
所有的色彩与光明，都熄了灯
大地寂静

在湟水上空

绿色的走廊，杨树团结在村庄周围
村庄的枝叶长在绿色的树干上
秋天的青稞地，将金黄的毯子铺到家门
柏油路的长带从屋前舍后飘过
生命的航道在荒原的波涛里穿行

山、川、路的走向看不到了
大地被白云裹在万米之下
钻入云里，看不到前程末路
只在一片混沌之中
一只还魂鸟，驾机归来
在着陆之后，重新装备魂魄

倮倮的诗

诗人档案 | 倮倮：本名罗子健，诗人、设计师、公益老兵、"凹地"成员。湖南衡阳人，现居广东中山。

佛灵湖

早晨叽叽喳喳的鸟鸣

叫醒佛灵湖，叫醒

湖里的鳜鱼和水藻

叫醒湖边那棵秃树

成群结队的游人在低语什么

我才不管呢

鲁莽地从它的耳朵里牵出一匹光线的骏马

牵出几只鹭鸟

牵出一只又一只蜻蜓

骏马奔跑起来

光线穿透森林的沉闷

鹭鸟和蜻蜓属于氛围组

卖力地表演蹩脚的圆舞曲

我武断地认为佛灵湖的耳朵

已经生锈很长一段时间

249

它每天只听见

打桩机、汽车以及各种机器的噪音

我对佛灵湖说

我保证让你与我一样

听见另一个声音

一个能穿透所有喧嚣和嘈杂的声音

那是一声鸟鸣

还是一个词语

并不重要

阿勒邱

我突然停住脚步

因为被旧报纸上的一个名字吸引

一个名字为什么

会从几千个汉字中蹦跳出来

这是一个神秘的事情

我无法也不想分辨

烹饪治疟故事的真假

这些年，我一直在抗拒

内心的怀疑

一个人总要相信点什么吧

晚上，信步走到一个饭店

抬头一看竟然是阿勒邱饭店

毫不犹豫地走了进去

——总有一些神秘无法解释

我接受它的暗示

梵净山之夜

佗寂张开双臂

拥抱群山

雾，夜的气态武士

像歌声鼓荡，在夜的黑袍里

风一次又一次尝试去牵它的手……

我站在山边的一棵香樟树下

看到夜色如火鸟

穿过一幅鸟鸣山涧的水墨画

我双手叉腰摇摆身体，试图

甩掉疫情通胀通缩限电的烦恼与焦虑

消耗中年多余的脂肪和无奈

摇啊摇，把山林里的神摇到面前

我打开身上所有的毛孔

与诸神交流，时间流逝的声音

时而潺潺，时而轰轰隆隆……

林忠成的诗

诗人档案 | 林忠成：《诗潮》评诗栏目特约主持人。部分诗歌翻译成英语、德语、西班牙语等，刊发于美国、法国、加拿大、西班牙、澳大利亚等国家。2014年端午节在福建召开个人作品研讨会。

鱼跃蟹舞的丰收时节，大海是甜的

东海第一活鱼库果然名不虚传
十几万条鱼在阳光下跳跃
鱼鳞闪耀光芒　令渔民心花怒放
大海时常令人眼花缭乱
它是一个卷起来又铺展开的万花筒

大海是世界上最豪华的财富收藏师
它富可敌国　平时却总装出风平浪静的样子
渔民们清楚　大海的财富藏在哪里
藏在哪个礁石背后　躲在哪朵浪花的腰肢里
大海拥有的辽阔财富只对勤劳的渔民有意义

在岱山一带　大海的财富被充分挖掘
渔民以汗流浃背的劳动把它打造成大黄鱼的故乡

252

岱衢族大黄鱼吸引了世界各地的采购船
把码头挤得水泄不通
1488 公顷的水产养殖面积
使得岱山的大海显得豪气冲天
你敢下 10 万斤的勤劳
我就敢给你 30 万斤的财富回报

收鱼季节　水面上的欢声笑语被大风吹向远方
撞碎了朵朵浪花　全家老少一齐拖着渔网
此时的大海是甜的　浪花是甜的
每缕海风也是甜的　东海成了一个甜海
渔民们往生活里放了太多糖
这个糖的名字叫劳动

每年收鱼季节
大海都会成为那一带财大气粗的大财主
丰收带来的喜悦冲淡了大海偶尔的咆哮
狰狞带给人们的印象
大海像梁山好汉中的柴进
在水面上连摆九百桌宴席
大宴天下宾客　人人酩酊大醉而归

鱼儿欢跃　虾蟹狂舞
又咸又腥的海风把这天大的喜讯传遍四方
种田的想撂下锄头　放牧的想丢掉缰绳
种花草的想放下剪刀
他们产生了共同冲动　去东海吧

去舟山群岛吧　去结社养鱼吧
2400 艘渔船来往穿梭
锻打了万商云集的繁华气象

男人出海女人愁

每当男人们出海捕鱼
妇女们总要登上观音山顶的玉佛塔
目送渔船远去
家里最大的动词消失了
整个家庭突然变得空荡荡的
仿佛盐巴被从一碗海水中提炼走
这碗水变得味道寡淡

由于男人的离去
家开始充满张力与弹性
这个张力来自亲人间的互相牵挂
牵挂像一张拉紧的弓弦
妻子们常在夜深人静　皓月当空时
来到窗前或登上山顶
朝大海拉动弓弦

大海提供了浩浩荡荡的丰收
它其实就是一个由液体构成的田野
渔民们与农夫一样
得按季节与时令到大海深处去收割

大海的秘密常人无法洞悉
只有广济寺的观音娘娘能帮助渔民传递心声

观音娘娘按出身与职能分为——
土观音　水观音　木观音
每片海域之下都居住着水观音
水观音是大海的放牧者　饲养员　监护人

历史上舟山一带上演过太多生离死别
东海无法承载怨妇们沉痛的泪水
于是大力兴建洪福寺　普庆寺　洪因寺
水观音以 36 尊大理石化身出现
呼唤来 1000 个汉白玉佛像和十八罗汉
共同镇守汹涌难驭的东海

浪涛像成千上万的狂野之马　呼啸而来
水观音在水底下牢牢抓住野马的缰绳
轻轻念出《心经》
妻子们来到海边
只见月光悄悄伏在沙滩上孵卵
她们充满幽怨　恨恨地掐水珠
直到它们求饶——别掐，疼呢

怨妇们托起浪花的小脸庞
你们能告诉我爱人的归期吗
能否替我鸿雁传书
古典主义时期

妻子们把家书直接写在水面上
大海像一张巨大的　可反复使用的信纸
由波浪直接翻译给男人

在男人出门未归期间
家家户户的炊烟都飘向大海深处
把饭菜香捎到远方
连同儿女的啼哭与嬉笑一同飘到远方

水观音在喧嚣的码头与热闹的鱼市从不现身
它只在夜深人静时替怨妇们偷偷擦去泪水
附在男人耳边　告诉故乡一切平安
水观音无固定形状
有时它以海鸥的鸣叫出现
有时它以懒散地冲上沙滩的浪涛出现
更多时候　它只是无数水滴中的一滴
众多卵石中的一枚　月明之夜
水观音以月光的形式潜入千家万户
对他们的生老病死展开巡查

林杰荣的诗

诗人档案 林杰荣：1986 年出生，浙江宁波人。中国诗歌学会会员、浙江省作家协会会员、第二届全国新青年诗会成员。曾获李白诗歌奖、鲁藜诗歌奖、徐志摩微诗歌奖、冰心儿童文学奖、宁波文学奖等。出版个人作品集五部。入选浙江省青年作家人才库。

普光寺

我能感受到阳光的慈悲，以及
逐渐被风干成落叶形态的岁月的沧桑
一些旧瓦上的尘灰奄奄一息
仿佛不愿也不堪忍受
曾经战火弥漫的沉重的回忆
六百年潜修，风雨皆成罗汉
金色的隐喻抛却历朝观念
把古朴的言语种植成一棵不偏不倚的大树

掌灯人余温犹在
那是信徒布满虔诚的心的角落
钟声、鼓声，彼此呼唤各自法号
晨昏定省的草木，参透更多季节变化

故事于是都顺从教诲
在春风和冬雪之间，不做半分挣扎

问答金鞭溪

你的姿态有着出世与入世的矛盾
青峰幽谷之间的过客
匆匆而带着几番不舍的自问
我宁愿相信紫草潭是山岩最澄澈的眼泪
他们哭泣的时候格外平静
宛如思索命运的人悄然吐露心声

这里的山色淅淅沥沥
随意将光和影子都染成淡绿
土家姑娘轻灵的歌声
轻得点不开溪面半道涟漪
满目烟尘者甚至难以过境
他与画风格格不入
各种色彩的鹅卵石，趁着溪水转弯
纷纷游动成一抹亮丽的虹

兰浅的诗

诗人 档案 | **兰浅**：本名范明。诗歌散见《扬子江》《诗歌月刊》《诗林》《诗潮》《作品》等刊物，著有诗集《草地边上》等。现居深圳。

谈谈深圳

当谈到广东，谈到深圳
谈起舌尖上回味的早点
我就显得笨拙
我似乎还在用武汉话写诗
而在深圳我过得很好
虽然至今仍不会讲广东话
日常口语也有了南腔北调的深圳腔
广东以外都是北方
在北方我却是南方人
分不清前鼻音后鼻音、平舌音翘舌音
时间久了，我告诉别人我是深圳人
大多数人都能听懂
其实，爱上一座城才会在此安家过日子
尽管每次说起武汉有些落寞

259

热干面、豆皮、面窝、小汤包

母亲煨的莲藕汤

都成了思念的味道

我依旧弄不清深圳的冬天什么时候会来

是不是就在这些天几场秋雨之后

冬天将至的仪式感

深圳好在哪儿

好在南腔北调的普通话

好在四季如春的天空和大海

好在都是离乡背井

为了小小的梦想

这座城向无数异乡人敞开了怀抱

仿佛夕阳静止的草地

去草地边上散步

等于和自己交谈

一条路像房子一样静

我数着树

从一数到十，又从十数到一

有棵树纤细如少年

容易辨别出，雨下过三天后

它又长高了一截

这些年，我不再常怀念想

不再念想我在有水的地方出生

水里多了一个月亮

所经历的，风也好，雨也好

都恰逢其时

山高水长，阔别已久的湖畔

四月里，记忆又看见了我

有那么一刻，仿佛夕阳静止的草地

我找到了投在地上的影子

空山静

我们走着狭长的山路

你看那远方

路的尽头无法抵达

在世的孤独永不能平息

空山，寂静，如我们所愿

若万物有灵，这里便是栖息的所在

在溪水边，我们捡到颇有年代的石头

好像来世也将怀抱山水

你说，如果静是好的

像这些石头，借溪水的清澈

留下清晰的纹理

一条鱼和连绵起伏的山峦

它们被发现，新的命运已经打开

一只惊鸟突然从一棵老树飞出

细小的流水代替了我们

那些美好的

当晚霞在海的那边布满天际
每天的这个时候如此愉快

海涛变得安静而温存
夕阳的余晖洒落在一艘停泊的船只
一团燃烧的火
云彩也朝着它的方向倾移

我们靠着栏杆小声地说话
你姣好的面容宛如晚霞金色的光芒
爱情、鲜花、歌声，那些美好的

一支风琴从海上升起
每天的这个时候，如此幸福地倾听

凌之鹤的诗

诗人档案 | **凌之鹤**：诗人、文学评论家，云南省作家协会会员。著有《醉千年：与古人对饮》《独鹤与飞》《为文学祭春风》等。

沙溪古镇

仿佛一道明亮的光
流过舌尖，之后，无声漫过心灵
我喜爱一切悦耳的名字
一个人，更多的树木
艺术作品，——其令名足以证明
让我欣然长途前往的这个古镇

徜徉于寺登街，粗粝的砂石路上
我想象昔日马蹄踏破
深山寂静，马锅头浓烈的旱烟和茶香
随风飘过悠长小巷，而眼前
滔滔奔流的黑潓江，把我拉回现实
古旧的瓦舍木楼、参天古树
唤醒了我的乡愁。此时，沙溪恍如

263

沦陷于深渊般神秘的静谧
在寂寥客栈，望着一杯茶，发呆

我此番出行，是寻找
还是刻意躲避，看新潮的闲人
追逐着古老的事物，玉津桥头流连的佳人
不是等我，她关心的
是欧家大院的繁华与衰落，我知道
古镇仍怀着一颗青春之心
在她的芳心荡漾，我看窗外风景
浅斟慢饮，升起半个月亮，星斗满天

马萧萧的诗

/9j/4AAQSkZJRgABAQAAAQABAAD/2wBDAAMCAgICAgMCAgIDAwMDBAYEBAQEBAgGBgUGCQgKCgkICQkKDA8MCgsOCwkJDRENDg8QEBEQCgwSExIQEw8QEBD/2wBDAQMDAwQDBAgEBAgQCwkLEBAQEBAQEBAQEBAQEBAQEBAQEBAQEBAQEBAQEBAQEBAQEBAQEBAQEBAQEBAQEBAQEBD/wAARCAG5AQkDASIAAhEBAxEB/8QAHwAAAQUBAQEBAQEAAAAAAAAAAAECAwQFBgcICQoL/8QAtRAAAgEDAwIEAwUFBAQAAAF9AQIDAAQRBRIhMUEGE1FhByJxFDKBkaEII0KxwRVS0fAkM2JyggkKFhcYGRolJicoKSo0NTY3ODk6Q0RFRkdISUpTVFVWV1hZWmNkZWZnaGlqc3R1dnd4eXqDhIWGh4iJipKTlJWWl5iZmqKjpKWmp6ipqrKztLW2t7i5usLDxMXGx8jJytLT1NXW19jZ2uHi4+Tl5ufo6erx8vP09fb3+Pn6/8QAHwEAAwEBAQEBAQEBAQAAAAAAAAECAwQFBgcICQoL/8QAtREAAgECBAQDBAcFBAQAAQJ3AAECAxEEBSExBhJBUQdhcRMiMoEIFEKRobHBCSMzUvAVYnLRChYkNOEl8RcYGRomJygpKjU2Nzg5OkNERUZHSElKU1RVVldYWVpjZGVmZ2hpanN0dXZ3eHl6goOEhYaHiImKkpOUlZaXmJmaoqOkpaanqKmqsrO0tba3uLm6wsPExcbHyMnK0tPU1dbX2Nna4uPk5ebn6Onq8vP09fb3+Pn6/9oADAMBAAIRAxEAPwD9U6KKKACiiigAooooAKKKKAP/2Q==" />

在玛曲

那一日，话是圆的，风是扁的
天是云的，地是草的
流水是远方的
鹰是可以把自己读成第二、第三、第四声的
我借了诺布的骏马
而诺布仍然是属于央金的
唯有青稞酒，是大家想醉成什么样就什么样的

蒙山

蒙山者的工具
无非是自产的几重雾

或艳遇的几片云
或每日一换的
几张夜色而已

蒙山者蒙住鸟，蒙不住鸟鸣
蒙山者蒙住溪，蒙不住溪水
一如我无法用微笑
蒙住自己的呻吟和泪滴

明月村

小时候，妈妈老告诫我
千万不能用手指
去指月亮，否则会被它割耳朵

而且，不能用手指
去指神、菩萨、佛

长大后，不管走到哪里
都会在夜深人静的时候
问自己：有没有
一根手指，在背后指着我

不管我走到哪里，月亮
都像妈妈手里的海绵擦
在高处收容着黑暗、忧伤、罪过

266

枫桥夜泊

一样的月落，一堆的乌啼，一厢情愿的霜满天
一支支无形的箭，从如弓的桥上
射落，伤及了一个
身着西装却爱到唐诗里平平仄仄赶考的我
风翻雨打的草木，荣枯依旧
一座寒山寺，一组准点的
钟声，还在用文言文，不紧不慢吟哦

贵清山水

心藏雷电，便有流水。这会儿我让它们
在贵清峡的千万卵石上公然嬉戏
还有一些，偷偷储存于漫山草木的肉体里
而被闲云顺手牵羊舀走的那几瓢
终将浇灌到千里之外的某一个缘分之地
喂！一路上把野花当作细浪拍摄的那位女子
如果需要，你还可以从我略微开放的
眼神中，接收几朵小小的涟漪
至于栈道上那几个喊渴者，或因
浪漫太多、浪费太多，流失了太多泪水

慕白的诗

诗人档案 | **慕白**：首都师范大学 2014 年度驻校诗人，中国作家协会会员。参加《诗刊》社第二十六届"青春诗会"。曾获十月诗歌奖、红高粱诗歌奖、华文青年诗人奖、浙江省优秀文学奖等。著有诗集《行者》《开门见山》等四部。

玛曲落日

落日忧伤
我的狗在叫

高原啊
我的故乡
我爱自由，深爱大自然
可我的命运风一样难以把握

包山底

是一个村庄
也是一个墓地

我生在这里
我的父母埋在这里

飞云江

这些水滔滔而来
我以为它们是因我而来
我的笑声未落
它们已经离我远去

登古源

夕阳下
黄绿相杂的荒草
散淡开来
山林间的野草和闲花
都寂寞无主
一只蝴蝶追着
一只小狐狸的尾巴
在跑
无拘无束
群雁心无旁骛
在天上游走
风更自由
吹着人与四野

皆茫茫

过浦阳江

江水荡漾，云雨中听鸟鸣
每一条江都有看不见的伤痕
勾践、夫差、文种皆已成过客
每一次邂逅都是命中注定
以退为进，真爱在五湖之后
浣纱之女不知所终，善良、舍予
永远不会过时，是真亦幻
虽然卧薪尝胆可独得天下
但我始终做不到与善为敌
信不信由你，江山易改
灵魂的相依，最难忘的是
梅子青时，梦中巫山

梦天岚的诗

诗人档案 | 梦天岚：本名谭伟雄，中国作家协会会员。出版散文诗集《比月色更美》、长诗《神秘园》及两部短诗集。现居长沙，供职于湖南省诗歌学会。

柳子庙

连一声鸟鸣也没有。
回过头，双檐八柱的戏台是空的，
唱戏的和听戏的早已散场。

风声也已退隐。
庙墙内外，所有的树都屏住呼吸，
多么寂静，三绝碑立在灰暗处，
唯有刻在上面的文字个个精神，
它们彻夜不眠，等谁？

当头顶的天空被翘檐分割，
大地从未放弃仰望。
光线和灰尘未能惊扰的，
料想这尘世的喧闹也不能。

愚溪

我看到身穿拖地长裙的古装女子，
她们打着雨伞漫步于柳子街，
或者撩水嬉戏，出没于溪边的民舍。
仿佛远逝的时光得以倒流。

立在桥头，我也有一颗古装的心，
它适合在深夜的笔尖流淌，
其声也淙淙，可清洗旧时的伤口。
亦适合在清晨登高远眺，
其意也切切，又何来暗自神伤。
但看那山高水长处，棚顶残雪下，
总有一个暖如火炭红泥的人间。

随波，定然逐流。
流放和流芳有时是两个同义词。
愚溪借一人之名又历千余年，
我借愚溪之名，只念今生。

回龙塔

有人指着说那就是回龙塔，
恍若万历甲申年在潇水的东岸浮现。

筑塔的人一定精通八角、斗拱和风水学，
也深谙水患带来的疾苦。
那条传说中的孽龙从此修成善果，
在返归东海之前，因为不舍，
回头多看了几眼。

我在船舱里隔着玻璃望着，
仿佛它绕过塔顶刚刚离去，
云层由此变厚，
它留下的一场雨还在继续。

想到自己的体内也有一条龙，
就有种说不出的难受。
是谁打的铁链，我已忘记，
当我亲手锁上暗室之门，
它的悲鸣，我没有再听。

这么多年过去，
它想行的善藏在它的恶里，
太深。

我一个人的雨也在下，
在一个不被看见的地方，下个不停。
我的塔，因苦于找不到岸，
至今没能建成。

大仙观遗址

大仙观的遗址上坐落一户农家，
两块石碑立成左侧的门柱，
七八个观名刻在上面。
右侧的青石阶台上，
乾隆十九年的石缸还在，
旁边有两块断裂的石碑，
上面镌刻的蝇头小楷，清晰可辨。
唯有那棵千年古树，
迎风醉舞，不发一言。

据说何仙姑曾在此地修炼，
她打坐的洞穴已经坍塌，
一堆石头滚落下来，
有人找到时间的牙齿。
哦，被咀嚼过的，被吞噬过的，
除了落日下的仙境，
还有香火里的人间。

我无法在想象中将它还原。
回程的路上，观前的河水追着我们跑，
开车的人吹着口哨，
将它远远地甩在后面。

梅苔儿的诗

诗人档案 | **梅苔儿：** 本名张晓，医生。有作品发表于《新华文摘》《诗刊》《星星》等期刊。获得第四届中国"诗歌发现奖"、《诗刊》首届"恋恋西塘"全国诗歌大赛一等奖、首届"春泥诗歌奖"等。

夜雨篇

在巴山，夜雨是一个不断注入了新鲜血液的计时器
嘀嗒，嘀嗒。有人惯在秒针上校音
半生仓促。好时辰终在故里，若隐若现
有人擅裁剪雨水，用偌大的空茫
勾带出内心深处小剂量的乡愁

这时候抱紧缙云寺一角屋檐
九峰的钟鸣、嘉陵江的水沱，都盖不过
一场夜雨弄出来的，静谧又磅礴的声响
雨落金刚碑，和雨打莲叶是一样的心肠
夜雨寄北，亦可寄南、寄西、寄东
收件人如我。在一首七律中
落款命运跌宕的平仄，画押半生虚度的韵脚

我听到一粒粒汉字，珠缀般滚落秋池
或者秋池并不是秋天的池塘，而是
光阴空置在当下的容器。等美好的事物一点点填充
譬如：五谷粮食画、叶脉画、静观蜡梅、剪纸、白鱼石
这些都是北碚的命脉啊

如果此刻李商隐的砚台再次被打翻
泼墨化雨，夜还是会来
他老调重弹，写道："巴山夜雨涨秋池"
我品出新意：夜雨一朝把自己撕开
整座巴山就披上了一件银白长衫
而每一首唐诗都是长衫上好看而巧致的流苏

——千百年来，还没等到神来之笔
破了这巴山夜雨
我也未曾相投雨尽后另一场黎明

五谷粮食画

无论叫它谷艺、米画，还是"百米图"
凡此种种，都是一种至高的献礼
无论是山水、人物、花鸟、卡通、抽象画
都是把内心纯美重新给予粮食
让线条、光辉把丰登的信息再次传递

试想，哪一种墨色或水彩能与之比拟

粮食，凝结着阳光、雨露和汗水
沟通天、地、人唯一的心意和途径
大豆的赤金、稻米的碎银、苏子的芬芳
以及麦子隐忍的芒刺

你看见画师在动用牙签、美工刀、胶水
这不仅仅是简单的拼凑
被处理好的籽粒，带着画师的虔诚
希冀与祝福：它们的布置合乎一张样图
而样图的勾勒合乎巴山谷底人家
袅袅升起的炊烟弧线

为此，你不能不说一幅粮食画
比一幅水墨的更具神韵
你不能不说它透露的神韵
高于宫商角徵羽
你不能不说这从谷物里取出的巴赫
是天籁中的天籁
是九月北碚的小写意；是巴山民谣的素面修辞
是夜雨绵绵温柔至善的归期

缙云山

"用镶嵌每个诗节的雕塑般的结构
学习明亮的草地如何不设防御
应对白鹭尖利的提问和夜的回答"

277

我进入其中，便是它迷人章节的一个词语
一座山它就像是一座钟表
有条不紊地分配着它的时间和善意

栈道深深邀约
它把自己浮在半山腰，像一个过渡段
而事实上，我们一直在走，或明里或暗里
用肉体，或灵魂。而此刻在半空
体会着肉体的重量和灵魂轻的丰饶
感到自己像是一个游码
而这偌大的缙云山啊，是一架迷人的天平

当山峰彼此对仗，当河流彼此互文
我又和什么相对应
黛湖是山石开出来不再凋零的花
我闻到它的芬芳与苦涩
缙云寺，以钟声的飞鸟寻找人心的树林
那些干干净净的祈祷。像满地绵密的松针
它们已不再隶属于树木，单独存在着

我一直相信，山脉引领文脉和人脉
就如这缙云山。空中的火焰，大地的基石
这种相聚是缘，更是缙云山的神性所弥漫
所灿烂的过往与未来；甚至，你继续深入

——你会在很多个某一刻消失

因为你在专注于鸟鸣的提问、泉水的应答

剪烛记

夜雨正试图把我引入巴山
更深更寂静的黑、暗

西窗烛。唐诗里的灯火，正值妙龄
长着柳枝细腰、杜鹃面庞、庄生蝶翅
点燃，满室辉耀。烛台暂不见一丝灰烬
我喜见那些暗物质
纷纷褪去黑鸦的翎羽。通体明亮

而这晚，李商隐的烛火已经燃烧过半
他用右手写诗，左手剪去多余的烛芯
一个人的旅途，是左右互搏的游戏
是盯着墙上，看自己旁逸斜出于人间的影子
一直飘忽不定，越拉越长

想象在野的萤火之辉
能照彻苍穹和群峰，亦可照亮草木与微尘
想象在朝之灯光晃动，我效法古人
给增生的火焰赠予剪刀，给白纸
匹配诗歌苍凉或滚烫的命运

我剪下巴山陡峭的曲线、夜雨绵绵的银丝

剪下白鱼石的慧根、温泉的活源
只为了让一首旧唐诗，再度容光焕发
而我剪它们的时候
有一种更大的力量在剪我……

——仿佛一生就为了生命中某一段
高光部分

牛梦牛的诗

诗人档案 | **牛梦牛**：有组诗发表于《诗刊》《芙蓉》《星星》《诗潮》《草原》等刊，入选三十余种诗歌选本。

山行

这时候
山中只有俩人
我，和我的影子
互相关照，彼此沉默
我们缓缓地走着，任凭春风
吹过半醒的桃花，吹过半醒的我们

什方庙

它似乎比我更需要拯救
香火没了，庙宇没了
废墟也消失了，取代它的
是一座二十世纪五六十年代的建筑
砖墙，依稀可以辨认出

一片荒草在秋风里
翻滚着，已近枯黄
两株需要几人才能合围的白果树
将果实悬在高处，秋风
一再吹它，但没有落下来。

可可西里

蓝成童话的天空，属于一只展翅高飞的鹰
茫茫雪原，属于几只闯过暴雪的藏羚羊
只有我不属于这里，看见我，它们纷纷逃离
神啊，我虽心存良善，于天上地下的生灵而言
却形同一杆猎枪

倪长录的诗

诗人档案

倪长录：甘肃省作家协会会员。作品见于《诗刊》《星星》《飞天》《绿风》《青年文学》《中国校园文学》《儿童文学》《散文诗》等刊物。有作品选入《新时期甘肃文学作品选》等十几种选本。

于月色酒香里品读酒泉

1

握着河西走廊这根哨棒流浪
拨动丝绸之路这根琴弦独唱
酒泉，从汉唐而来
一口芬芳，润泽美丽的传说

曾经为李太白醉卧抒怀的酒泉
月色迷人。西汉将军霍去病的故事
又被《汉书》里记载的一眼金泉
酝酿成流传千年的醇香

2

左宗棠奉命西征，途经酒泉

建泉湖，修酌亭，再策马扬鞭
一路沿着这泉脉酒香
引三千杨柳，进了新疆

望边关柳色，重塑绿洲家园的信心
看大河西流，浇灌人间烟火的舞蹈
毕竟这里风大漠深，山河自然孕梦
深居沙尘的中心，饮完辽阔再饮苍茫

3

飞天之梦，石油之梦
钢铁之梦，风电之梦
一个个开疆拓土的辉煌大梦
无不让世人们驻足流连仰望

祁连山的雪花马鬃飘飘，落满长城
曳着四季，进入河流的梦中
炊烟、羊群、马匹和菊香
哪一个是让你泪水奔跑更快的情人

4

河西有月，黄得鲜嫩，但它不傻气
读隔世的史、委婉的风、勤劳的人
而时代前沿，改革的浪潮汹涌
仿佛时间种下的风暴正迎头赶上

多少年了，传说和经卷一平一仄

月光和驼铃，弥漫在爱的故乡
孕梦的酒泉，文明的驿站
月色温习千年意境，不让脚步彷徨

5

被铁人精神的红色基因
演绎成蓄势心海的风暴
被挺拔的航天发射架
矗立为长征火箭冲天的辉煌

被戈壁滩上千万片风机叶片
托举为新能源基地的钢铁森林
也被边塞诗苍茫辽阔的意境
抒写在阳关大道的两旁

6

如今，祁连山如一列亚欧专列
正在西去的路上，风驰电掣
肃州、玉门、瓜州、敦煌
饱满的月光叮叮当当

酒泉速度和酒泉奇迹，被岁月之手
注释为"一带一路"上跨世纪的篇章
列车穿越白天和黑夜，穿越国界
载着友谊和灯光，浩浩荡荡

放牧的黑山岩画

大风继续吹来
雪的消息，在风中传播
掸落一身暮色的商客
想挨着一朵云
幻想黑山上
放牧着的一群白羊

那群羊啃着曙光
在灵魂里游荡
其实是游牧部落
或戍边的士兵
在青草里丢失的信
信封，是那些不会凋零的石头
如今成为著名的岩画

目光虽被雪线压住
石头里的青草还在晃动
黑与白
成为经天日月
浮华褪尽
我听见"嘚嘚"的马蹄声后
又是一声一声羊咩

彭惊宇的诗

诗人档案 | 彭惊宇：中国作家协会会员，现任《绿风》诗刊社社长、主编。作品见于《诗刊》《星星》《扬子江诗刊》《诗选刊》《长江文艺》《作品》等刊物。出版诗集《苍蓝的太阳》《最高的星辰》《西域诗草》等。曾获新疆天山文艺奖、昌耀诗歌奖等。

阿尼玛卿山

你鬓髯如雪，默默守望着黄河源
阅尽陆海浮沉，披览过多少沧桑岁月

活佛座前的最高侍者，为谁采集雪莲花
梦幻的雪豹安卧，白唇鹿悄然皈依
崇峻连绵的白银天堂，横呈于寂寞人间

——阿尼玛卿，上苍为我们指认
一个东方民族血脉相连的生身父亲

仁望阿尼玛卿，仿若旷世绵亘的洁白哈达
无与伦比的美和福祉，被谁无形的巨手
从宇宙蓝的天穹，捧献于我们的今生

287

临近，又那么遥远。玛卿岗日
格萨尔王不朽的英魂，像凛冽秋风
越过那最高的祭坛横吹青藏高原

煨桑台升起柏枝青烟
镌刻六字真言的玛尼石堆，五色经幡飘动
漫漫转山之路，有用石块垒成的灵魂居所

高原紫外线，深深刻进桃核纹的脸颊
那位蓬乱着灰发的藏族老阿妈，曾经艰难辛苦
她一路叩长头，五体投地的匍匐令我真情动容

这一切，阿尼玛卿雪山守护神，你都看见了吗
请把所有的护佑、爱和幸福，赐予受过苦难的人们

克孜利亚神秘大峡谷

一处来自火星表面的红崖遗址
一册被宇宙洪荒翻烂了的地质红皮书

克孜利亚神秘大峡谷
仿佛一条狭长的时光隧道，蓦然
重现了我的前世，且映照着我的今生
我回溯在地球母亲的子宫里
看见那叹为观止的峭壁，红砂岩的褶皱

鬼斧神工的岩纹，是金星上的流融体
成瀑布的熔铸。红灼灼的壮美呵

我回溯在地球母亲的子宫里
我穿行在现实人间的净界山
卧驼峰外，是一角但丁的蓝玉天空
渺渺梵唱，悠扬着人世的寂寞与沧桑
我恍觉我的遥遥征途，隐约在丝路驼影中

走出克孜利亚神秘大峡谷
我竟有了几分红肤巨婴般的豁然明媚

千泪泉

明屋塔格山赭红色的山崖
是东方欢乐佛和涅槃佛神圣的居所
这大地神性的堆垒，仿佛重现的梦境
让我分辨不清自己的前世与今生

我恍然觉得就是那位青年猎人
头顶着古龟兹白杏般的太阳
为信守爱情的诺言，开凿那一千个石窟
多少虚幻的梦想炙烤在骄阳之上

这是注定的宿命，和无言的悲剧
凿成九百九十九个石窟之后力竭而亡

心中那盏疯燃如炬的玫瑰灯焰熄灭了
连同最后一抹苍白笑容里凝固的绝望

克孜尔千佛洞终成我永恒的遗嘱
彩带飘逸的飞天向人间撒播无数幸福的花朵
莲台如舟，正慈航普度现实苦难的芸芸生灵
金翅鸟衔起橄榄枝，在茫茫环宇巡视、遨游

这诚然是生长在我苦痛基岩上的菩提树
古龟兹王国美丽公主的绵绵泪滴
汇成了千泪之泉。那旷世凄美的无限衷情
是我的皈依，和永不能释怀的天籁梵音

访朗德上寨

苗岭主峰雷山山麓，有一块最美的
人间璞玉，它的名字叫朗德上寨

风雨桥，廊桥轩敞开
横卧在浅浅碧水的乌迭河上
河畔坪田，青稻微黄，缕缕穗花香

笙歌四起，十二道拦门酒
高高向上的石阶，白银角冠的俊美姑娘
一道拦一道，端起米酒，长长的牛角杯
让迤逦登寨的人群，沉陷于苗家的盛情

背靠护寨山。松杉与茂竹，葱葱郁郁
一棵棵千年古香樟，荫庇苗寨子民

铜鼓坪，一场集会歌舞的盛宴
阿爸、长老们吹起高排芦笙，迈起
向前的慢方步。犹见一白须长者
瘦小，驼背，他虔诚的弯身格外醒目

一队藏青色服饰的老阿妈
合唱一支苗人古歌，那么深沉、远奥
她们安详的表情，俨然大地母亲的音容

欢快的锦鸡舞。银角头冠，盛装长裙
年轻苗女们那青春、蓬勃的肢体，佩饰叮当
仿佛是降落这凡间，翩翩起舞的银色凤凰

鼓笙齐鸣，人神同乐，汇入坪场之中
手挽着手，脚跟着脚，同步转成白日的光轮
在铜鼓坪地面石条十二道光芒里
团结的圈舞，已聚成我们自身小小的太阳

雷山望丰乡茶语

窗外，远山薄阴，青霭如画
室内，宾朋满座，沏好新茶

291

一杯透绿，沁人心脾的清香
一杯金黄，温润入怀的神爽

用感觉的每一个味蕾去细品
用交流的每一根神经去沉浸
好茶！能醒却前半生的浊酒
也定然能清朗后半生的乾坤

茶与酒，酒与茶，最是性情中人
平生多少况味，难尽述说，难尽述说
谁不曾有过青春年少，斗酒争英雄
而今欣享雷山茶，品茗话桑麻

登上望丰乡田角村茶园
一座座茶山，形似碧绿大海螺
茶垄上，仿佛看见，苗家姑娘采茶青
她们唱起飞歌，醉蝶花儿般，惹人醉了……

彭戈的诗

诗人档案　**彭戈**：本名彭易贵，任过教师、媒体记者、杂志编辑。作品见于《星星》《海燕》《诗潮》《绿风》《诗歌月刊》《上海诗人》《中国诗人》《诗林》《中国作家》《诗刊》《十月》等刊物。出版诗集《日常生活》。

山顶上

低矮的草高过我的膝盖
高大的树低于我眺望的目光

透过树枝密匝的间隙
我窥视到城市背后的阵痛和隐忍
偶尔站在高处
虽有醍醐灌顶的姿态
大部分时间
像艾草一样地活着

山顶上
阳光并不稠密
那些接近真相的看法和语言
就像风中的花絮

293

无踪无影

早晨穿过深南大道

生命里必须走过的路
必然跨过的桥
毕竟蹚过的河
汇集到最终都成为墓志铭

一路走来
繁花似锦，万物成长
我依然没有飞翔

听悲悯的声音发自内心

世界嘈杂不堪
我混淆其中
在好人的队列里
我不算最好的那个
在坏人圈
我又不属于最坏的
在这个没有英雄的时代
我失去了膜拜指向
找不着北
只有听悲悯的声音发自内心

土坯房

旧时的阳光依然能抵达
土还是土，同样接受雨露均沾
而土地的主人
很早以前就离开了
在混凝土逼仄的空间
怀念土坯房的暖
风使劲吹着，呜呜作响

终有一天
土坯房会消失殆尽
世上再没有值得怀念的物种
我们也就没了故乡
那些厚厚的祖谱
将不知道寄存在什么地方

邱红根的诗

诗人档案 | **邱红根**：中国作家协会会员。作品见于《星星》《绿风》《诗选刊》《诗歌月刊》《诗潮》《江南诗》《扬子江诗刊》等刊物。出版诗集《萤火虫研究》《叙述与颂歌》等。

挂在脖子上的菩萨

在灵隐寺、普陀山和三亚……
我见到过很大的观世音菩萨
站着的、坐着的、拿法器的。形态各异
接受很多人叩拜

而小小的观世音菩萨
来自蓝田，黑曜石材质
眯着双眼、双手合十，坐在莲花台上
她只接受我的叩拜

小小的观世音菩萨
就挂在我的脖子上。我平静时她安静
我慌张时她烦躁
我发怒时她奔跑

296

有一刻，她差点从领口跳出来

今天早上对着她念《心经》
我觉察到了一点异样
小小的黑菩萨，眯眼的观世音菩萨
好像对我笑了一下

题贺兰山中的一片三色树叶

在贺兰山腹地
我遇到了一片三色树叶
黄色、红色、绿色
沿着脉络，掌形的叶分割得清清楚楚

在同一片树叶上
存在三种界限分明的颜色
仿佛在它身体里
进行着三种同时存在的时间

三种对立的颜色，三种对立的时间
它的边疆，裂开、裂开……
扩大成一个广阔的平原
让每次经过它的人，通向不可知的深处

苏峪口国家森林公园，在这里
早晨是春天、中午是夏天、下午是秋天

惊奇在持续发酵
寒露叫醒远行的飞鹰
有一刻，我神志恍惚
思维仿佛卡在不同时空里

地米菜

大风刮了一夜
江汉平原没有遮拦
平原的风不知道迂回、转弯
也从不喊累

田野上的麦子、高粱、茄子、青椒
这些骄傲的、高高站着的植物
折断了腰

塑料薄膜、黄沙、碎纸、瓦片、床单
这些轻浮、无根的东西
被大风吹跑

那片地米菜能独善其身
它们紧紧地趴在地上，开出白色的小花
并把根深深地扎在地下

秋实的诗

诗人档案　秋实：原名冷燕虎，湖南省作家协会全委。1983 年开始在省以上报刊发表文学作品，1995 年毕业于原解放军艺术学院文学系。曾获解放军文艺奖、广州军区首届文艺奖等，作品入选多种选本。

当茶叶爱上南岳

一种茶叶爱上南岳

就像我爱上天空

你看那云遮雾罩的茶呀

她看不清道路　也看不清游客

委屈得整日泪水涟涟

一种茶叶爱上高山

得罪了平地

就像我爱上梦想得罪了现实

你看那鲜嫩娇柔的芽尖

如何与遍地的小草争荣　繁花舒卷

委屈得整日在寒风中打战

一株茶叶爱上一山茶叶

得罪了自己
就像我爱上灵魂得罪了肉体
你看她们相互合影的照片
葱翠得发绿　像失去了自己
委屈得只好抱团取暖

一种茶叶爱上南岳
得罪了四岳
就像我爱上快乐得罪了痛苦
就像世界爱上老子得罪了耶稣
就像内心保持的纯洁
得罪了蔚蓝的天空

今夜　在烟霞茶院
在一杯南岳清泉的指引下
我要把你泡成红颜　知己
决定放弃粗暴的乌龙　铁观音
徒有虚名的大红袍
早已找不回自己的普洱
以及洋鬼子撑腰的咖啡
和你瑶琴高寒清净　淡雅闻香
我要把你从深闺中抬出来
与南岳佛道共荣
与明天和盛名风云际会

一树银杏叶改写了枯萎的定义

就这样落下来
情人般投怀送抱，故事
流传般翻动书页。也许
只是要给寺庙开垦一片荒地
一束得到赞美的阳光拂过
寺庙的诵经声也拂过
像牵挂帮助牵挂，一个香客
安慰另一个香客
我咳嗽了一声，望会儿树
又看一会儿寺
突然想到了寺里辛勤的菩萨
想到她烟火中从不皱眉的样子
这样闪着金光的叶片
这样的佛光普照
也许就是佛祖的遣使
来尘世给菩萨送温暖

荣荣的诗

诗人档案 荣荣：本名褚佩荣。出版过多部诗集及散文随笔集，曾获《诗刊》《人民文学》《北京文学》等刊物年度诗歌奖、中国作家出版集团优秀作家贡献奖、徐志摩青年诗人奖、中国女性文学奖、刘章诗歌奖、十月文学奖、鲁迅文学奖等。

登飞来峰

他攀登的时候，那峰飞来已久，
峰上压着一座塔，塔上有浮云乱走。

他登高只为望远，那是年轻气盛的远，
是一览无余的掌控和不畏惧。

还有些抒情的柔软，柔软里的
顶层设计，有关普天众生与来日。

一定还有一个我或我们，在他的远望里，
多少的不成气，多少的怯懦。

302

江阴适园

在这里，你可以收汗，清心，
将尘嚣与喧闹，暂且隔绝。
在这里，你要足够沉静，
就能见到旧朝的寄舫先生，
看他"无意为园而适成之"，
为你重演，如何用石头和流水，
沾几分浓绿，几点幽谧，几许雅然，
在天地之间，写一幅
惊人小楷，画一幅传世小像。

在这里，你如能潜心想象，
也能参与建造，仿佛亲历。
凿湖垒山，辟池引水，
为鸟植林，为鱼凿潭，
巧夺天工，造出一块美地，
宜书、宜诗、宜画、宜居、宜游。
起笔里，也像那人心怀良善与大爱，
在精致的江南，将流水与石头
用艺术的名义从头命名一遍。

然后才会有不一样的香廊、曲桥，
不一样的秋声舫、易画轩，
不一样的爽亭、绕云山馆，

不一样的秋入琼波、响秋轩，

不一样的适安斋、超然台，

不一样的敞厅、曲桥、假山隧道，

其实也一样，只是一切仿佛新建。

然后有一个你，在时间长廊里，

从旧日子慢慢地走到今天。

然后允许你有一声喟叹，

融入一园之地的淡然与内敛。

安逸之地，也不缺沧桑与波澜，

还有多少人内心的曲折沉浮，

皆恍若云烟，真若云烟。

净峰寺参谒弘一法师旧居

那位苦行僧在这寓居半年，

只为种几棵清凉的菊花。

我看到的，一定是你栽下的，

瘦削的，干净的，

佳色出尘，一如你。

山上览景，寺里认心，

我还不是觉悟者。

但我一定是你说的那个后来人，

也终能摸到独属于我的那道觉悟之门。

如风的诗

诗人档案 | 如风：中国作家协会会员。作品散见于《诗刊》《星星》《扬子江诗刊》《作家》《作品》等，有作品被译为英语、德语等。获《现代青年》2019年度十佳诗人等奖。

红河谷

这徐徐铺展的荒凉
多么像中年以后的光景
没有可以收割的庄稼
没有等待我采摘的果实
一条小河弯弯曲曲经过这片干渴的戈壁
此刻，我也只是一个过客
烈日下到来，尘土中离开

红河谷
当我不再说出爱
风，正浩浩荡荡从盘吉尔塔格山上空吹过

67号界碑

江山无数
哪一片疆域都是故国。
但所有的河流只有一个远方。

界碑在此。
有些话，是不是你终究无法说出？
此时的喧嚣是瞬间的事情，
孤独，才真正属于界碑。

白日在上，萨吾尔群山静默无语。
我站在你身边
抬头望云。

经过

塔里木河从塔克拉玛干经过的时候
千千万万粒沙从祷告中抬起了头
这时，羊群就要转场
西伯利亚的风正在翻越西天山
天空蓝得有些虚无

一只鹰向着那高处的虚无拼命飞去

而河流两岸的胡杨一同站在尘世里
它们见证了一切，但从不泄露风声

西部的秋天黄了又黄，你经过我之后
我的发间，又多了一层霜

旷野

大雪之后，天地肃穆
独钓寒江雪的那人
双目低垂
与现世，隔着千山万壑

若羌的诗

诗人档案 | **若羌**：西北生活工作多年，移居深圳多年。喜旅行。著有诗集、小说集多部。

登上天堂台阶

云摆在蓝空，我不读。
柳树梢上风纠缠，我不看。
红耳鸭在阳台叫啊叫，我不听。
喧嚣世界已经经历过了，
关闭感知红尘的器官。
放出灵魂，让他四处逛，
一会儿苍山一会儿洱海。
要干净整洁，无色无味，
雨后空气一样，踏上天堂台阶。

遗民

樱桃以近似荒
诞的明艳成熟，满枝

等待的坠落

苍山脚下，这样的事

情如流云铺陈

安静穹顶偶尔落

些许雨滴，算

是追思过了

大理人虔敬，门上贴着

挽联，白纸黑字

暴晒中更分明。像

高古遗民在昊天远地，全然

与滚滚红尘无关

风世界

四月末，风

骑上院墙外的核桃树，

再到繁花满枝的楸树，

不停摇晃午后光芒，又

在院子里的石榴树下收拾

细碎阴影和粉红落花。

最后，它用麦芒般的尖刺

拍打我的脸，往眼睛里钻，

泪刚滴到面颊即被吹干，

但眼角一直是湿的。

四月的风，吹过的

多少地方都在流泪啊。

这闲散困顿的边地，
那战火纷飞的远方。

五月

五月变脸如此之快，撕碎
半天灰云，又扔出一堆
屑末，被风吹得膨大。斜阳
讨好地给一些云团镶金边，
又被一把扔掉。免不了
一场阵雨。大不了一场暴雨。
插秧的女人双手更利索，
秧苗油绿一字排开在水面上，
倒影移动，被涟漪带远。
九月将带来洁白稻米。

石玉坤的诗

诗人档案 | **石玉坤**：中国作家协会会员。出版诗集《大地的远》《从清溪抽出丝绸》。曾获安徽省社会科学文学艺术奖、马鞍山市政府太白文艺奖等。

春分日在徽园

假山隐于后庭，像在
苦等一个人，曲廊过煦风
池旁老柳枝又新绿

古今事一口老井都见过
井沿有井绳深勒的疼，临镜人
紧紧拥裹住春衫的薄凉

鹧鸪声深，绣花针乱
一株莲花并蒂
绣在手帕的深处，各抱苦芯

转角，看见你推窗的脸
半旧半明

311

刚巧均分了这春

藤木桥的雨

桥下送流水，过白鹭，也飞灰雀
好雨要待三月，草尖
冒出新念头，犁头带水，雨燕来巢

雨长短不一，高一脚在坝上
低一脚在田畴
最亮的一滴在老牛的眼里
最脆的一滴在青瓦的屋顶

当雨脚拐过青石板的小弄，撩开
一串串水晶的雨帘
就撞身走进雨中

藤木桥立起一道绿色的瀑布
雨水濡染藤花的香味
桥墩下，那个双脚打水的少年
抹一把颊就抹一把清透的雨香

夜露渐结，天空带着星光入秋
一条小路连通山中像是呼喊
仿佛那些远去的亲人
某一天会经过藤木桥突然回来

或许那是在一场雨后，暮晚的山峦
升起淡淡的岚气
绿皮火车打着鸣，缓缓穿过
落日的针眼

启竹溪

卵石陷入静默，像突然顿住的话
流水绕着去说，修竹修身
空出一截截内心

爱上鸟鸣是春深之后，白泉飞奔
竹摇曳，山顶发蓝
你抚琴，纤指醉于丝竹

晚山照带，清风充盈山谷
渡溪涧，过短亭，又吹拂我们
竹影婆娑如半旧春衫

半月池

我有一泓清水，只为你养半月
拣几粒瘦石积为寒山
自此，便有千山可跋

万水将涉

还需要些杨柳，虚构一场
古诗里的伤离别
春风十里
长亭若哭，短亭如凝噎

既然命运如此安排
那就弄浪三叠
千堆雪起，我放半月为舟
渡人世圆缺

霜扣儿的诗

诗人档案 | 霜扣儿：本名王玮，《新诗百年——全球百位华语女诗人诗歌精选》主编。诗歌作品多次在全国征文中获奖。著有诗集《你看那落日》《我们都将重逢在遗忘的路上》、散文诗集《虐心时在天堂》等。

秋日暮晚在滕王阁上怀古

1

年月太深了，渔舟是一个句号
似动，似不动，仿佛多年前的落日
与如今的赣水对望——这绵长的合忆
足够诗人们畅谈千百次

滕王阁的前世今生一会儿在天边，一会儿在眼前
一会儿是朝代更换，一会儿是水鸟争鸣
时光的白马踏破了旷远的波涛
余下水光荡漾，拥抱我直抒胸臆的赞美

一座楼阁在我眼前，以百世流芳的姿势
氤氲并浮动着大唐旧事

凝神，我看到弥漫在字里行间的落霞
俏生生地跳起涟漪

2

雁阵远了，长天浅淡
草长莺飞里的史册沉浸又浮现在衡阳之浦
兼葭微白，恰如远行者的沉吟
此刻朦胧的气息笼罩了赣水，和我的心

暮晚越发温柔，文笔峰身段旖旎，依稀
这是怎样切近又遥迢的抵达
江西风水之妙，在文人墨客的笔下展开
一笔是渺茫秋水，一笔是旧朝歌台
惊抬眼，千年过客已被各自的方言带走

凝聚天地灵气的滕王阁
以水笔之名度化天下福气，亘古、巍峨、玄妙
它是宽容的，从不问暮鼓声里的斑驳与苍然
融化了多少纷乱与缥缈的往事

3

放眼远望，水雾浮动
赣水抚慰我心，如月色垂怜流觞
而丝竹管弦无须出场
滕王阁本身，就是一出内涵丰厚的大戏

由此想起，尘世万千繁华与一个诗人的悲凉际遇

在《滕王阁序》里交集，生根
平仄之间，徘徊着多少代长衫读书人
他们孜孜不倦亦步亦趋，却不能将大唐的盛世阅尽

明三暗七的结构里，台阶不留尘埃
皇家的气息湮灭于斯，百姓的身影丛生于笑语
时光的辙痕被诗人的悲喜流放着
狼毫与水袖交错，一钩弯月钓出不可复制的绝句

4

江水泛动，光波晶莹
我幻想那里有深情的酒盏，约请当年的孤鹜
在我恍惚的心上拨动琴瑟之音

我也幻想，千年前谁着青衣，站在我的身边
以一阁之高问我此行是归来还是归去
秋风绵软，赣水铺开感性的词汇
与滕王阁上的红灯一起，亲吻我隔世的浪漫

时光折叠，我已说不清满腔留恋
几分源自仰慕，几分源自痴迷
沧海桑田，天高地广，我能做的只有手握星光
用真挚的心完成一首情诗

5

这是良夜，江水静谧
千古兴亡涵盖其中，复沉淀成诗词的魅力

背靠滕王阁，我想与时光痛饮三杯
以慨叹，以豪情，说说古老但未苍老的大江西

抚今追昔的抒情是多么美妙的隔空礼敬
曾经陷入叹息的诗人应该醒来
在滕王阁上，与我相视而笑
跋山涉水的灵魂在"多彩豫章，诗韵悠长"的门楣后
获得了永恒的安居

沈云霞的诗

诗人档案 | **沈云霞**：湖南省诗歌学会会员、毛泽东文学院第二十期中青年作家研讨班学员。有诗文先后在《湖南日报》《少年月刊》《鸭绿江》《辽河》《伊犁河》《诗歌月刊》《延河》等报刊发表。

小雪

风声一紧

冬就来了

时光的脚印踩住年的尾巴

红枫与银杏

被霜激起一层酡红

斑驳满地

静坐岁月深处

看夕阳驮着黄昏归去

倦鸟行色匆匆

寒意渐浓

寂寞凝成的小雪

比石头还硬

冬日已悄悄别离

满树的白
在一点点消融
不必怀疑它的过去与未来
不必介意它是否来过
冬日已悄悄别离

春风拂柳
红梅低垂
与路过的冬一起枯萎
烛火躲在黑夜深处
为缺失的月色惆怅
烛光摇曳
燃尽最后的忐忑

曼陀罗与桔梗花

蓝色曼陀罗拉长了身影
与桔梗花对白
曼陀罗炫彩的华服
令四季失色
桔梗花在时光里沉浮
忘了昼夜

阳光携着风

在岁月的长河里穿梭

曼陀罗在风中献舞

悄无声息地随风起落

飘散

桔梗花醉在曼陀罗的翠绿港湾

独自轮回

寂寥的光阴

散发着轻盈的忧伤

如水的夜色

阻不住尘世风烟

桔梗花怒放在空旷的原野

荡漾着夜的悲歌

汤红辉的诗

诗人档案 | **汤红辉**：湖南省文联委员、红网文艺频道主编。曾主持策划执行第二届、第三届中国张家界国际旅游诗歌节。作品散见于《诗刊》《星星》《诗潮》《扬子江》《诗林》《诗歌月刊》《黄河》《延河》《湖南文学》《湘江文艺》等刊物。

天门山

请允许我把腰再高挺一尺
请允许我把头再低额三分

天门洞是天眼
上苍有好生之德
对世间事睁一只眼闭一只眼

任由天门山这般绝美遗世独立
任我们在这奇峰秀水间羽翼丰满

只是仍心存敬畏
不敢在这山水间过于放纵
怕轻于肉身的灵魂找不到回家的路

仓圣塔

父亲说以前读书人用毛笔写过字的纸
要送到塔里烧掉
不能拿来抽烟也不能上茅厕

"破四旧"时庙和塔都被毁坏
但它们一直挺立在
故乡的记忆中

今年五月
远嫁外地当教师的妹妹和我
回乡为百岁祖母庆生
打开手机搜索"仓圣",他原是文祖仓颉
我们对"颉"读音已拿不准

七星塘

风雪中启程
在导航中输入"七星塘"三个字
故乡早已被大雪湮没

没有族谱,也不隐身于方志
就像乡下每一个祖母

一身干净朴素　一生波澜不惊
名字美丽却不曾惊艳

夜晚躺在床上考究村子的名字
全村总共只有大小七口水塘
呈北斗分布
它们不曾收留一个无米之炊的女人
也没有收留一个贪玩的孩子

每一口水塘都蕴含外祖母式的慈悲

涂拥的诗

诗人档案 | 涂拥：四川泸州人。有组诗发表于《诗刊》《中国作家》《星星》《作家》《诗歌月刊》等刊，有诗作入选多种年选。

神奇的石缝

原始森林的溪流上

有一条天然石缝

刚好重合了北纬 28 度线

左边长满彼岸花

右边却又忽地笑

仿佛生死都要灿烂

无数人惊叹于这奇迹

而我却看得简单

我从这缝隙出生，至今溪流

仍像充沛的羊水

有时我比戏水的孩子小

天真地打量一切

有时又比纳凉的老人都要老

不要说沙子，稍有风吹

便会泪流满面

南红

有了向家坝水电站的热情
我们才有幸在水富
见识到了金沙江的温柔

面对水中那些石头
渴望看出冬天的光辉
既然上游有南红
凭着金沙江惊涛拍岸
相信除了泥沙俱下
也会洗净高原
留下蓝天和寺庙
也会有宝石降临

至少我们在悬崖上空
飞鸟的翅膀上看到了
还在餐馆老板娘
高原红的脸颊上看到了
高原应该有的自信

第四棵

古码头有三棵大榕树
长到空中抱在了一起
景区命名为"三口之家"
游人从街上看过去
总会数出四棵树
走下河边后才发现
长得最伟岸挺直的那棵
是一根水泥柱
正支撑着这个百年家庭
做得太真了
鸟儿也喜欢在上面鸣叫
以至于有人对另外三棵树
产生怀疑

火山口很热

冒火是很久的事了
火山口早已忘记
安静地从身体长出草木
偶尔开花几朵
努力融入大地
只是忘记了伤疤

已经纠结成玄武石
让人们接踵而至
以至于温度要高过山顶
火山口至今不明白
自己为何很热
蜻蜓也在身边飞来飞去

田暖的诗

诗人档案

田暖：中国作家协会会员、山东省作家协会签约作家、鲁迅文学院中青年作家高级研讨班学员。诗歌见于《诗刊》《新华文摘》《文艺报》等刊物。著有诗集《如果暖》《万物闪耀》《儒地》等多部。曾获叶圣陶教师文学奖主奖、红高粱诗歌奖等。

科尔沁篝火

围着科尔沁的篝火，让我相信沉默的木头
也是长翅膀的火，火从来都是向死而生

没有什么能够束缚住燃烧的灵魂
不为消逝，更不在乎灰烬

篝火舔旺了我们身体里的火焰
我们跳着拉手舞，热浪似的向篝火扑去

人们那么兴高采烈，那么认真地澎湃着
即使生活常如烧过的灰烬，让人绝望

可就在成为火的瞬间，却仿佛一种诞生

把心灰意冷的人，烫得热泪盈眶

每一团劈波斩浪的火，都在火的舞蹈中
放肆地闪耀如星星，飞向天空的八角

月亮升起的时候，我们虔诚地拜着月亮
这永恒的篝火，燃在梦呓的高处
辽阔幽亮的，把火的光辉点进人们的胸膛

从北湖湿地放逐花海

果然置身在一卷徐徐打开的画中
黑心金光菊把向阳的花朵盛放了一路
我们在它们的光芒里穿行
浑身都镀满了明媚的金

那些有思想的芦苇正深入水中
把美意放逐在荡开的波光里
折射在我们身上的时候
让人们也忽生出思想的光芒

我们坐在观光车上
眼睛里无法确定的美，使疲惫的
人们渐渐恢复了活力
继续环湖而行，仿佛梦境和幻想
让黯然失色的更加明丽

所有的自由和美，都不可辜负
当我们在湿地上把自己放逐花海
恰似那些飞鸟、草滩、流水和游鱼
放逐在美妙的栖居之地

十里湖夕照

是步云台吸住了我们
一个仙境里才有的名字
让我感到正步入神秘向往的境地

有人拍照，有人孩子似的跳了起来
一条散发着水腥味的小木船
轻轻把我们渡回了童真

芦苇深处，芦笛嘹亮
一圈圈涟漪和水花接连着蜻蜓掠过的美意
在摄像机里，今天正把昨天延续

路上蹦蹦跳跳的孩子，正和大人一起回家
野花的暗香拍打着我们的肩膀
一群影子斜在夕阳里把未来的路拉得正长

开在香山顶上的花朵

牡丹谢了，芍药已经娉婷起花蕾
山顶上总有一朵花在等你

你可以唤它香槐、蔷薇、紫云英
还可以叫它马兰、玫瑰、香草
在高于尘世的山顶上
它只管自顾自地开给你看，香给你识
仿佛流水之于高山
在山脊上喘吁吁地发着光
不管你有没有到来
不管你看没看它一眼
一种动人的美和力量覆在山顶上
压着滚石
——让我们无法坠落

——我们都是滚石
在生活的雨雪和风暴中
滚落，又被不断推升
向一座开向高处的花园
冒着汗水和泪花的香气，不停地攀登

而等你的花儿高耸在香气叠高的山上
以一朵蕾的模样

等待，奔向高处的人们
像轻雷呼唤着闪电
在高处，唤出一个接力着一个含香的人

田耘的诗

诗人档案 | **田耘**：中国作家协会会员。诗歌作品见于《诗刊》《解放军文艺》《星星》《诗林》《诗潮》《诗歌月刊》《芒种》《红豆》《延河》《延安文学》等。著有中国第一部城市史诗《石家庄长歌》《燕赵长歌》《飞走的堂吉诃德》等。

在原平电力大酒店

手中的诗歌和内心的火焰，是他们的
接头暗号，这些来自中国地图各个缝隙的
医生、教授、局长、编辑、自由职业者
在一个叫韩玉光的山西诗人召唤下
以诗歌手艺人的身份围坐在四张圆桌边

局长与个体户把酒言欢，大学教授向小学教师
虚心请教着分行技艺，多好
"一个叫木头，一个叫马尾"，庞培的歌铺展出
草原的绿和远方的远，大卫激动的手掌
快要将桌子拍碎，多好
"爬山越岭我寻你来呀，啊格呀呀呔"
热情的山西诗人全变成民歌高手，多好
石家庄的诗歌女神施施然和诗歌女汉子田耘

将要在 423 房间共度两个难忘的诗歌之夜，多好

我们还有取之不尽、用之不竭的汉语，多好
我们还有无穷无尽的诗和远方，多好

在百里峡，读一首105华里的诗

这是太行山与燕山联袂写下的
105 华里的长诗
以海棠峪开头，以十悬峡结尾
和以十悬峡开头，以海棠峪结尾
效果都是一样的
丝毫不影响"雄、险、奇、幽"主题的发挥

段落以岩石间错落有致的缝隙分行
一段与另一段绝不雷同，都富有新的创意
构筑成奇岩耸立的幽深峡谷
娇艳的海棠、遍布的蝎子草和羊齿兰
是标点，恰到好处地点缀其间

意象都是现成的，不用搜肠刮肚，
只用眼睛，便可领会：
金线悬针、老虎嘴、一线天、回首观音、天生桥
而那跌宕声声的山泉飞瀑把全诗推向了高潮与极致
我看到，与岩石一起被清冽的泉水冲刷的
还有人们的胸中块垒和全部负能量

335

这是 2016 年 9 月 17 日下午的百里峡
一群远离尘嚣和雾霾的诗人暂时搁下了笔
开始在这里重新体悟
如何用一颗开辟鸿蒙的心灵写诗

爱上野三坡

下坡的核桃已挂果
中坡的核桃刚开花
上坡的核桃未结蕾

"同天同山不同季，
同花同草不同开"
从南到北，万物都安分地守着自己的秩序
在野三坡，我爱上了这带状分布的温差效应
爱上了这季节转换的过渡美学

"兽且归顺，况人民乎"，朱棣免除丁粮
明朝从此成为三坡人心头的一轮明月
"穷山恶水，野夫刁民"
康熙把"野"强加于三坡，禁止参加科举
清朝从此成为三坡人的陈年宿疾

生活的秩序被打破，豆腐也会变成石头
壮烈跳崖的鸡蛋坨五壮士

没有幸运地成为电影主角

2017 年 7 月，我眼中的野三坡草长及腰

藏下了金黄的落日、老虎的鬃毛

汪剑钊的诗

诗人档案 | **汪剑钊**：中国现当代文学专业博士，北京外国语大学外国文学研究所教授、博士生导师。出版著译《诗歌的乌鸦时代》《比永远多一秒》《汪剑钊诗选》《俄罗斯黄金时代诗选》《俄罗斯白银时代诗选》等数十种。

疏勒河

祁连山，疏勒河，花儿地，
十道沟的河床沉积着隐秘的温柔，
岩石的友谊，泉水的爱情，
在任性的运动中证明自然的情感链，
世界的血液，悖逆了自西向东的惯例，
由低处朝着高地蜿蜒……

被流沙打磨过的河水闪映幽幽的蓝光，
照亮沿途的紫针茅和野雀麦，
一片浮云降落于疏勒河的水面，
在绿色涟漪的诱惑下跳舞……
秦时的明月已被浸泡成一朵莲花，
遥对峰巅单纯的雪意。

两岸，不时有骆驼和驭马奔走，
白刺与柽柳也是匆忙的过客，
葱茏的草甸仿佛时间遗留的衣冠冢，
静谧、肃穆而坚韧。
红隼鸟归巢；晚霞张开翅膀，
拂弄沙拐枣的灌木丛，弹奏嘹亮的寂静。

临风的芦苇簌簌低语，
所谓虚无，便是大片神秘的沼泽，
一面倒映蓝天的泥水镜。
但疏勒河保留了清晰的记忆：
永恒之舟曾经在黄金河畔短暂地停留，
那时，月光就是透明的压舱石。

敦煌

这里的胡杨恰似美人，
而沙子漫溢犹如东去的流水，
偶然的智慧泉，被风沙打磨成透明的月牙。
一只落单的骆驼昂首走过，
高耸的双峰携带着隐忍的高贵和耐久的善良。

烽燧和古堡是流落于西部的武士，
散成鸣沙，在大漠深处
发出隔山隔水隔不断的呼啸。
经历了频仍的战乱和骚动，

339

深埋千年的枯骨与壁画终于获得了彻底的和平。

灿烂的阳光犹如托举琵琶的飞天，
簇拥古老的莫高窟。
三危山下，暗紫的铜镜出土，
斑驳的镜面讲述敦煌毁灭与重生的历史……
蓦然，身姿婆娑的柽柳点燃一盏盏暗红的小灯。

文迦牧场

文迦是象雄人的家园，
精湛的手艺保存着游牧者的守望心。
清晨，在彩虹落地生根的草场，
我着迷于广场上八大佛塔的来历，
为故事中的故事所迷醉，
专注于体验生命中的生命……

而你漫步于格桑花谷和溪畔，
叩问那蛰伏于生死之间永恒的善，
凝神聆听游吟歌手弹唱情僧失踪的传奇：
他声称见过最美丽的天空，
喝过最纯洁的湖水，
曾经陪伴辉煌如末世的夕阳。

晌午，一顶顶黑帐篷深扎于葱郁的旷野，
与山坡上飞扬的经幡构成对比。

一只山羊出人意料

离开集体，执意窜上木质的台阶，

似乎要聆听诗人们关于自然与诗的对话，

五只牦牛觉得事不关己，兀自咀嚼美味的青草……

凌晨三点，我和你

掏空满腹的尘垢，打开天窗，

一起仰望被黄昏雨水浇灌过的天空，

翻译星星穿越玻璃的秘密……

王爱民的诗

诗人档案 | **王爱民**：辽宁营口人，中国作家协会会员、某文学杂志主编。

每一天从宽大的叶子上醒来

每一天从宽大的叶子上醒来
跟最小的一朵花说话
脸跟着红一下
看一条小路拐进深爱，像句谚语
藤蔓离天还有三尺
我在下面养羊，种苦菜

一亩三分地，清风明月为仆
后庭花，听檐前雨落
鸟鸣婉约，虫唱不用大词
河缓慢，自己流自己的
留下一摊卵石

不生牡丹，不长蒺藜
落雪的梅树边上，我是另一棵

敲石头为钟
青山隐隐，草木是最亲的邻居

我走到哪，他就跟到哪
有一天，我走到地平线
他会拍拍我说——
到地方了，老伙计
可以把脚印交给我了
回到你的来处去吧
带上一身泥土

黄鹤楼替大地送一送流水

黄鹤楼是落在长江岸边的一只蝴蝶
扑落十万花粉，千里大江在此拐弯
抛下了一块璞玉，终成大器

谁比谁挺得更直，谁比谁看得更远
用自己的影子修行，这大地的书写者
动用悬针、垂露，悬腕点破流水
画外音悠长，留白有更大的美

秋风翻动万卷书
星光破壁，方块字在此越摞越高
一座楼镇住山水和江山
一座楼替大地送一送流水

水波不兴，叠韵思接千古
那一声声袅袅余音轻轻拍打着江岸
要推出多少只嘈嘈切切的指头啊
笛管里河流升起

举头望你，望你成天上月亮
树叶纷纷开篇点题

阳关，是一首诗的诗眼

两座垛楼像两杯送别的酒
万里关山远赴一首诗的诗眼

走读的雨声轻落
喝了这杯酒，逆来的阳光降临
在你的额头上试一试墒情
满树的叶子
你只取一枚打开春天

一个人新的一段历程像衣袖一闪
都小心地斟满，装不下你的心事了然
把杯端平，举高的从低处敬起

多少事物，嵌在黑暗和黎明的骨缝
天南和海北只一墙之隔

多少赶路人一夜须发尽白

一声鸡鸣，叫亮三千里故乡
再次摸一摸故乡的月亮
此一去，千里烟波浩渺
折枝给你，来日用新芽
跟你对着春风的暗号

醉翁亭的明月照彻万物

吴风楚韵向一个方向吹，气贯淮扬
醉翁亭当年明月仍在，照彻万物
顺着琅琊山的一排脚印
把炊烟领进家门

田园终归在一颗心上结庐
一阵阵水声，送来十万亩青山和蛙鸣
来此的人
都攥着环滁山水的名字不放

山妖媚如画，吐清气如滁菊
各地的人，五湖四海的语言
在山水里走着，都像醉翁一样
推开窗户，心头一亮
众鸟从琅琊榆上飞起，像给蓝天寄出的信

词语在心中一遍遍敲打
流水闲走着棋局，这如诗如画的章节
被清风——打开

草木跟着你，旧路走出新途

王振华的诗

诗人档案　王振华：中国少数民族作家学会、甘肃省作家协会会员。作品散见《星星》《阳光》《飞天》《北方文学》《延河》《鸭绿江》《星火》《散文诗世界》《散文诗》等刊物。出版诗集《黑白之间》。

美仁草原

多次路过美仁草原
多次被这里的风吹走奔波的困乏
于是在八月的一个下午
坐在山坡上
任凭有些凉意的风吹起衣衫
吹起我们之间的长谈

这是美仁草原上最暖的风了
更多的时候，它冷到让我心生绝望
仿佛这广袤而苍凉的草原
把所有不甘和艰辛聚拢在一起
原本挺拔的青草蜷缩成连绵不断的草甸
在最冷的高原长成大海的模样

347

我们在急剧变幻的云朵下
谈诗，谈活着的疼痛和隐忍
牛羊在更远的地方吃草
它们不懂我们的谈话，我们却一次次写到
它们的从容和对生命的热爱

我们就要离开了
傍晚的风，有些冷了
还留在美仁草原上的牛羊
也该回去了
那个放牧的人，正在风中歌唱

夜过洮河

在暮色里动身
和洮河向着一样的方向奔去
云朵低沉，正要掩去最后的一丝光
风从河水上吹向远处的山坡
从车窗看到的天空
午后曾有过短短的雨夹雪
今夜，或许有大雪覆盖我匆匆路过的森林、田野和群山

我们说起生活和遥远的未来
耳边响起曾经喜欢的歌
时光在身边一晃而过
谁落在了记忆里，谁又奢望着明天

夜色渐深，洮河并没有放慢脚步
但再也无法清晰地看着它流过每寸土地
像我们一路奔波，终究没有留下些许痕迹
最后的我们，在灯火里选择了沉默

雪后，遇见远处的秋天

前天的大雪
压垮了院里的波斯菊
父亲收拾了满满一车的残枝败叶
当他拉着它们走出院门，穿过巷子
仿佛最后的秋天也被带走了

我已经准备好了心情，迎接冬天
却在路过另一座山沟时
看见湍急的河流，溅起洁白的浪花
而在它身后的树林里，巨石上长满碧绿的青苔
这极具生机的颜色，映着积雪的白，枯叶的黑，和树干的灰

原来，更好的秋天还在这人间
只是我走得还不够远

王悦的诗

诗人档案 | **王悦**：女，1994 年 6 月生于甘肃兰州，西北大学创意写作专业在读研究生。曾在新疆教书三年。作品发表于《诗刊》《扬子江诗刊》《诗潮》《飞天》《延河》《绿洲》《散文诗》《散文诗世界》《星星散文诗》等刊物。

雨水之日

今日雨水，没有雨
但我想起那些下过的旧雨
像陌生人一样假装熟稔
冬日未散，蜗居在我的耳朵
数年，也许还要数百年

我多么希望一场春雨的到来
在落地的时候告诉冬天她的干脆利落
不似雪花迟疑，在人间
它还未找准栖居地，就化了

但我的眼前，只有一杯水
我看了看水杯，从中蘸取几滴
轻轻擦拭一只琥珀

让它展露尘土中包裹的坚硬与透明

风的质感

草原在隐形的穹庐中
细碎的花遮住了眼前的腥绿
山峦遮住了流云的惊慌
如果没有风，草原将是什么模样

架起的心中的火炉
才能成就山的润色纯青
只有等待一场倦落的黄昏
才能迎接来文火慢炖的黎明

山，并不会无端地坐在草地上
定是用风去黏住穹庐的缝隙
用风去灌醉路过的飞鸟
用风燃起心中的柴木

风的质感，是望山者的惊鸿一瞥
一只荧光黄色的滑翔伞一跃而下

慕士塔格峰

我曾一百次幻想——冰山上的来客

携来肃穆几缕，在梦的尽头微笑
骑着马匹的哈萨克族少年，挽着棕马
站在我眼神希冀的最中央

当我们驱车，从喀什的广场
从毛主席扬起的巨袖之下
途经凛冽的帕米尔之风
五个小时后，目睹这传说中的冰山之父
——慕士塔格峰

在卡拉库里湖的水光中
我终接受神秘的山的神父予我的洗礼
这是一种多么心照不宣的聚合
山峰平仄成韵律的舒缓
连呼吸都变成了亵渎

而这一次，我就成了
冰山上的来客

吴昕孺的诗

| 诗人档案 | 吴昕孺：本名吴新宇，中国作家协会会员、湖南诗歌学会名誉副会长。现任职于湖南教育报刊集团。出版诗集《原野》《他从不模仿自己的孤独》、诗学随笔《心的深处有个宇宙——在现代诗中醒来》等文集二十余部。 |

石河子，兼赠曲近

在那里，阳光溅到枯黄的草茎上
发出金属的声响。石子的队伍
幻化成光的河流。空气中
所有糖分，都跑向饱满的水果

城市像一群刚刚破土的竹笋
从岩缝里迸发出来。而更大的奇迹
是那风格独特的博物馆
酷似一个诗人单薄的背影

许多江南口音，染绿寥廓与苍凉
春风过了玉门关之后，由白云
一路护送至戈壁滩。胡杨在远处呢喃
像一朵蓓蕾在梦里偷偷溜出

被月光严加看守的花园。你跑遍
整个西部，才把它找回
石河子，无数人花一般的岁月
才堆积成你如花似玉的容颜

镜泊湖，兼赠王春伟

这水里藏着火，这周围的山里
都藏着火。瀑布
像布匹一样燃烧，而且
在燃烧中喊出
奇丽的颜色。所有水滴
都举起自己的小拳头

这湖泊是盛世的镜子
平静的水面下，波澜起伏
——山峦趁势崛起
截断众流。你看到吗
那跳跃的波浪
正是投江的女儿回来了

她们永远在回来的途中
身上捆着雕塑的线条，看上去那么急切
却走得很慢，并渐渐凝固
她们最终化为了水，那不断消逝

又从不枯竭的水，因了玄武岩的怂恿
而出乎意料地多彩多姿

衡山，兼赠梦天岚

你是大地铸就的一把
打开天空之门的钥匙，云团在旋动中
穿越星星那奇妙的锁孔
你走进月亮的房间，被透明的墙壁包裹

南方于是诞生。这洁净的婴孩
沐浴过后，穿上碧绿的衣裳
孕育是你快乐的源泉，而你自身的泉水早已潜入
叶脉和根部，仿佛可以不断复制的灵魂

祝融在这里高举火把，因为
火是人与自然的直接对话，是熟食的圭臬
光明和温暖的孵化之地
它蕴含着创世与毁灭的全部密码

舜在这里听到韶乐，开始思索
国家治理。无数枯枝
忽然萌芽，一边奔向春天一边埋葬自己
那旋律从未消失，让一花开出五叶

并将最难懂的梵音，提炼成晓畅的诗句

每天请流水吟咏，让百鸟诵唱
一块块青砖被磨砺成光可鉴人的明镜——
"应无所住，而生其心"

你驱逐海水，再造蓊郁之海
你覆盖陆地，构筑翡翠之城
你最终成为顶峰，成为无可匹敌的南方大岳
至此，一切都已确定，天地不再失衡

吴开展的诗

诗人档案 | 吴开展：湖北省作家协会会员、签约作家。荣获《北京文学》年度作品奖等。

答谢词

感谢奔跑时，风扶住了我
感谢孤独时，疼扶住了我

感谢那些强忍的泪水给我盐分
我才没有饿死在路上
感谢饿了几天突然闻到的炊烟
尽管我知道那不是我家的

感谢生活这匹马的好脾气
至今没把我这蹩脚的骑手抛下来
感谢每一个哭过痛过更爱了的
抵达者，教我始终不被折断的人生热忱

感谢一个个反复出发的汉字将空白处填满
感谢那些激情的语速和涨红的脸庞

357

感谢爬上心头的蚁群和自备的深渊
感谢研磨的耐心和自我的背叛

感谢一些足迹触目惊心
感谢一些纯洁重现在废墟

感谢所有向善的假装还端着
感谢所有微甜的事物还甜着

入成都记

顺从命运的差遣，辞夏水
别汉江，逆江水而上抵蓉城
好在难于上青天的蜀道
没为难我兜兜转转的宿命
江水正滥，像日月在叮嘱

生活的漏洞越来越多
不知如何撑起中年
以至于我的烟瘾越来越大
盛大的时光在绿色的植物上闪耀
我突然发现，绿叶上长了老人斑
很像我的脸

诗歌却越来越不会写了

更不敢触及文字最沉默和明亮的部分
对不起体内那个李白
偶尔写到故乡，落笔便轻一些
读到糟蹋汉语的诗句，总时不时掐自己一把

每早我都会沿康熙年间的文殊院登高
望远，倾听内心
看朝霞如何温暖世界
在这诗人遭流放之地，遵古制
学古人悟道、修身
领受自然的教诲与恩赐

我依旧喜欢对着快餐面
臭豆腐、啤酒，品味快乐的生活
品诗书与孤寂，以词语为圣物
做自己的王，修于宽阔
还妄图写下传世的不朽之作
只是入成都前的三个愿望：
吃麻辣火锅
去杜甫草堂研习古制
到汶川观重建后的壮美
至今却一个也没实现

九寨沟地震的前日
刚好收到妻子网购寄来的祈福手镯
以至于地震的那晚
我比成都人民还淡定

当我学他们用不同的形式祈祷时，才发现
我与这些多灾多难的人一样
已认天命

端午之远

五月初五，异域的城市如此寂静
隐于这卷轴的山水和线装的堂室
正好适合我的孤独
适合我用楚方言打捞溺水的《九章》
适合修身，写诗，怀抱词语
悟道。并试着在自己身上做算术
减去戾气，芜杂
与狂躁症，迫使我思考前路未知的马蹄和冷月

泡一壶雄黄酒，吃一口故乡粽
默念"楚辞"，借着酒兴
长叹中年之境的诸多败笔
躬卑之心，生活的沉浮
不禁感伤悲涌。依照植物学
我相信，我的危机应该来自盛开
而非凋零

遥想屈子对败君的赤诚
唱着《离骚》《九歌》向《天问》
将一身傲骨《怀沙》抱石

向水而生，我辈何其渺小

我知道平凡的日子也有刀刃与蜜剑
但我不要做一个转身就走的人
我不要做一个来了和没来一样的人
不要做一个被人潮裹挟前行的人
我相信理想的痒和点石成金的梦
它有多大的隐秘，就能打开多大的天空
我也相信一颗紧扣剑胆的琴心
能够说服一切喧闹的事物，静下来
滴水穿石或乱石穿空

吴山的诗

诗人档案 吴山：湖南省作家协会会员。作品见于《诗刊》《诗选刊》《诗歌月刊》《扬子江》《延河》《奔流》《湖南文学》《湘江文艺》《创世纪》等刊物。

三千峰

三千峰是从天门下来的仙
沉默不语，不肯泄露天机
但见白眉皓髯在风中飘动

仙挥动八百溪水的拂尘
掸拭人间的尘埃、烦恼
让人感到神清气爽
一施法，拂尘就铺展成云海
升上来，眼前变得辽阔
游人和峰都浮在了天上

云台山对饮

因为云台山的绮丽
所有的白云涌过来
将附近的山峰推远
又将遥远的天际拉近

在云台山
以云海为台
茶园是翻开的经书
鸟语在清风中吟诵

此时此地，适合对饮
我把一盏太阳
你把一盏月亮

万寿泉考

阳明山最神奇的
不是万亩杜鹃
不是万和湖
也不是万寿寺，而是
万寿泉

井水从石头中渗出
不见泉眼，也没有排泄口
清澈甘甜，平静如镜
投进千枚硬币未涨
日取千箪未消

井上镇水石塔青苔覆盖
最低矮植物
1200 年岁月沉淀的尘埃
谦卑匍匐
塔里没有衣冠、舍利，有
佛心

井水，一箪一箪
有的流进了血管
有的流进了心田
有的流进了脑海
未喝完的泼在地上，就有了
万寿寺

寺里观音的微笑，从井水里
溢出，清澈平静
拜与不拜，亦不嗔不怒，不增
不减

吴乙一的诗

诗人档案　吴乙一：原名吴伟华，中国作家协会会员、广东文学院第四届签约作家。出版诗集《无法隐瞒》《不再重来》，曾获华文青年诗人奖、红高粱诗歌奖。

登项山记

秋天瘦削，肩膀上，落满了陈年旧雾

前世的风，欠今生的花木太多

拼命把它们吹成灌木

吹成虬枝。吹成挣扎的火把，倾斜的梦境

鸟鸣突兀，其音清脆，其意模糊

新雾则搬石头上山

越往上，越慌不择路

停下的，不拘大小，全成了孤悬的僧人

——理想是有限的。登顶

才是意义之所在

突然降临的阳光，从虚空中来

又消失于虚空

天地苍茫，剩下风力发电机巨大的叶子

指挥着群峰四处奔跑，时隐，时现

——在更高海拔的人世
万事万物，依旧蕴藏着沉默的风暴
你同时记住了靠在路边
无声痛哭的香客
和捧着野果满脸欢喜的孩子

金穗山听雨

我空怀理想。将眼前的雨水
当作禅音，当作了佛说
站在竹楼间，见青山苍茫，杂树生花
我为这些潮湿的植物
——指认人世间失散的名字
见流水荡荡，涟漪复涟漪
我们都忘了柳枝新发
枯荷还在水中沉睡
唯独风，不动声色经过盐米古道
经过油菜花田
将雨中的背影，独自命名为春天
雨慢下来
光阴也慢下来。所幸，我有农人的手艺
和世袭的美德
愿意闲坐屋檐下，与福主公王
悄悄交换五谷丰登的心得

过青山寨，饮酒记

山路婉转。它的春天，由多少秘密
构成？太平天国之旧事
尚有余温。险峻处，老人们站在传说外眺望
满眼皆是绿水青山
雨中避雨的鸡鸭，有着亲人般的湿润
很多时候，酿酒如作诗。其手法，秘而不宣
或授男不授女
趁着醉意，檐下雨滴，多了些任性
少了些平仄
——如果光阴是反方向的
你是先爱上桃红，还是李白？是先爱落花
还是流水
围炉取暖。酒似雷声，亦如闪电
空气中弥漫着寂静的回声
只需一束新枝，我便轻而易举打探到
春天的另一个源头

卫国强的诗

诗人档案 | **卫国强**：山西省永济市王官谷人，民间诗人。诗歌发表于多个报刊，并入选多个年度选本。获俄罗斯普希金诗歌奖、第五届大河双年度诗歌奖、《人民文学》《诗刊》等多个奖项。

游松林寺记

松林寺这名字，多少有些虚空
古庙破败。在风中瑟瑟
围着院中两棵美人似的白皮松
左边的已圆寂。剩下右边的那棵
苟活着，至今仍不明不白地咀嚼着
那个叫孤独的词
而周围，发出阵阵涛声的
是柏树林

门口墙洞上，暮色苍茫看劲松的诗句
在时光的洇染下，浑然
和这儿的沧桑，融为一色
仿佛，它们讲和了。并来自
同一个源头

老尼姑衣衫清朴，来自遥远的江南

她洒水，扫地，除草，烧饭

还烧香，叩拜，念经

整天不歇。其勤劳和虔诚的样子

仿佛我冥顽的前世，又如

我执着的今生

总想在虚无中，找出个由来

总想在不了中，了了

郑国渠

两千多年的风霜，都一一从它的肋骨中

蛇一样，蜿蜒穿过

想象中，如果它还没奄奄一息的话

至少，也老态龙钟了

但，站在陕西泾阳县张家山的郑国渠旁

我突然发现，手里捧起的

依然是青春的脉动

它涌动着，握着柔软的长矛

一枪刺破，秦王朝

一统万世的宏图

柳园记

和尘世一样，这柳园，也明显分为
三六九等
偌大的湖泊是帝王，他坐拥日月星辰
腹内还揣着无尽的雷霆与雨露
柳树、银杏与梧桐们，是一群大臣
他们谦卑而恭敬地围着湖泊，聆听圣旨
当然，有些亦有不臣之心，他们脑后
有儒家能看到的反骨
丁香、月季、桂花树，仿佛台上的戏子
用尽了浑身解数，为博君王一笑
唯边沿地带成片成片的青草，是尘世的顺民
默默地，在自生自灭
把家谱从头到尾翻了又翻
看见的，始终都是草本植物
摁住心酸，我告诫后辈：
那就做好一株小草吧，尘世的风霜，终将
剃度你们

与晋祠书

难老泉的水，宋朝的彩塑雕像，一株千百年前的龙柏
晋祠，拥着这些神秘，静静地蹲在

悬瓮山的脚下
像位无言的老者，用满脸的沧桑
幽幽地盯着我
让人心虚

无法想象，西周王侯修建它时的兴盛和繁华
无法想象，在这儿，他们是怎样虔诚地焚香、祈祷和祭献
也不明白，中原的王气，怎么就黄袍加身般地
附到了李渊的身上
不明白，这熙熙攘攘的人群，来这儿烧着高香
究竟，想求得些什么

现在，我有些疲惫。夜幕降临了
我不愿再重温，那些撼天动地的
厮杀
那些使人心惊的计谋，以及荒野上
那些无法安葬的累累白骨
和游荡的孤魂

此刻，我只想把灯关掉
让白天那些明晃晃的事物，统统
从脑海和眼前退出
然后，潜入夜色，让自己
静静地，虚无着

温小词的诗

诗人 档案 | **温小词**：本名刘娟，山东省作家协会会员。作品散见于《星星》《诗潮》《诗林》《绿风》《散文诗》《四川文学》《安徽文学》《星火》《延河》《文学港》《山东文学》《奔流》《散文诗世界》《时代文学》等刊物。

马头琴

我愿意相信，一匹马的灵魂
会以一把琴的模样
重返人间

辽阔、苍凉与悲喜
亦如簇簇飞翔的篝火或云水
抵达记忆的原乡

万马奔腾在草原的腹部
迷路的耳朵绕过蒙古包的白
唯马首是瞻

天作弓。地作弦
我相信，琴声中藏着古往今来

藏着一匹马的英雄主义

每一粒扬鬃奋蹄的音符
都在用月光的长啸
将心中的神灵高高托起

石头

石头一生都在爬山
它们披着泥沙，戴着风雷

偶尔，它们抬头望望云霄
坚硬的身体，就变成了柔软的藤蔓

只在夜阑人静时，才能听见石头的嘶吼
它们拍打着隐形的翅膀，仿佛发光的星星

有的石头坠落，像一个半途而废的人
来不及喊一声疼
又开始了新一轮的修行

梨花

我们都是追光者

你用五百年问天
我用五百年凿壁

拥抱。依偎。以彼此灼烧的骨骼
黑焰似的枝杈，刺向神秘
三月，因此迸出婆娑的皎洁

我想做个通体发白的人
向无垠中扎根，闪电一样隔开
翻滚的沉渣

假设结局完美
你我就快马加鞭，逃离一个地名的空洞
像果实，躲进一种别样的甘甜

青衣

帷幕徐徐拉开，她在台上举头望月
而明月是天上的青衣
一把光做的团扇
她们有着同样的、易碎的质地

娉婷身段或寂寞流水
淹不死千篇一律的爱情
薄嗔浅念化作眼底眉梢的台词
欲说还休

374

且把幽怨缝在裙褶间
用一生的锣鼓去消磨吧
嗓音里，一根韧性十足的绳索
拴紧了宿命的结局

褪下妆容
她在人间影子似的行走
身体里的青衣披着掌声的花雨
一动不动

温青的诗

诗人档案 | **温青：** 中国作家协会会员、信阳市诗歌学会会长。曾获何景明文学奖、河南省文学奖、杜甫文学奖等。作品见于《人民文学》《中国作家》《青年文学》《解放军文艺》《诗刊》《星星》等刊物，著有《指头中的灵魂》《天生雪》《水色》等。

石榴籽就是那些离散的人

石榴开口，会叫住那些离散的人
直接给一颗颗殷红的籽粒起好名字
在中秋之夜
说出父亲这个揪心的词
团圆与分离
就如同这些被酸甜包裹的石榴籽

尘世与一颗籽粒之间
有着无数种连接方式
所有分离的人，都有同一个月亮
无论一枚石榴中的哪一颗籽
都是月亮的孩子
而月亮，也是父亲的孩子

花草照见荒芜的脸

他躺在尘埃里，风雨毫不相关
遗忘是多么大的财富
预备支付到大雪纷飞的冬天
他眯上眼睛，在秋叶起舞的马路边沿
任由花草照见荒芜的脸

他拥有剩余的时光。一脸坦然
无数扑面而来的蚊蝇
不再提防一个人类包藏的危险
他的平静有着荒芜的力量
足以应对，土地长出的所有阴暗

一枚枯叶里的人间

人间大不过一枚枯叶
时光快不过
穿越在叶脉上的高速列车

黄色斑驳
进入新的一年，行将开裂
它要绽放
春天划定的陆地和大海

377

在献出人间时
取走一朵雪花留下的爱

斑驳打断了厄运的到来

步入尘世的灰色地带
头顶的斑驳
以参差不齐的退缩
打断厄运的到来

雨露知晓过往
暗藏一个少年澎湃的热血
迎风站立的草木
每一棵，都记住了
一个惊雷滚动的季节

雷是爆裂的刀斧
电是燃烧的绷带
天穹深处四处飘荡的乌云
以粉身碎骨洗涤世界

温古的诗

诗人
档案

温古：中国作家协会会员、内蒙古作家协会诗歌委员会
副主任。出版诗集《温古诗选》《低低的火焰》《在大鹰
爪下签名》《刀的诠释》《狼塬》等十八部。曾获全国煤
炭文联乌金奖、内蒙古自治区索龙嘎奖、《草原》文学
奖、鄂尔多斯文学奖等。

温克朝鲁的一头牛

无边的寂静涌来，牛试着抵抗
像石头抵抗汹涌的灌木

蹄子，在泥土中角力
但寂静以它的重，将一个时辰压碎了

唐古拉山坡上

只要低头的
黑牦牛不动
几座山，就不能动

被牦牛踩住的一片牧场
也不能动

牦牛是黑色的铆钉
它钉住了这一天

任满坡的雪水
碎成闪光的石块
滚下沟谷

牦牛念经
坐在旁边的几座山
跟着念

将一页发黄的云，念完
翻过下一页

西北风哗哗
翻动经书的声音
如白发苍苍的浪花

登鹿门山

贴着石壁，我坐下
请允许，一朵花
和小股的风，坐在身边

请允许，一朵云也贴着
一株草坐下，并允许
一只蚂蚁，在草叶上
休息三分钟

请允许，脚下的那条溪
将浪溅到舌头那么高
也不算过分

这座无名的山峰上
有李白未注册过的浪漫
请允许，将一小片宁静
划归给我的这个下午

黄河边古渡口

黄河穿越了我
我已无法从血肉中
将她剥离出来

奋进、挫折、低咽、徘徊
年老时的步态、年轻时的脾气
一个男人的恼怒和悲伤
我不想将这些渗入历史

381

阳光路过了人间
——
中国行吟诗歌精选

从云的缝隙里射来的箭镞

从蒿草中扬起的马头

亢奋的岁月衰老成

落日下一辆疲惫的独轮车

我不愿让她陷入泥淖

我的比喻离不开噩梦，离不开血

当闪电的刀戳进老龙王的腹腔

大地深处的号叫，天空能不能听到

原始森林里的鄂温克

他们豢养着不属于他们那个时代的鹿群

被炊烟唤近的风

被树林集合的树林

他们只属于他们的孤独

当撮罗子在大雪下

为猎狗撑开保护伞

当桦皮舟划破波面，当樟木桨溅湿

春雪初融时的第一朵杜鹃

一条河跟着猎人钻出森林

他们身后的路已一半归入了神话

山不能豢养

树木不能豢养的那头兽啊

我听到太阳，在历史的后院里

步态悠闲

魏先和的诗

诗人档案 | **魏先和**：广东省作家协会会员。作品散见于《诗刊》《散文诗》《诗歌月刊》《作品》《诗潮》《湖南文学》等刊物，有诗在央视播出，获奖若干。著有诗集《安静下来》。

访魏源故居

轻轻叩一下门环
侧立你身旁的书便猛然惊醒
"再不能像四书五经那样摇头晃脑了
须师夷长技"，你翻开书——
即有域外的海水从书中喷涌而出
越过大清国的重重关卡
海水之上，蛮夷们的坚船载着利炮迅疾而行

开门就可见山，推窗望去
左有狮山把守，右有大象护卫
二楼的小书阁，你常陷入沉思
常在屋后竹林的风声里听到万里之外的
惊涛骇浪。之后，决然叠起书生的格律平仄
弃了山水闲情，以一管狼毫

埋头疾书"经世致用"的雄文

沙洲之上，你睁眼五洲
二百多年后你研过墨洗过笔的金潭水
早已抵达五洲。当五洲回头看你
你却将书本合上，在湘西南一座稻田中间的
院落里，坐成一个乡下老头的模样

雪中访杜甫草堂

这雪和唐朝的大抵相当吧
此时，我和你一样，要面对刺骨的：
冷
而你在冷中写下的长短不一的句子
至今滚烫。但滚烫的句子
并没有成为警训，只是挂在墙上供草民嗟叹
而已。盛世或者衰败的朝廷，都不以为然

广厦何止千万？开颜的不是寒士
他们依旧愁眉苦脸。虽如今——
你的茅屋已经精心修缮
屋后的梅花有专人悉心打理
但我坚信：你要的不是堂前的仰望，屋后的喧哗
因为你说：吾庐虽破，冻死亦足。因为
千诗碑的旁边，我看得分明：
雨雪化为奔涌的热泪，你执拗地独立寒风

喉咙里不断喊出带血的诗句——
如，递给我一盆旺旺的炉火

巨石下的南普陀寺

巨石一直悬在头顶
石头上生长的草木开了花
从夹缝中穿过的人小心翼翼
上面刻的字暂时安抚了人间的疼痛

没有门票的阻挡
来者的脚步轻松了很多
他们蜂拥而至，纷纷跪下朝拜
纷纷把愿望说出，把内心的负重放下
似乎一炷香即可点亮前程，似乎
一跪一拜间，就弥消了以往的罪过

不知巨石什么时候可以落下
前面便是报恩塔，是放生池
是无边无际的海
大悲殿屋檐上的铃铛如一滴坚硬的眼泪
藏经阁经书万卷
也无法把它渡到彼岸

千年前的风在大雄宝殿前来来回回
有人走了，又有人来了

魏兰芳的诗

诗人档案 | **魏兰芳**：作品散见于《星星》《四川文学》《湖北文学》《作品》《佛山文艺》等刊物。

白菜黄花心

在无数次的变异栽种中
我确信 而今城中这些黄色的小精灵
都已不是梦中儿时的那朵
那时菜心秆子剥皮就甜到脆
黄色的花骨朵奶奶把它们轻轻摘下
我们一个个拾起来编织成花环
童年的玩伴互相戴在头上
大人淡淡地说你们玩去吧
这些花朵是不能吃的
于是我们把它们悬挂成梦
远方的梦 长大的梦 风干的梦
如今多少年已不再看到黄花菜心了
而今这些小小的 矮矮的花朵
连着消瘦的白菜茎秆
买菜的人们一袋又一袋地翻弄着

387

他们有的总似乎要询问着什么

我们常常彼此定定地看着

或许相同的梦境就会

慢慢地从彼此脑海中溢出来

浅草

楼盘林立　谁多情布的局

某些罅隙固执　充满流动的自由

星星是夜　寒冷中唯一的朋友

浅草蔓延无边际　绝望的棋子刚好回头

下班路上　午夜的沉默

除了路灯的影子　那个孤独的女人转回头

没有雾霾的恐惧　带着饥饿

白日阳光下的压抑无处可躲

每一次转角　蓄意提留割舍和抛弃

被迫抬着高昂的头颅俯首生活

像浅草一般绝处逢生

某些不明言喻的刀子和伤痛

盛得下一处苍老的王国

碎裂的胳膊　在那个黄昏突然地晕厥

这是一条我们自己选择的路

关于跌倒后的酸楚有太多的诗人在证明

那个孤独的灵魂开始歌唱

有些浅草在路的两侧　逆风飞扬

瓦楞草的诗

诗人档案 | 瓦楞草：本名于洪琴，主要从事诗歌及诗歌评论写作。著有诗集《词语的碎片》。

我的爱是水底静卧的石

它的影子在天上

有云的形状却从不飞

和我保持一致

与那些四处游荡的云不同

即使风令它摇摆

在被移动的最后关头还是停住脚

回到原来的位置

我的爱也许随时间推移浮出水面

长满绿苔青藻

也会深陷泥沙

成为多年后都不曾被人发现的

一块金子

389

整夜有梦

梦是活蹦乱跳的兔子
想让它安静，谈何容易
它去的地方有片草原
足够我和一匹长翅的马儿
驰骋到天光，我们飞啊跑啊
把尘世抛在身后
所经之路，到处开着自由的花

梦里河山，无主的荒原

自由飞吧
蜜蜂、蝴蝶或蜻蜓
桃花、杏花或迎春
所有想飞的
身体逃脱地球引力
换一个活法多好
她说："我爱做梦
我飞着的时候刚好修补心灵的创口"
而我此时在她对面
她对我来说只是镜像
但我希望她代表我活着
在不生不灭的地方

向以鲜的诗

诗人
档案
向以鲜：诗人、随笔作家、四川大学教授。有诗集及著述多种，获诗歌和学术嘉奖多次。二十世纪八十年代与同仁先后创立《红旗》《王朝》《天籁》和《象罔》等民间诗刊。

柳树下的铁匠

除此之外再无景色可以玄览
四月的柳烟，七月流火
再加上两个伟大的灵魂
一堆黑煤半部诗卷

擦响《广陵散》的迷茫手指
攥住巨锤，恶狠狠砸下去
像惊雷砸碎晴空
沉闷的钢铁龙蛇狂舞

还有，亲爱的子期
我鼓风而歌的同门祖先
请用庄子《秋水》那样干净的
喉咙，那样辽阔的肺叶

鼓亮炉膛

来！一起来柳树下打铁
吃饱了没事撑着打
饿死之前拼命打
这痛苦又浮华的时代

唯有无情的锻炼才能解恨
你打铁来我打铁
往深山翻卷如柳绦散发
打了干将打镆铘
向无尽江河萃取繁星

世上还有什么更犀利的
火舌在暗中跳跃
在血液里沸腾尖叫，好兄弟
火候恰到好处，请拭锋以待

手影者

把自己想象成黑暗幸存者
想象成光明的扼杀者
其实都是一回事儿
心思叵测绵藏在掌握里

多少灿烂的青春或野心

被暗地修枝删叶，被活生生
剪除怒放的羽翼和戈戟
现在，就只剩下这些

胡狼、山羊、灰兔、狂蟒以及雄鹰的
躯壳！它们在强光中变薄
比剪纸和秋霜还要薄
再粘贴到暮色与西窗上去

秋风一吹就会立即烂掉
所有幻化的黑，刹那的黑暗轮廓
均来自同一个源头
惟妙惟肖的影子催生婆

掌上升明月，倒映着爱恨
反转着万种风尘
恍惚之际傀儡露了真容
影子派对还真是别开生面

夜幕呼啦啦炸开一角
华灯未亮，指间峰峦如点墨
出神的影子来来又去去
那些，掌控万物的谜底何时破解

调香师

那段关于私人香水
关于梦境定制的商业洽谈
实在太奇妙了
谈及龙涎和麝香的微妙之处
如同情人分泌着絮语

老人固执地说：我要
拥有古埃及纯银的瓶子
无论在梦中还是醒来
都要闻到，你明白吗
那种类似于星辰的味道

那种无边无际的味道
并且，他瞄了一眼
调香师的尖下巴继续说：
我要在这种味道中看见
石榴、爱情或者向日葵

再加一点儿致幻的细辛醚
就会有些云朵的味道
以及旭日初升的味道
当露水落满百鸟的山谷
真的让人想卧轨

老人交完一大笔订金后
就再也没有出现
虽然这事已过去很多年
闻风辨气的小鼻子
也不怎么灵敏了

调香师却一直沉浸
在那番嗅觉之外的暗香中
沉浸在难以名状的描绘中
老人离去时的从容表情
确实有种万木萧疏的气味

棉花匠

迄今为止，我仍然以为
这是世上最接近虚空
最接近抒情本质的劳动
并非由于雪白，亦非源于
漫无边际的絮语

在云外，用巨大的弓弦弹奏
孤单又温柔的床笫，弹落
聂家岩的归鸟、晚霞和聊斋
余音尚绕梁，异乡的
棉花匠，早已弹到了异乡

我一直渴望拥有这份工作
缭乱、动荡而赋有韵律
干净的花朵照亮寒夜
世事难料，梦想弹棉花的孩子
后来成了一位诗人

鲜圣的诗

诗人档案 | 鲜圣：中国作家协会会员。作品散见《人民文学》《诗刊》《北京文学》《上海文学》《星星》等刊物，获首届台湾文学奖散文诗金奖、第八届徐志摩微诗大赛一等奖等。出版诗文集《鲜圣诗选》《鲜圣散文诗选》等七部。

观音山素描

（1）

我确信：山风，是有形状的
菩萨的眉目与手掌，莲花的花瓣与菩提的枝叶
感恩湖与普渡溪里的任何一滴水，都是它的形状

在观音山行走，风，一路虔诚地跟随
风在山上留下很多精彩，画出很多路标
最直接的是风牵着我的手，引领我
抵达的殿堂内香火袅绕。风在烟火中，冉冉上升

（2）

沿着禅音流淌的方向行走，古木闪烁阳光的斑点
石头，沉默在山上，一条路，蜿蜒盘旋

只有风，才如此自由自在在山上奔走
带着花香，带着鸟语，带着修行的背影
停泊在一座山的信仰里

云朵俯视苍山，尘埃降临人间
被风冶炼之后的观音山，纯净而空灵
路上，还有朝圣的脚步，在叩问大地

（3）

时空是木鱼敲开的门扉
佛，把禅音吹进时间深处
香火的灰烬里，还留存人间的余温
一棵树，老去的枝丫上长出一片春色
几只鸟，在顾看这里的灯盏
闪动的火苗，像流水一样荡漾

观音山，宁静得神秘
轮回的风声，把一片片叶子轻轻摇动

（4）

一座山，名声远扬。一滴露水，在草尖上舞蹈
凡俗的风雨，浇灌这里的草木
净地，樟木头仰望的目光，延伸了山的坡度
内心的经卷，展开，就是一片沉寂的天空
感恩湖里的水，镶嵌在观音山上
有血有肉的水，洗涤人性的天堂
净化的人间，色泽蔚蓝

（5）

普渡溪，36 级瀑布，以水疗伤
穿过岩石上的风雨和丛林里的阳光
飞奔的路上，把苦难融化
把生命还原，留下岁月最干净的一串串水花

从菩提径上走过的时光
才可以称之为真正的光阴
观音山，佛的点化，落叶与流水
置身于佛心，尘世安静，灵魂安静
苍茫大地，几声鸟鸣，格外亮丽

徐庶的诗

诗人档案 | **徐庶**：中国作家协会会员、重庆市地质作家协会副主席。作品见《人民日报》《人民文学》《中国作家》《民族文学》《青年文学》《诗刊》《散文选刊》等。获冰心散文奖、曹植诗歌奖、"秋浦河杯"李白诗歌奖。

天鹅

在秀湖边的树上，有一块牌子：
天鹅不长在餐盘中
而偌大的湖面，以及被它兜着走的整片天
仿佛一个餐盘，滴水不漏

我看到的情景是：
舍不得用的水，已然老得满额皱纹
天鹅在这里掀起浪花
浪费云雨
天鹅世界多好啊
把一泓水
和一片天戏耍在脚下

它在，与之并存的事物

400

都得俯首称蛤蟆

钩饵何物

大年初一，我们去挖折耳根
实则是与这些抱住春风
在泥土中练习潜伏的根较量

一两片草色般的伪装
不是折耳根，那是它们放出的耳目

和我们肉色的外耳比起来
折耳根的耳更具隐蔽性，花言巧语
属性是根

由此我学会面对一泓未知的水
做钓钩和诱饵
由此，我常一不小心张口时
无法分辨钩饵为何物

夏文成的诗

诗人档案 **夏文成**：作品见于《诗刊》《星星》《诗选刊》《北京文学》《天津文学》《诗歌月刊》《边疆文学》等。出版诗集《秋风不会将大地搬空》和《我是我唯一的行李》。

人头桩

想说祭司高踞云端，又不太确切

祭司其实就在熙熙攘攘的人间。祭司要取

他人项上之头，如探囊取物

人头只是一个玩具

被祭司玩弄于股掌之间

然后再郑重其事地，交由村民们轮流玩

在普洱，据说年年这样玩，可以风调雨顺

可以五谷丰登。玩厌了

就嫁祸于人头桩。如今祭司不见了踪影

被冤杀的人头，大概也成了泥土

只有人头桩

还在。空空如也的人头桩

静立在曾经人声鼎沸，而今落木萧萧的山林

装不尽的风雨，装游客的莫名惊诧

柴达木，梦在每一粒沙里醒着

一只雄鹰背负着蓝天和信仰
飞临七月的柴达木。大风起处
一幅金色的绸缎
在烈日下徐徐展开

白刺、梭梭草、骆驼刺，这些倔强的植物
有着革命者不屈的气节
将一曲生命之歌演绎得尽善尽美
他们发动内心所有的情感
向春天吐露点点翠绿的相思

梦在每一粒沙里醒着
在每一个柴达木人的心里醒着
他们在每一个春天，种下杨树、柳树、榆树

用心构筑一道道绿色屏障
遏制流沙，把田园还给村庄
把草原还给牛羊，把秋天还给丰收

403

草原

草，永远是被动的。一辈子
都死守在草原上
承受着无常的宿命

据说，草原没有春天
只有短短三个月的夏天，是草原
生命中的黄金岁月

因此，每一棵草都在努力生长。遗憾的是
刚长出一点点，就被牛羊啃去
要么被马蹄踩折

如果翻一翻历史，你会发现
每一棵草里，都响彻着哭喊声
每一片草叶上，都奔突着金戈铁马

有趣的是，那些只有夏天的草
没有死去。死去的，是那些举着钢刀
在草原上纵横驰骋的人

辛夷的诗

诗人档案 ┃ **辛夷**：本名张泽鑫，广东省作家协会会员。作品散见《诗刊》《诗选刊》《诗潮》《草堂》《星星》《作品》《星火》《散文诗》《延河》《广州文艺》等刊物，偶有获奖。

在海边

沙滩上的人群
是被海浪推上来的贝壳，还是
无法返回水中的鱼虾

对世界的解释
海水总有不厌其烦的耐心
从蓝色到透明，从远至近

我伸出手，等一片风降落
捕鱼人和盗梦者都错失了时机
黎明前，大海衔远山逶迤而来

昨夜星辰落地成沙，同纬度的风
与沙窃窃私语着进化的秘密

春日，登神柏岭

春寒带雨。午睡后独登神柏岭
落叶满坡，呼吸雨后泥土的清新
大概因为苦日多，我见柏树瘦如贾岛
峭立，对人世持隔岸观火之态

在我的梦里，此山永是红尘之外
独与天地往来的隐者。在现实也几近
终老一生只在时间里修词语炼金术的墨客
桃红柳绿，暗香浮动，独织青黄

春日，不宜谈乱世、别离和烽火
斜剪天灰的燕子，是杜甫寄来的平安书
枝头上的风，毫无裂碑之力
往事抱着岑寂沿途开出无名野花

春日的苦闷止于无为，止于草木内部
小小的光。下山者将在雕龙文字重新远游

夜航船

我甚至希望
这些短暂的事物

能够像糖一样滞留在童年

在这样的夜里

我们紧紧握住

空空的双手，晚风

扩展于不可测量的夜色

渡轮很吃力地驶向对岸

每一秒，都有无限的星辰

在江面破碎，每一秒

我们都能感觉到

黑暗中有一些光亮

寂静无声，在重生

行顺的诗

诗人档案 | **行顺**：原名邢卫兵。诗作发表于《作品》《草堂》等，著有诗集《笼中兽》。

慈光阁

没有僧侣，也没有信徒
只有几个抓起相机拍照的游客

在攀山藤踮起脚尖，把触须
附向大树的时候

一个满脸虬髯的大汉
突然朝空荡荡的大殿跪了下去

是不是必须在心中造出一尊佛
才能为柔软的膝盖找到坚硬的根基

爬到山顶，我看到巍峨的黄山
也匍匐在天空脚下

嘉峪关外

没有人理会我在戈壁滩上捡寻碎石
在我之前
风已把它们翻了无数遍

没有人理会我不阅经卷，不拜菩提
无朝圣之意
用粗糙的手掌触碰石像光滑的肌肤

没有人理会我把血一样的葡萄酒当水
鲸吞，体内有热度了
才敢脱去多余的衣衫，才敢卸下多余的镣铐

更没有人理会我以一根枯枝作兵器
对着漫漫古道大喝：
有我在此，万骑莫入

岳飞庙前

一切都是宋时的布局
鹭鸟呔呔叫着，依稀是
临安的声音。斗拱飞檐
苔痕迈入青灰色的砖瓦里

一个满头白发的乞丐，用残缺的双手
在门口的路面上写下：精忠报国
也有不懂人世的孩子
向他的母亲抛出亘古长存的疑问：
那个跪着的人，是否也是我们的祖先
有人着长衫，双手合十
像在祈祷，也像在忏悔
只是，当你准备折身返回的时候
旁边的中年男子
突然拧开了手中的矿泉水瓶盖
发出了来自现代的声音：
如果生前享荣华富贵
何惧死后遭万人唾骂

肖照越的诗

诗人档案 | **肖照越**：作品散见《星星》《绿风》《四川文学》《延河》《厦门文学》《上海诗人》等刊物。获第二届中国金融文学奖等。

岳阳读楼

三百公里时速
足以把一些山水、草木、秋虫
和块垒忽略于风中
从关中厚土到两湖平原
一部浓墨重彩的断代史，赶不上
一列高铁的狂草

此刻，湖湘大地秋色荡漾
秋意澎湃
我又一次看到
希文先生那高阔的忧乐
在一面浮雕墙上
正襟危坐，心系天下

411

八百里洞庭，气色饱满
那些辛辣的旧时光
和蓬勃的新词汇
争先恐后，熙来攘往
各自安好。其索引
均指向同一座
老态龙钟的楼宇

汉江边

临水而坐
杯盏之外，夜风摇曳
陕南的茶香
一江两岸万家灯火。花好月圆
以流淌的姿势溢出
拐弯处，还有家长里短
鸡零狗碎

把年华再次翻开
平行，交叉；直线，弯曲
完整，碎裂；固化，荡漾
我曾对虚幻之境执迷不悟
此刻，光阴的叹词
正试图刺穿眼前的夜色
掬一捧流光溢彩
一些憔悴的话题

顿时生动起来，有了血色

几个尚未痊愈的动词
从对岸走来
在洒满月色的江面上
睁大眼睛，打捞
那些遗漏的好时光
和早已沉潜的
闲愁。仰望银河
有星星从彼此的眼里
滚落下来
砸痛一条江水

大足石刻

一阵滂沱大雨
把我未曾备份的虔诚
洗劫一空。祈愿出逃
混迹于乱世江湖
门不知在哪

崖壁的眸子拒绝暗示
修竹点到为止
泥水被苍天随性地放逐

空气太清新了。我试着取出

413

一生的脚印，让你过目
请摁上你的灵光
证明我
一世清白

熊育群的诗

诗人档案　熊育群：中国作家协会散文委员会副主任。曾获鲁迅文学奖、百花文学奖、冰心文学奖等，全国文化名家暨"四个一批"人才、广东省文学领军人才。出版有诗集、长篇小说、散文集及长篇纪实作品等二十多部著作。

在春天旅行

在春天旅行
我悄悄踏过了
一道门槛　春天总是
在一朵小花的微笑上
践约　一阵风吹
我看到弱花三千

我在自己的身体里居住
在神秘的地方刻下记忆
不知什么地方
灵魂隐藏
我们在春天的雨水里长大
日渐成熟的居所
却充满感伤

415

走动的脚步

像时间一样安静

记忆里开始没有新鲜的事物

在秋天的门槛我就遥望

春天　在春天的雨幕后

我在怀念秋天　相隔的季节

不能一同出现

我就像一个单纯的孩子

其间穿来穿去

夏天冬天　热情与冷酷的邻居

我表现得像个匆匆过客

挥汗如雨　蛙一样跳入水里

咳嗽　缩成一团　把动物的皮毛披在肩上

像农民把稻草盖在屋顶

当我沉迷这简单的游戏

不觉居所早已陈旧

它很快塌陷　化为泥土

记忆与灵魂

无处保存

不知道穿过春天

可有一个天堂

幻想灵魂出现在一朵小花上

我把春天当成自己的居所

秋天到来　它就只是一个睡眠

那时　我已是春天的居民

滑落

果子从我的身上滑落
一种经历　叮叮当当作响
头上的夏天正在绽放
秋天却在衰竭
一生的经历好像到了尽端

看见了一群人　从工地
走到了大街
民工的身份泄露他们的秘密
譬如老家正在田野里破旧的瓦房
还有分离
还有贫穷的跟随
压迫了他们的眉毛、目光和迈步
像二十年前一样
跟我进城
长成身体里虚拟的部分
头脑深处开异念的花
两边高楼　窗玻璃　半透明的人
同样的事物
正被不同的目光洗濯
风景各异

我找到一个苹果

超市里发呆的苹果
冷气中装出与这个世界无关的
表情
从目光、手到牙齿　更深地碰触
一步步与它有关
与它生活的北方
待了一生的苹果树无关

果子成为果子是一个宿命
昙花一现
从我身体滑落的瞬间
却用尽了我一生的时间

旧光阴

旧光阴里
不曾断裂的旅行
现在　与我一道出门
欢歌时有响起
欢颜却难再

旅行者变化身份和面孔
走向时光深处
越来越多的高楼挤压
视野如此狭窄
飞越　从城市到城市

旧光阴里的故乡
黄昏种植的暗影
睡眠一样迫近

迷茫
是一条飞鱼
总是不期而至

音画

那朵云正低低走过山冈
大地上的投影起伏　　漂移
滑下河堤

河堤
正泛着绿色的忧郁

太阳在右肩后
阳光那么暧昧不清
多么奇妙　　我与你的眼睛
都看到了同样的风景
我们在遥远空间延伸的
视线　　一块疯跑

它们跑过河床　　丘陵
地平线

前进　前进　再前进
像一对车轮
亲密而不碰撞　像顽童
会心地笑
在同一样景物上停下来
喘息　端详
它们都没回头看身后的太阳

这时候　我们听到了
青草挣扎的声音
一只蚂蚁爬到了衣领上
登高放眼　它漆黑一团
你雪白的脖颈　冰清玉洁

许登彦的诗

诗人档案 | **许登彦：**原名许金燕、先后从事过新闻记者、史志编纂等工作。有小说、诗歌、散文、随笔、传记文学、报告文学等文学作品在全国各地报刊发表。

星海湾

乳白色的岚霭轻轻地飘荡
轻纱掩面，远处的岛屿若隐若现
海水微澜，六七只小渔船
在波浪的拍打声中正待醒来，一个
被神灵抚摸过的清晨在星海湾降临

正午，黄、绿蜻蜓斜飞的海滩上
一排排晶莹的浪花涌上来，又退去
爱如潮水生生不息。翅翼沾着露珠
听那海鸥声声鸣叫，海风吹来浪漫的气息
背影，两行渐行渐远的脚印
近海岛礁，孩子们无比快乐地发现王国

夕光里的星海湾，美得令人心碎

藏在心底的一个忽远忽近的梦，浮了上来
童年外婆牵着你的小手，漫步在金沙滩上
西天瑰丽的云霞与燃烧的大海
融化在了一起。人间天堂
中间隔着一座星海湾大桥，天各一方

满天的星辰，被晚风吹落在了星海湾
星光与霓虹，在水面上互相追逐
编织着灵动的光与影
今夜，黄海在枕下汹涌澎湃
拍打着我内心的堤岸，揽涛声入梦

俯瞰我挚爱的人间

地平线开始一点一点倾斜
鹏为之展翅、抬升，引擎声轰鸣
暗中角力，蓝琺琅的诱惑和向往
战胜了万有引力。扶摇直上云端
世俗的心融化在了无边无际的天宇

舷窗与左机翼之间，温情目光里的
人间在无声坠落。忠实的仆从
阳光形影不离，机翼上方
卷起千堆雪，神灵种植的
白莲花灿然怒放，恍如天堂

那些熟稔的事物，正在离我远去
乡村、城镇缄默不语
田畴俨然，湖泊和河流
泛着奶皮子的白光，蓝色烟云
飘浮，如此宁静安详的人间

摇身化作鲲，遨游星辰大海
巨大的鱼鳍温柔地推开层层波涛
浪花或者云朵，洁白而香甜的棉花糖
近在眼前，伸手即可触及
那是孩子们梦寐以求的礼物

鱼群在辽阔大地潜游
鱼鳞般的波纹，沙浪逶迤
丘陵、草原、林海、峰峦
众生万物积聚起所有的生命之光
山河耀眼，溢满清澈的爱

平流层，9800米高的想象力
正在穿越时空，仿佛置身于南北极
浓得化不开的银白世界，云蒸霞蔚
天宫如此之近，久违的亲人们
就住在这里，我与他们泪眼执手相认

远天之间，躁动的母腹
厚重云层的内部，搅动着不安的血液
鲜红、赭红、暗红……落日

此刻是襁褓里的婴儿
吸吮着云霭的乳汁，进入了梦乡

那么多的星星，调皮的孩子
浮游在我的四周，不停地眨着眼睛
暗色的潮水正在退去，一条
迷茫的鱼，慢慢地滑向海底
万家灯火，安然入睡的人间如此温暖

杨碧薇的诗

诗人档案

杨碧薇：文学博士、艺术学博士后。学术研究涉及文学、摇滚、民谣、电影、摄影、装置等领域。出版诗集《坐在对面的爱情》《下南洋》《去火星旅行》，散文集《华服》，学术批评集《碧漪或南红：诗与艺术的互阐》等。

海滨故人

我们朝回澜阁走去。

栈桥下，劳动者从灰玻璃中掏出海的女儿；

艺术家驯服石块，将它们垒成

袖手神佛。

迎着人群的曲径，你说到悲泣的庐隐；

无法再往前了，只有海鸥能抵达

人类渡不去的境地。

关于白日梦、吊床和酒杯，那些使我们狂野又冰冷、

颤抖并尴尬的毳羽，

从未背叛时间的馈赠。

也许百年前我们就活过一次，

并曾以耐冬的姿态燃烧一生。

而今天，海浪正被风驱赶至礁石的领地，

波纹反向，像一条条玄色脊梁，
用不可阻挡之速持续后退。

通辽山地草原

那首诗即将饱和了，总还有一孔涌不出；
那首诗永远触碰不到，只能无限趋近。
在它浆果色的核心，
马背的线条，拉动着地平线的节律；
在它难以丈量的边际，
光分解为最小粒的珍珠，
用稳而亲切的力，在狗尾巴草尖停驻。
我想说的还不止这些，
还有山地草原向天空捞来的斜片，
坐在斜片上，
缀满蒺藜的心，被暮色照射出
翡翠般的净化与甘饴。
我还可以继续这样说下去，
一切皆可形容，但草原无法复制，
就像那首诗，它保留的部分，
正是我们自身，
没有入口只有回声的陌生禁区。

味叭村午后

我们一定来过这里……
多么隆重，四月的白日梦……
你身后凤凰树无际，在点燃火束前，
替归途预演了开始和终结。
缠绻啊，飞逝啊，黄金的理想薄如蝉翼。
那些失重的光，竟再一次，
从你指尖跳落我身上。
我骄纵地挥霍它们如同与你挥霍着
再见，
快扔掉语言吧你说，只留线段虚度
在云端。
直到我们被梦吞并，被正反合的力淬炼成一瓶
微小的晶露；直到你的小乐章在低音谱号的柔颈处侧身
等待，
我依然无法为盲目的热浪命名。

写伊尔库茨克的清晨

写伊尔库茨克，写一段金锵玉鸣的冒险，
写滢光浮闪的履印，在白桦林深处辗转。
从安加拉河岸写起，最初的词，
沦入温存的松软。

相信我：没有比雪更可靠、稳当的镜像了。

堤岸漫长，容我再写几条直线——

远处，人和他的狗，一前一后，

行在蓝冰的棱面——前奏与尾韵之间，

四五束浅粉色晨曦，层染出冰雪世界的丰饶。

该来条折线了。舒展的拐弯，

将我领至街心花园。

像一把精粹的银匙，天鹅

在白露生烟的水池里回旋；

我须得确认：与随性相比，

任何时候，优雅都只是它的第二品格。

嗨，太阳出来了，

我们快戴上墨镜，去一趟马克思大街。

看看沿路的小型露天画展，

青年们用新绿，为西伯利亚预订了春天。

哎呀呀，到了到了，美丽的店铺全关着门，

别沮丧，只需轻推一下，

屋内暖气保准熏得你头晕！

同样内热的，怎少得了俄罗斯男人，

爱情是伏特加，不饮则已，一饮即入秘境。

脸迎着阳光，我想起你毛衣上的蜜糖，

我的自由披着精灵的头纱在记忆中眯起眼睛。

转过身，雪堆在街角，雪人打着新鲜的喷嚏；

伊尔库茨克的清晨是圆满的珏，

一半是我，一半是我不曾拥有的美玉。

时间不早了，现在，

我要重拾汉语，用一种新的步伐原路返回。

428

我将经过十二月党人的风琴，
经过普希金、叶赛宁、托尔斯泰、
陀思妥耶夫斯基、帕斯捷尔纳克，
索尔仁尼琴，还有亲爱的塔可夫斯基……
一个奇妙的清晨有千万次诞生，
我愿以这次书写通往无限的颂赞。

杨金中的诗

诗人档案 | 杨金中：福建省作家协会会员。诗作散见《诗刊》《星星》《诗潮》《福建文学》《台港文学选刊》等。

寻仙记

山岚渲染了早春天色，寒气从

草木的指尖里沁出

更冷了，一行人顶着小雨

要去林深尽处

山谷里鸟鸣布道，古树冠盖亭亭

那最小单位的仙家邮局

擎开一朵朵绵延巨伞

接收着苍穹无边的浩然之气

不远处，道观露出盘龙檐脊

尘世信仰，在荒村古旧的底本里

找到了证词

苔厚路滑，小径提醒远来之客

踩踏石阶

脚底还请附带八分耐心

道人来自相邻村社，装束也只寻常

袍服还锁在箱底

修行与生活，对半平分

人生已过五十寒暑，家中

尚有妻儿挂念，眼前暂无大事可渡

俗世也有些要紧

正计划趁着春风，回趟人间

独对银瓶山

银瓶山的清晨雾身沉重，长着少年白头

只有林木衬托出它的青葱

它有高大的身形而不自知；光辉的

映相，却尚未被笼罩

阳光有时只是浅尝辄止，照临的时间短暂

像争抢不到的天恩

让一处险峻的海拔陷于平庸

村庄是它的抒情，因循它的血脉而来的

大大小小山头也是

这个清晨，我们以壮年面对壮年

没有什么值得歌颂的伟业

只是一遍一遍

在内心里排遣着，眼前流放的人世与山河

杨华的诗

诗人档案　**杨华**：江苏省作家协会会员、邳州市作家协会常务副主席。作品见于《诗刊》《星星》《诗选刊》《扬子江》《北京文学》《延河》《青海湖》《飞天》《北方文学》《湘江文艺》《安徽文学》《朔方》等，出有诗集《杨华自选诗一百首》。

那些风，只从古汴河上经过

独上高楼，我看见一条河
凿开坚硬的大地，多少年了
一直怀抱着流水和众生
在辽阔的尘世，逶迤向前

古汴河的沿岸，我爱着的人
都在诗里，和河流一样久远
每一次，我写下她们的名字
都与万物自然的和谐有关

有时，我会彻底放下纸笔
河流一样慵懒，还有的时候
风高浪急，游人都掉转了方向

我仍然会回头一笑，仿佛
那些风，只吹拂美好的事物
只从古汴河的河道上经过

徐霞客初游太湖

先生游太湖，只一袭画舫
古老的胜水河
弯了又弯，江阴城外
正江山如画，草色碧连天

那一天的游圣，开始了
人生的初次，古籍中的传说
让先生惴惴不安，而我们
这些俗人，正步您后尘
流连着祖国的大好河山

我要写下的太湖，一定是
1607年的，彼时该有飞鸟
在千顷的碧波上回旋
岸上，还会有冉冉的炊烟
真想和您一样，乘一叶扁舟
千回百转，穷尽人世的悲欢

第一次出游，也无文字记载
一说是初秋，一说三月初三

无论哪一天吧，先生的初次
都是我们景仰的开篇

姚辉的诗

**诗人
档案**　　**姚辉：**中国作家协会会员、贵州省作家协会副主席。出版诗集《我与哪个时代靠得更近》、散文诗集《在高原上》、小说集《走过无边的雨》等。曾获山花文学双年奖、十月诗歌奖、刘章诗歌奖等。

雨中谒黄帝陵

急促之雨隔开的时辰
聚于古柏上

如果我的灵肉被反复淋湿
就意味着世袭的爱憎
必须被种族托举的执念
——淋湿

厚土高天　我们已献出过
那么多渴望　以酒意
覆盖的渴望让香烛之上
延展的传说　翠绿
并无倦地逶迤

雨印证人与物及风声
青铜的追缅　如果
坚硬的骨头潮湿
我与谁无辜的甘苦
也必将潮湿？

我们的夙愿潮湿

国度与大地的渴望
延续着——

我在古柏呵护的
泥土上适应着雨与花香
适应着　苍穹
邈远的期盼

——骤雨坚硬

参差之柏　依旧挂满
祖先悸动的名字

曲江

曲江泛红　它还能
在线装书里漫流多久？
秦的腔调扯动赤日之环

——冠冕　被岸边打坐的人
又讪笑了两次

然后是汉与唐的腔调
黄土上的箴言缓缓
滑落　你如何真正成为
箴言之子？如何为西北风
换一茬靛青色警觉？

丰腴的舞者经历
大幅苍茫　谁扬鞭而立？
曲江只留住了几具
比风更为凛冽的马影

而淤泥上冻结的浮华
仍将是锋利的

然后是售卖灵肉者
鲜艳的腔调——路标与
哪一种回溯有关？
一头石雕的狮子突然
卸下菱形长啸

——它吞咽过的弦月
又一次上升　照着
永不朽毁的爱
及伤势

晨登岭山寺塔闻人长啸

晨光偏蓝　四只石狮
仍占据着旭日即将
挪动的某类风声

榆：一丛将长夜按入
泥缝的虬根宛若
爝火　你昨夜仔细淘洗过的
苍茫还可以凭血与
祈愿反复淬炼

石狮在默念什么
转角处　一苍颜老者
骤扔一声长啸

嗷哟——大地往东
斜上去　灰云如何成为
大地骄傲过的
那一部分？

四山应和。摘星楼上的
少年　有露水莹然的声息
他也试着长啸了两次

而更多的长啸者遍布山坳

一个手按山势的盲者
活在自己的呼喊中
他将岗峦上的风
又掀高了三尺

延河腾跃而至　我在
崖壁前重逢的那只石狮
努努嘴　又续上了
半页悠远而烈的应答

远人的诗

诗人档案 | 远人：涉足诗歌、小说、散文、评论、人物传记。出版有二十五部个人著作，主要有长篇小说《沧海蛮荒》《长虹贯日》、散文集《新疆纪行》《画廊札记》、诗集《你交给我一个远方》《我走过一条无人的小径》、人物传记《史可法》《文天祥》等。

山下有些草垛

山下有些草垛，有一望无际的田野

山下有轮夕阳，在看不见的地方落下

我走进田野，感觉脚下的泥土特别柔软

一对夫妇在草垛旁割稻子

我走到他们身旁观看——他们右手的镰刀

伸到稻子底部，左手抓起几把

利索地一割，泥土里顿时

出现整齐和发亮的根茬

他们将割下的稻子堆放在空地

我惊异他们动作的熟练

惊异这成群的草垛逐渐增加

我不知他们要割上多久

夕阳还没有完全沉落，他们的脸上

一半陷入黝黑，一半还是深黄

北方的山里藏着一个秋天

北方的山里，数不清的白杨挺拔
天空抚摸每一根枝丫
空气在九月有了凉意
我意外地没听到任何一种鸟鸣
好像鸟在山里失踪了
或许它们早就已经离开
没有翅膀的石头和落叶
就在山里铺开自己
当我一步步走到
海拔一千五百米的观景台坐下
群山被更广阔的寂静占领
草叶从四面八方的枯黄里
蔓延到我脚下，我坐在山的高处
凝望每一处寂静和空旷
凝望我自己，进入一个秋天的茫然

稻城街上

一场小雪在身边下着
它们来不及聚集
就在半空融化

只有转经筒占据整条街道

我一边走，一边拨动它们
它们一个个转动起来
没有速度，没有声音
除了我，也没有人看见

我感觉一切都不再重要
我已走过了一半的人生
关于未来，我不再需要祈祷
我的心情，无所谓美好和糟糕

我独自走了很长的路
这里寒冷，这条孤零零的大街
正是我希望的样子
我也是我希望的样子

山里的流水

在山里，你总是遇到流水
你想看见它的源头
但看见的只是树丛和石头

当你站上一座小桥
当你俯身看着流水
当流水淌过石头，带走许多落叶

你还是听不到流水的声音
它只是流淌，只是让你看见
一座山的血液，如此透明和干净

衣米一的诗

诗人档案 | **衣米一**：湖北人，现居海南。著有诗集《无处安放》《衣米一诗歌100》《衣米一诗选》。

在海边

在海边，爱一个毫不相干的人
带他回家，给他幸福
用他的沙子
为他造一双儿女，用他的海水炼出喂养他们的盐
他的儿子出生在白天
他的女儿出生在夜晚
我度过了完美的一天
历经恋爱、生育和死亡

西线风景

从海口坐动车返回三亚
一路看西线的风景
多得不能再多的绿色

偶尔有一块黄色土壤露出来
偶尔有人走在上面，偶尔有人蹲在地上在看什么

再过一些日子就春节了
总有一些老人在节前离世
绿是新的喜悦，人是旧的悲伤

尚湖半日

面对尚湖。我们聊天喝茶，偶尔沉默
偶尔望向湖水

一只白鹭在湖上盘旋
我们猜测它是选择了孤单，还是必须忍受孤单
成群的中华沙丘鸭停留在湖面
我们猜测，它们是选择了集体，还是必须忍受集体

这时，两只狗来到庭院
它们将仅有的爱献给了人类
我猜测，它们是选择了奉献，还是必须奉献

乌兰布统的秋天

一路向北。就有羊、马、蒙古包
有卖蒙古刀的女子

445

和骑马的男人
有白桦林成片成片的
在路边，在草原上
迎着光，迎着我

我躺下，我低于乌兰布统
野鸭湖没有野鸭
也没有野鸭的叫声
只是一个
空空的湖，装满湖水和传说

这是我看见的草原
是过完了夏天的草原
羊毛卷曲着，马体散发着寒气
穿盔甲的人，举长剑，打马狂奔
我一生
只能从他身边经过一次

英伦的诗

诗人档案

英伦：原名谯英伦，中国作家协会会员。诗作载于《诗刊》《星星》《诗选刊》《十月》《上海文学》《中国校园文学》《散文选刊》《山东文学》等上百家文学刊物，获中国散文诗天马奖等。出版诗集《哭过之后》《疯狂的目光》《夜行马车》《温柔的钉子》等。

仙女湖甜茶

一

身处仙境，但却从未离开人间
这蕴含美好和幸福的名字，确为神赐
初衷彰显爱与慈悲，比星辰笃定
只与九龙山比邻而居，只与新余互为独宠
一芽两叶或一叶双芽，清热解暑，降压祛脂
就连月亮都用其瘦身，就连太阳每天都斟满
仙女湖这硕大杯盏，边品边忙天下的其他事情

新余春天最葱绿的花枝是你，更是
一双双采茶女灵巧的素手
她们和你一样

447

待字闺中的那段时光前所未有的美好
出阁后的每一天也一向如此
烧水的木头总是富裕，堆得老高
大铁壶如朴实的丈夫，更多的时候沉默不语
紫砂杯盏像顽皮的孩子，大小不一，又令人欢喜
这一切都在守候着你，又都是世间的守候
但等你飘浮的香气，和天空那张被染得微绿的面庞
一起降临

二

你渴望火的噼啪和水的沉静，但都不及
我天天午后唇齿轻碰杯沿的声音
爱是遇见就再不想分开，是两只蜜蜂
一起扑在同一朵花上
我爱你，但却不会把你宠成玫瑰
那带刺的魅惑太过妖冶
和你同饮，她只能作陪衬
与你在一起久了，我的肉体和灵魂透散出的
都是甜茶的香气，甚至我的梦境
也时常呈现出你水汽氤氲的样子

科学逐渐证实，人类和植物的爱最为牢固
每天让你像住进房子那样，住进我的胸膛
像大地欣然接受你的生长一样
在时序无涯的轮回中
我欣然接受你从味蕾开始的爱抚
只有你能帮我抵消内心的虚空，用柔弱之躯

448

抵挡向我袭来的疾病的利剑
你生于高地，却甘愿做了我的柴米娘子
一世缠绵，不离不弃

马洪老酒

以天空惊讶的热度，烫疼太阳的眼睛
以一方小小窖池，度量春风

只与袁河结拜，只与新余称兄道弟
只在那眼叫马洪的泉里汲水，淘洗月光
只在置身火焰之上的大锅中被蒸煮翻炒时
才发出痛快淋漓的喊叫，撞疼酒坊四壁
只在幽暗温暖的窖池里打坐静修时
才有一种遥远的回声渐次而来：岑寂，清晰，穿喉
有着比选料、蒸酒、出甑、拌曲、入窖等工序
更为恰当的火候和适中的力度——
那是晚糯米和火共同提炼的警句
是从上帝手里抵押的
无数个对等的白昼和黑夜，以及
无数不对等的欢愉和痛苦
酒汩汩流淌的声音总姗姗来迟，直抵耳骨：
时光酿造，密封窖藏，褐红晶莹，香浓味醇
除疾或健身均宜，小酌或痛饮都爽

如神仙接受膜拜，牧师拒绝布道

你用独特的味道，大方地接受嘴唇的赞美
奋力抵抗待价而沽的诱惑
上千年来，你的酒坊一直是关着的时候多，打开的时候少
有时走出僧人，有时跑出老虎
大师和窖工一起走出来时，会此一声彼一声地喊着
你的乳名，生怕你以老酒的名义走出来了
魂却丢在里面，更怕你似神非神地身在俗世
却靠一口仙气活着

真正爱你的人，天天小酌且无贪杯之意
你所热爱的，永远是这微醺而清醒的人间，以及
一小杯的快乐之于嘴唇的距离

映铮的诗

**诗人
档案** | **映铮**：中国作家协会会员、开江文艺创作办公室主任。
已出版诗集《但是》《时间的隐喻》等。

茶文化小镇的虫鸣声

清晨才下的雨让尘嚣遁去，暗香浮动

半山放纵的云像我昨夜踮起脚尖的梦

不仰望天空，也不俯视红尘

街面窄小，然而清静，光阴被改编成岁月

流水分得出浊清

疲惫在这里被触摸和抚慰

我想起昨夜灯光亮起时

与寂寞对垒的夜色里潜伏着八台山的星星

喝酒的人以为撑得起天高地厚

而我保持清醒，是为了打探巴山雀舌含硒的原因

比起江湖上的爱恨情仇

深山里的风言风语更有吸引力

尽管，在露水和夜风中

山谷里淡定、寂静和清瘦的时光

已经与乡愁、茶色和诗意相会

而仿古的翘檐和转角处的酒吧
并不清楚小镇未遂的野心
就像我，被溪涧的虫鸣声包围
并不清楚是谁用熙攘的画笔在灯火熄灭后
把月亮画细，星辉画满
放暗河的物质在蜿蜒千里

益西康珠的诗

诗人 档案 | **益西康珠：**本名易当措，藏族女诗人、语文教师。诗歌作品散见于各种报纸杂志。

黄昏落在村庄

夕阳躺在西山上
犯困的眼睛快要关上闸门
那只百灵鸟落在院外电杆上
扇着翅膀
一天的灼热扇到时间之外
柔软的风吹动经幡
像散热的风扇
村庄的灼痕渐渐退去

醉在秋风里

搭着时间的顺风车，不知不觉
金风越来越密
所有青稞向秋天弯下腰

向土地鞠着躬

金光照满天空这面镜子

一阵阵麦浪涌向仓廪

所有的事物醉在金涛声里没有醒来

在乡下

这里，时间很软

脚容易陷很深

清澈的水把外来故事清洗得无踪影

眼里蓄满酥油光

祝福的桑烟身体里流动

沾有树木、草、田野、糌粑的日子

野味十足

可以跟星星通话，让夜晚更亮一点

乡下一切免费

小草任意踩，露珠任意摘

云朵由你唤，山随你爬

树由你靠

水由你喝，野菜随你挖

神直接叫来桑烟

跟小孩过家家，有事随便求

塔随你转，寺庙由你拜

一直坐在大房子的佛看着进进出出的家人
像长辈，等着每一个平安归来

村庄的夜

夜慢条斯理地把白天打理干净
那些多舌的影子锁在房内
路灯隐藏的心思晒在有温度的路干上
没有人去动用

风来了，没有涟漪翻过
那些飞蛾扑灭不了什么
蚊子也咬不动
都是清静的
这时候才能听见自然的心跳声音

村前站立放哨的白塔
不停转动的水经筒
有生命的流动声
抵制着村庄的黑暗泛滥

予衣的诗

诗人档案 | **予衣**：原名全进，男，苗族，贵州务川人。诗歌散见于《十月》《飞天》《诗潮》《延河》等刊物。

喊山

山是有灵性的
有时候，你喊他会应你

喊山，就是不停地喊
一缕炊烟
刻在山里的每一个名字

不停地喊
直到山开始奔跑
一边招手一边不停地
喊着我的乳名

活着的岩石

在悬崖绝壁上
抓住一条缝，或者一粒尘埃
就可以安家
找到一滴雨露
就可以替一座山
牵出一条河流

这些没有姓氏的植物
穷尽一生攀爬
也无法抵达天空
柔弱的身板，长到老
充其量也不过是一块
活着的岩石

张况的诗

诗人档案 | 张况：中国作家协会会员、中国诗歌学会常务理事、广东省作家协会主席团成员、佛山市作家协会主席。著大型历史文化长诗《大秦帝国史诗》《大汉帝国史诗》《大唐帝国史诗》等三十一部。

禅意的舟山核雕

到时间的剖面上游历舟山，需要用一张机票
搭载友情的速度，才能顺利握住仲秋的尾声
向吴中风景堆砌的头像，索要一张
波光潋滟的导览图

在核雕村移步换景，每迈出一个榄核的步伐
就能让秋风延长三尺微命
夕光中的粼粼诗意，一旦溢出
太湖的眼眶，舟山雕花的履历
就会发出秋水的喧响

在核雕村行走，我看见有人手执信念
潜心雕刻光阴背后的故事
一双巧手将绝版的刀法刻入玄机

就能成为次生的背景、隐形的意识流
里面微缩的风光，拐个弯
就爬满了宿命的藤蔓

舟山很神奇啊，核雕是其中
最硬朗的部分。雕刻一部经典
需要香雪海做出跨界的配合，才能获得
权威认证。在范仲淹的一条名句中跋涉
无疑需要脚踏温厚的词，才能跨越
文字的天堑，进而认识
吴中的前世今生

是的，全方位覆盖吴中殷实的福祉
需要预约一场多情的细雪，需要集结
无数瓣梅花，让她们开出绝俗的
年度暗香，作为阶段性回应
才能找到与史实对应的响亮位置

在舟山驻足，目光所及都是兼容并蓄的意象
苏州评弹柔曼的音质碾过凡尘之后
我看见江南正在一枚核雕上参禅

四公子柳舍去来

柳舍六百岁了，风一吹
她就回到了自己的少女时代

陆家浜、马家角、石脚盆是她前世的三个化名
一个比一个娇俏，浇点雨，就能折返
明朝的打扮。婀娜多姿，楚楚动人
那过目难忘的美，让人瞄一眼
就会惦记一生

张家堂、浜果角、后方塘
是柳舍与四公子合演的三场大戏
一场比一场精彩、细腻
水墨江南、园林生活，都是戏词
更现实的右见十八舍、半山艺、湖柳蝶坊
都是游客们点到即止的行足体验
节点上的八百里烟花，终究是一场梦
开放于太湖的前额，很明显
那时的柳舍，还没有具体的风景
临湖的界面上时常有涟漪，一圈圈
拆解戏词中的秘密，借以圈点村志
里三层外三层的感动
四公子适时钓起一枚夕阳
将它捧在手心，就能看见
柳舍红扑扑的脸蛋，如同那些年
返青的初恋，透着羞涩与向往
四公子即便闭上眼
也能瞅见她们的娇俏模样

漫天雪花落在柳舍的心尖上，她们一直
舍不得融化，为的就是静候四公子

如约而来，企望四公子伸手
接住她们落下来的慢
然后点燃渔火，就着太湖明月
温一壶花雕，让后来亲近她们的人
沾一口，就醉足三年

茂名浪漫海岸遐思

取走海里的盐，海水就变得轻松了
轻松的浪花拍打着我的脚踝
就像儿时入睡之前，耳畔轻轻响起
祖母慈眉善目的童谣

取走大海的喧响
我的心就变得宁静了
宁静的心海里装着情感宣言
我想在晨曦醒来之前，逐字逐句
悄悄默念给远方的她听
那里面有我和她秘而不宣的爱恋

给海岸添加一些浪漫的词
诗句就会长出海鸥的翅膀，扑腾着
飞向无边的蔚蓝，风一样拽着我
去际会海天一色的悲壮

给流浪的云朵腾出一片天空

诗歌就成了海天之间最神圣的留白
神圣的留白，就像恋人之间
四目相对时的那种柔曼表白
在浪漫海岸想念一个人
掬一把海水，我都能看见里面的甜

张绍民的诗

诗人档案 | **张绍民：** 作品见于《诗刊》《星星》《诗潮》《散文诗》《绿风》等刊物。获过《人民文学》《诗刊》《儿童文学》、冰心儿童文学奖等奖项。

漉湖芦苇荡

春天，波浪起床站成芦苇

就有了一根根骨头。屋顶炊烟

排队都来风水宝地天堂一样的地方度假、赖在这里

成为甘蔗林一样甜蜜的排比

洞庭湖在此处的波浪习惯了站

站成绿钢筋一样密密麻麻的本地土特产

香山红叶

树都开成了红玫瑰

树叶都红成了羽毛的花瓣

沸腾的羞涩穿在身上
一座山红衣一身朝霞万里

每一片红叶都准备好了红包
秋天来香山看火焰宁静的胎记名片
储存火作为过冬的粮食，到了冬天
眼睛泉眼仓库里储备的温暖可把白雪的棉花看得暖和

江边，茶中观马

玻璃杯中
茶叶睡觉、开水洗澡
立即苏醒
被激活
复活为一群马扑腾

历史的体温退去
一马又一马沉淀为伤疤
落在茶杯深处

沧水驿

今天拥挤的车，在古代
需要多少马来奔腾

今天坐在车里快过任何马
但古代的路长在马腿上
马有脚印押韵的花朵

没有尘世的车能达到呼吸之外的永恒
没有一匹马能冲出时间的句号

来了，又去了，迎来送往
马车奔跑小房子如奔跑小邮箱

沧水驿，群山的波浪坐马车远行
碧云峰喜欢骑马外出
然后回到自己岗位

曾经李白在此喝乡愁
与群山举杯
他在这里写诗
诗如脐带的炊烟
黄昏之际，把人带回永恒故乡

到今天，一杯沧水铺的酒，依旧
有李白的香气

来来去去，好消息才能让马的辛苦奔波值得
驿站等来的客旅皆为时间碎片
历史的落叶
翻飞人的脚印马的蹄印，这些伤疤

再多也被时光如水抹平

青山依旧却沧桑
洞庭湖沧浪之水溅起的浪花
它们站成碧云峰身边的群群山峰

日出如新郎奔涌而出
游子都要如沧海的波涛之羊
返回旭日的泉眼

张媛媛的诗

诗人档案 | **张媛媛**：蒙古族，中央民族大学文学院博士生。作品见于《诗刊》《星星》《民族文学》《作品》《当代作家评论》《上海文化》等刊物。曾入选《星星》大学生诗歌夏令营。著有《耳语与旁观：钟鸣的诗歌伦理》。

莫力庙，或词语柔术练习

西辽河转弯处，浮沙反弓衔壶
浇濯水波纹印痕，植被一层层
后退，直至沙湖阴影漫过腰肢
换季的空旷，将我们弃置于
草原的柔软腹地，那里
一双羊眼紧盯着疯长云团

寡言女孩自小练就肉身折叠术
倒转的视角里，观者神色惊惧
旧砖石垒砌新庙堂，工匠们
心照不宣，同回鹘式蒙文交换钥匙
他们指纹螺旋的重心，正从
筋络悦纳的痛处探出泉眼

滚兔岭

有什么东西梗阻于我们之间
许是去年的油栗，尖刺枯黄
隐于落叶，猛不丁穿透鞋底
或是黄檗攫住的山石，丛莽
生芽嫩枝小扣窗棂，探探口风

然而我不愿说，宁愿冒急雨赶路
在旅途中耗却良辰，以免失掉
攀月的松梯。不可及的空旷
包裹小村庄，夤夜寂然——有人
正从月的晕影中辨认兔的眼眸。

堡子里

旧城墙一道窄门，分割寒暖
短促夏日，坝上眼波饱满
带来难得多雨的时日
野草冒出屋檐，一团浓云
涂抹古城建筑的阴影
堡子里，你挥毫溅落的墨点

一双无法移开的瞳仁，映照

468

繁华市区中心不相宜的古朴
甚至破败，一眼望尽的生活
在矮墙与红砖中错落
厌倦被展览的历史，急雨中
晕染目色，无伤无臭

仿佛最初定居此处的云游僧
他已沉寂许久

张北草原

她不甘从想象的空旷中抵达
盛夏，一匹马从寒冬淬火
钉掌深植草心，踏过无尽的绿
无尽的风，喉咙中颤动——

传来回声。她在异乡偶遇
故乡，一匹马从刀锋受孕
白色巨型风车回旋，将风景
切割成碎片，散落四野

她认定相似的面孔，如牧神
午后，一匹马从草原出生
游客戎装留念，逆光剪影中
父亲的童年打马归来

张雪珊的诗

诗人档案 | 张雪珊：湖南省作家协会会员、湖南省诗歌学会理事。作品见于《人民日报》《诗刊》《儿童文学》《湖南日报》《湖南文学》等报刊。著有诗文选集三部。

雨季

又下雨了。这缠绵的愁绪
清脆地敲打在我们头顶
送女儿去上学，须经过
十个十字路口
等候五处红灯

孩子脚穿雨靴，手提雨伞、运动鞋
肩上背着水杯，书包鼓鼓囊囊
嘴里还衔着未咽下的早点
校门口，她全副武装下车
手忙脚乱，费力撑开雨伞的窘境
让我爱莫能助

上班高峰期。雨，一直下

透过车窗，我看见无数个不同的我
斑马线等候或疾行的脸谱
大颗的水滴，从他们的头盔上滚落
滑过雨衣，跌到地上
弹起来，碎成一片片花海

当初。我也骑过电动车、自行车
更多的，是在风雨的夹缝中不停地奔跑
疯长的黑发，是我唯一的头盔和雨具
这些年，我们已不习惯按喇叭
不敢去玩惊悚的游戏
车速越来越慢，胆子越来越小
面对人间，我们深怀敬畏，感恩
有着共同的慈悲和不舍

寒凝

麻雀在檐下安睡。几茎枯草、树叶
搭成简约温馨的家园
东奔西跑的山鼠
攒足口粮，洞内相依为命取暖
木板房打了一个寒战，呵出几口热气
从烟囱探出身子，勾出后山的轮廓
铁青的脸，瞬间明亮了几分

光阴冻僵了手指，几乎要停顿下来

不期而遇的雪，漫天飞舞
一片又一片，往上堆积
没过我的脚趾、膝盖、腰身
直至淹没脖颈与头顶
半生年华，浸透潦潦草草

冰冻三尺非一日之寒
泪水逆流成河，凝为冰雕
封印神台、青灵、脑户
而华盖，不开自启
令我愁肠百转，心心念念
骨痛，沿磁场环绕布满结界

神啊，请许我点燃一盏心灯
我要用一生，焐热固化的寒冰

紫薇山的月亮醉了

一定有什么揪心的隐痛
或者无法排遣的忧郁

紫薇山的月亮醉了
在密不透风的夜空下
醉眼蒙眬，飘忽不定
一杯又一杯，双眸斟满困惑的血丝

空气中，负离子是多么充沛啊
走进紫薇长龙，我强打精神
看繁花松开漫长的忍耐
直至把寂寞焚成火海

星星次第归隐，月亮还未醒来
我听见玻璃杯碎裂的声音
像紫薇花一声声泣涕
以泪洗面，炸响郁结的往昔
猩红的心雨，淌了一地

月亮满上巨大的酒碗
再干一杯吧
我举起两手空空
可怎么也找不到她的影子

每一颗露珠都动过凡心

所有的喧嚣静默，奔波静止
尘埃已经落定，只有心智悬而未决

每一汪夜色的大海，我都会
溺水，深陷，休克
万物有灵。因了一棵草
救下奄奄一息的性命
遍地都是染指忧伤的患者

473

浸透有口难言的沉疴

身骑白马，在草尖的刀锋上
勒住命运的缰绳
一步一回头
我像一个文质彬彬的斗士
摇摇欲坠。看春天越飞越远
虚拟的重逢遥不可及

空荡荡的天空，是一面无边无际的玻璃
月亮在缥缈的远处沉浮
数不清的星星在低声啜泣
黎明咬破嘴唇
总会在绝望的时候降临

每一颗露珠，都动过朝生暮死的凡心
太阳的神谕，无时不在，无地不在
在动魄的惊鸿，和一刹的昙花一现中
一次又一次，拥紧轮回

想起月亮，紫薇就簌簌地落了下来

衣袂飘飘，从木房子的后山款款升起
满身银色的珠光，淡雅，而又浓郁
怀有永远播撒不完的深情
孩提走远了，许多年又过去了

想起月亮，紫薇就簌簌地落了下来

那时的空气，像一层透明的玻璃
森林中的兔子、画眉、夜来香
守望在各自的空间，总是相安无事
我只是一个光着脚丫的牛郎
日日夜夜，身上沾满泥巴和青草的气息
仰面朝天躺在那块巨大的青石上
月亮就在头顶，仿佛触手可及

童年的星空，宁静、神秘、浩瀚无边
始终萦绕在干净、晶莹的梦幻
直到现在，我登上紫薇山仰望
怎么努力也无法找到那一轮明月
也分不清哪一颗是牛郎星，哪一颗是织女星
哪一颗，又是他们留守的孩子

有的紫薇还在绽放，有的已孕育饱满的籽粒
最精彩的花季，即将成为历史
所有美好的事物，都会隐入苍穹
我不忍心细看你风雨后的憔悴
想起明天，想起月亮，紫薇便簌簌地落了下来

朱继忠的诗

诗人档案 | 朱继忠：湖南省作家协会、长沙市岳麓区作家协会副主席。有作品见于《诗刊》《湖南日报》《浙江诗人》等报刊。

十八洞村

到十八洞村，踏上云贵高原

飞虫、梨子、当戎、竹子

四个寨子依山傍水，借势而居

群山之间的苗语异常亲切

我听不懂，看得见，摸得着

在梨子寨，百年梨树依然挺拔

银行、邮局、非遗、民宿……

坐在石拔大姐家的火塘边拍照

在施家厅堂，大口吃腊肉和腊肠

站在精准坪眺望大山深处

不再害怕猪肥，生病，孩子成绩好

苗绣和蜡染，早已爬出了背篓

苗歌佐着酸肉，早已飞出了赶秋

深隐于莲台山的十八溶洞正在打坐

酒鬼赌鬼没了，苗汉脱单了

山歌飞扬，四个寨子，四季苗年

流纱瀑布也会震颤一次
天问台，不再只有三闾大夫的祈祷
赶秋的日子，来桥上走走就够了

蔡伦竹海

汉太仆、龙亭侯，造纸第一人
归隐于耒阳竹海，实至名归
十六万亩竹林，是蔡伦注入灵气
登上观海楼，四面都是竹林
像一张巨大的绿色的纸
炎帝创耒，蔡伦造纸，张良归隐
演绎"竹本虚心""古柏赏青"
徐霞客来过，曾国藩来过
耒水穿林而过，纸则古法天然
有竹就有石，竹石相依
入画入诗，竹海的石还是汉白玉
石如群峰拔地，竹似万笛吟风
遁入竹海，看竹的气韵和石的坚忍
在泉边坐下，听作坊里的声音
想起竹林七贤，是否已请教太仆
在蔡侯纸上画竹，需不需要留白

河滩喷泉

第一次亲近耒水，湘江的支流
水面不宽，绿得让人心痛
天然喷泉就在耒水边的大河滩
第一次走近广场的天然水柱
二十五米高，自然喷涌半个世纪
不论斗转星移，不畏风霜雨雪
清冽的泉水让人心生敬畏
一股来自地底下七百多米的力量
水龙从不低头，身形从未衰老
是为蔡侯守护这片竹海
还是为耒水引吭高歌
或许兼而有之，引水而入海
其实也是一杆竹，通透而挺拔
几百米的根茎，扎得够深
从坚硬的岩石出发，早已安之若素
在竹海之侧，早已不是孤胆英雄

周道模的诗

阳光路过了人间——中国行吟诗歌精选

诗人档案 | 周道模：在国内外文学报刊上发表汉语、英语和翻译作品。多次获国际国内诗歌奖、诗人奖、文学奖、诗集奖。出版汉语诗集二部、汉英双语诗集二部。

骑上帕米尔雪山马

我抽一鞭闪电

鞭亮白马帕米尔雪山

我置一片阳光的鞍

骑上雪山马奔向时光的边缘

我撒一网星星的梦

抱着雪山马的脖子安眠

我喷一声风雷的嘶鸣

融入雪山马穿越黑洞的危险

帕米尔的云与雪

乌云生下雪儿就消失了

生在山顶的雪儿活了下来

活在山顶的雪儿看不见妈妈
看不见妈妈的雪儿就爱流泪
白云是乌云的妹妹
白云是雪儿的姨娘
姨娘来抚爱雪儿
白云抱着雪儿
雪儿依偎白云的胸膛
阳光照亮姨娘的白衣裳
雪儿抿了一口阳光
雪儿就化成了流淌
忘了妈妈，别了姨娘
雪儿啊也忘了自己
流进了帕米尔的草绿
又笑出了帕米尔的花香

帕米尔的阳光

帕米尔堆积的时光抬高了我
我高到更靠近太阳

阳光穿过历史的丛林
像恋人扑在我身上

我的皮肤烤成了红褐色
我的心胸热成高远的沧桑

帕米尔太阳披着云纱
难道是我梦中的新娘

你不要再射那魔力的箭
我快要痛成金色的雕像

赵晓梅的诗

诗人档案 | **赵晓梅**：中国作家协会会员。著有诗集《竖琴之声》《紫色珠语》等。诗集《竖琴之声》获云南省文学艺术创作奖，曾获《十月》爱情诗歌奖、《作品》诗歌奖。

撒坝子

岔进撒坝子的山路，泉水从高高的一架悬崖，喷洒而下
抬头，一匹洁白的瀑布
仿佛昨夜，水田人家的妹妹
织出的火草腰带

遍山的核桃树，惊动了所有的风景
在大山的掌心，迎风生长
枝头挂满果实，青苔滴着水露
秘诀出树身潮湿的词语
低矮的木楞房，释放缕缕古旧的炊烟
向着远方，高高招手
宛若旧时光又一次复活

山有多高啊，水就有多长

482

清澈的山泉，向下流淌
我在花间，向上爬行
印证着人往高处走，水往低处流
回望天空，辽阔干净的蓝
任朵朵白云，拖着薄薄的纱裙
自由舞蹈。古老的村落
房前窗外，桃子李子杏子芭蕉
温顺地让多情的阳光，染上甜美的色彩

山人即是仙，仙境居山人
晚归的羊群，让静坐树瘤上的老人
身披夕阳的袈裟，笑出神性的慈祥

傈僳寨

借一条山道，不看繁花和茂林
只看封锁在傈僳山寨的旧物

离祖母屋远一点的青春棚
离心却是那么近
比祖母屋小一些的木楞房
刚好装下两个人的爱情

离山寨远一些的水磨坊
离炊烟却是那么近
比炊烟还香的石磨啊

磨碎了大山清贫的饥渴

借东坡种苏麻，借西坡采火草
织布机吱嘎吱嘎
织，八尺八的头巾
织，八尺八的腰带
织，蓝白相间的百褶裙
七彩虹顶在头上，鲜花绣满腰间
出嫁的阿妹啊，美过天仙

借一把陶壶，只装白云不装酒
借一处火塘，煨一罐油茶
借三天艳阳，晒新收的荞麦
也晒刚采的蘑菇

借一套古旧的裙装，扮一天美丽的傈僳姑娘
借一架老旧的牛车，拉着我做一次幸福的新娘
借一曲葫芦笙歌，跳一夜狂野的舞蹈
敲响大山的鼓面，敲开心灵的茧花
醉了篝火醉月亮，醉了山风醉朝霞

借一棵八百年的核桃树，站立村口
守着生老婚嫁的悲喜
借一缕崭新的春风，解开裹紧的冬
让嫩嫩的花叶在古旧的时光里发芽

白塔邑

白塔邑，一个孤独的人向往的远方
一座白塔在洱海中的倒影
蕴藏着坚固的信仰和宗教的言辞
仿佛遥远的光阴，用母语问候

我的朋友，总是在黎明时分祈祷
独坐雕花的禅房，与神和祖先对话
沾露的修行，愿天下宽心，自如
让走失的自然走失
把归来的安放于归来之心
然后，看洱海的慈善与高天淡云
让万顷海域，育一碗清幽

我来时，村庄周围的麦田一片金黄
一群白鹭惊叫着飞向黄昏
朴素的时光里装满了葳蕤的野云
十里鲜花，追踪千方春意
染香万波的涟漪

凝时而居，在白塔邑的海岸
久别后的凝望，额头已堆上光韵的青苔
你曾奔赴俗念的快乐
旷远的脚步，伤了乡愁

也痛了纯真与朝朝暮暮

白塔邑的海水平静光亮啊，返照出你的前生
决定一条鱼的生死，上不上岸
决定一群鹤的命运，离不离开
一滴水，落心帘，轻卷书语
一盏月，放海灯，静数诗波
那些绣在海面上的诺言，为谁解释
辽阔的月光，铺盖辽阔的海面
清波之上，页页经文
度落入网中的苦难鱼群
度海岸原野贪恋的悲伤

退一步，海阔天空
三退三还，水清岸绿
这是我爱你的理由
也是你爱恋洱海的一种方式

赵雪松的诗

诗人档案 赵雪松：有诗歌见于《人民文学》《诗刊》《钟山》《天涯》《作家》《上海文学》《山花》等。曾获齐鲁文学奖、泰山文艺奖文学创作奖、第二十八届柔刚诗歌奖、后天诗歌奖、鲁竹诗歌奖。著有《雪松诗选》《大地书写》等。

在西塞山顶看长江

眼前的江水开阔、蜿蜒，
就像一个人在世上行走。

没有白鹭，只有白烟
从两岸工厂的烟筒上起飞。

吃水很深的船，
像一片片落叶压上整个秋天的分量！

我没有万里心，我只看见：
逆水而行的船，吃力、缓慢，正咬紧牙关。

风穴寺

清明。禅院的海棠、蟠桃、白梅开得正旺。
春澜里，有什么在汹涌，就有什么在逝去。
薄暮正穿过我的身体降临禅院，
脚下的春草在起伏中抵抗着，
还有那一排枯干的竹子。
那些空眼睛一样的圆缸，用来种莲花。
大殿里摇曳的青灯抵抗着
木鱼声声里月光如水的消失。
还有下榻寮房的一句句青年的诗歌，
紧抿的嘴唇和倔强的眼泪。
破碎的青瓷片在咒语里抵抗着：
聚集，复原，重又破碎。
布谷抵抗着。提篮祭拜的人膝下的亡魂
像一位归来的新人。
暮色中，我以春风的固执抵抗着。逝去着。

在山西境内爬明长城

在一溜长形土堆上，
我爬上爬下，脚蹬的土——
或已成烟，或松软如泥，或坚硬如昨。

我捧一捧土在手里：土里的声音，又遥远
又新鲜。土里的身影晃动似刀刻。

身后，至今未填平的坑坑洼洼的痕迹，
长满的是第几代野草？

我抬头看天空，那湛蓝仿佛也是一捧土，
被另一双手捧着。

而我也是一捧会缅怀的土，缅怀的都在土中。

子空的诗

诗人 档案

子空：作品见于《诗刊》《文学港》《大家》《诗选刊》《边疆文学》《诗林》《诗歌月刊》《江南诗》《西藏文学》《诗潮》《西湖》《厦门文学》等。出版诗集《一只鸟或一个人的一夜》。

春游贴

石头上长出了石头，悬挂在悬崖上
莲花模样，刀剑模样，头像模样
摇摇欲坠，已有三千三百年
我站在岩洞里，头朝上
看着朝下的事物，顿感深不可测

江水在岩洞外缓缓流动
一群小孩，在浅水区玩耍
我躺在洞边，不知不觉就睡着了
小时候躺在猪圈楼上，也是不知不觉就睡着了
后来我在城市里有了一张床
居然连续失眠超过 20 年——
是草木惊动了人，还是我惊动了万物

阳光照着对面山上密不透风的森林
也照在江面上，也照着岩洞边缘
也照着鸟鸣，照着隐藏的诗句——
每一朵野花，都安然无恙
山川有灵，接纳了我的忏悔

恍惚中，一颗悬挂的头颅长出了桃花
没有任何声响，没有任何预兆
坠落于诗人头顶。我从睡梦中惊醒——
有人在烤肉，有人在听音乐，有人在拍照
小朋友们也睡着了，像在幼儿园
有一群少女与少妇在江里打水战，旁若无人
多好啊，今天的阳光来自所有的春天
没有任何人因为这里的山水产生邪念

一条路的两个方向

有时候，是路把我们带向远方
有时候，是我们把路带向远方

比如川藏公路
少数人把路带到西藏
路又把多数人带到布达拉宫

同一条路，是王小二的起点，我的终点

祝贺每一个人与春天相遇

我们挂念草木，其实就是挂念自己
虽然回避不了亲人遗漏的泪水，岁月的伤口
我们仍然在春天像蓄势待发的耕牛

春天的秘密，是留给秋天来印证的
让身体的信号与春天的信号对接吧
你已经感觉到那个站在春天背后的人
在无人机的眼睛里，在每一个人的故乡停留

现在，请放下手持落叶的心情
时光如此透明。难免会想起越来越多的好人
你在春天里的光芒，可能会照亮秋天的弱者
包括瘫痪多年的邻居，所有植物一样的肉体

春天的土质，决定着未来的收成
我们在春光里再次挑选最好的种子
舀一瓢春水，说出最欢愉的秘密
很多事物拼命地赶来，与春天匹配

诗人在中国高铁上写诗。春天在窗外飞奔
朋友圈桃花汹涌，蝴蝶旁若无人
祝贺自己，祝贺每一个人与春天相遇
春天啊，你的幸运也是我的幸运

故乡水

最初注入我血液的是故乡水
如今早已作古的奶奶曾经说过
——三碗故乡水能造一碗血啊
这就是我生命的本质了
离故乡越远
我的病就越多
我想我该回家了
最终注入我血液的还是故乡水

郑德宏的诗

诗人档案 | 郑德宏：诗人。作品散见《星星》《诗刊》《江南诗》《青年文学》《作品》《西部》《文学港》《山花》《文学界》《诗选刊》《诗潮》《当代人》《时代文学》《散文诗》等。著有诗集三种。2021 年入围第二届全国十大农民诗人。

山水志

1

坐南朝北，或坐东向西
背靠的皆是青山
倾斜而下的都是满目碎银
流水淙淙，石头生花
那配珠叮当叮当

我是打马而过的剑客
我是得道的半仙
我是名落孙山的落魄书生
我是上山砍柴的樵夫
我是迷路的娘子
我是山中盗匪

我是富甲一方的良人

我是倒骑驴子的道人葛洪
端起酒杯
我便指鹿为马

2

那日，淙淙梵音不绝，流水卧于你的耳郭。
那日，翻转浪花千重，山林盘于你的眼睛。
那日，烟火人间天上，闹市隐于你的身体。

3

听风
风不问世事

看云
棉花里藏了乾坤

人的一生哪
不过一朝一夕

4

只有那石头上的青苔
湿湿的、浅浅的
这迷人的阴暗之地啊
实是酿酒的上好器具

曲水而至
流于杯，流于唇
流于五谷，流于青花瓷
流于大宋的大好河山
流于我的风月无边

5

仁兄，请了——
干一杯
为这惆怅
为这片刻的欢愉

天子呼来不下山
我是我孤独的王

6

流水的客栈
草莽的王
你我皆是过客

盘于石上
酒肉穿肠过
以青山的名义
醉倒那石头
我扶石头下山

7

我们列队
回归寓言，或者游戏
石头、剪刀、布

仁兄，请了——
我的布裹住了你的石头
你该罚酒一杯

8

只亲流水
不觅知音

这漫山遍野的簌簌声啊
朝哪看，哪是一把竖琴

9

那日，你卧于流水，听梵音淙淙
那日，你盘于山林，看浪花翻转
那日，你隐于闹市，造人间烟火

那日，大宋盛世，人间妩媚
曲水流杯，山水玩世
我们恭敬不如从命

仁兄，请了——

是为"曲水流杯，或
山水志"

滕王阁

我是绕唐初四杰周围落魄的诗人。
我目空一切、好高骛远，
繁荣洪都（今南昌）花街柳巷与妓院靡靡之音。
那日重阳，阎公设宴滕王阁。
大伽云集。
我混迹其中，左右逢源。
饮酒，寻欢，抒怀，叹盛世
歌舞升平。676年重阳注定是天下人的重阳，
遍插茱萸，独不能少了，
王勃一人。
那日，滕王阁翘檐挑起落霞和流水，与天一色。
那日，孤雁展翅，清明朗朗，少年才俊王勃
出口即成章——让一座楼阁活了1346年。
如今，它依然活着。而我，再登滕王阁，翘檐
依然挑起落霞和流水，世界依然太平盛世。
只是，落魄诗人不再落魄。
我依然效仿当年，拱手抱拳施礼，道一声：
王勃兄，赣江之行安否？

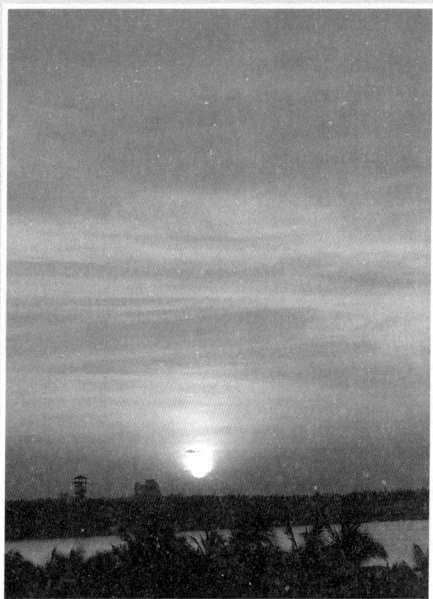

悸动 · 2022

主持人
杨碧薇

（按姓名音序排列）

毕如意　陈　登　范庆奇
付　炜　时好雨　陶汝豪
夏跃锦　小　玖　张雪萌
赵淑婧

写在前面

杨碧薇

　　李立邀我担任《2022 年度中国行吟诗歌精选》"悸动·2022"栏目的主持人（张媛媛与我一起组稿），这个任务看似简单，却难坏了我们。从 4 月到 8 月，整整四个月过去了，我们才把稿子找齐。事实充分说明，组稿的难度比我预想的大得多：首先是因为年龄限制，这个栏目要求入选诗人必须出生于 1997 年后，也就是现年 25 周岁以下；其次是题材限制，当我们向一些满足年龄条件的诗人约稿时，他们并没有足够数量的行吟诗，有的甚至连一首都拿不出来。

　　因此我在想，年轻一代对行吟诗的兴趣有多大？行吟诗是古典汉诗里常见的类别，李白、杜甫、苏轼等诗人，都是"走到哪写到哪"。古代交通不似现在发达，要去陌生的地方旅行、生活，难度比现在大得多。"行"已经够难了，"吟"就更加宝贵。或许正因如此，行吟诗总是有一份独特的魅力；在陌生的风景中，它昭示了另一种生活的可能。而现在，交通比过去便捷得多，去别处旅行、出差、求学、工作，早已是现代社会的常态。随着生活半径的扩大，再加上传媒的影响，"远方"似乎没那么神秘了。但是，对那些始终对世界保持着好奇心的人来说，神秘和渴望一直都在，而这正是诗的可能；某种程度而言，又是诗的必然。

　　本次"悸动·2022"栏目入选的 10 位青年诗人，也向我们展示了诗的可能性与必然性。他们均出生于 1997 年（含）以后，都有外出求学、游走的经历。其中，毕如意的诗已有较为稳定的叙述语调，她用充满陌生化的语言重新"发明"了异域空间。《香港》一诗描摹细致，感受幽微，让我想到自己第一次去香港时坐船的经历，"踩住渡轮摇晃的甲板"，读来令人感同身受。张雪萌也是近年来值得期待的青年诗人，她这组诗写得扎实稳当。我尤为喜欢《东北的女儿》，这首诗叙述密实，具有她这个年龄的诗人普遍缺乏的历史意识，在"巨流河任其奔腾／但总有不可至的航道，消隐在南端的异域"等句中，诗人的写作已初露气象。

时好雨的《苏州》《伴我行》清丽婉转，流畅自然，"红色乃至绿色的情事／红色乃至绿色的灯笼"等句子告诉我们，诗人有不错的文学直觉。小玖的诗有自己的一套言说机制，在她诗里，敏锐的感受力是完全打开的，这些诗抒情与叙述和谐相间，气息绵密，面似锦缎。赵淑婧的《重庆在火焰里落雪》对节奏的处理很棒。有意思的是，这首诗里也出现了"我们侧耳而听：时间下雪的声音"，看来，行吟诗不只需要画面，还需要声音，需要一路用心地垂听。

付炜有着过硬的语言调度能力。如果说语言只是表征，那么这一能力的背后，就是良好的学养与真实而精细的体验。正如他所说，"迎面而来的境遇，正不断印证着／词的无限"，在诗歌里，"境遇"与"词"的确是密不可分的。另外几位云南青年诗人与自然的关系更加亲密而直接，边疆生活为他们提供了得天独厚的书写条件。范庆奇、陶汝豪、夏跃锦的行吟诗书写，都超出了我的预想。他们有相当数量的行吟诗，且能较为熟练地操控这一套诗写机制。范庆奇的《牛栏江行记》写得顺畅而又不失力度，情感饱满。陶汝豪有独特的生活经历，他这些新疆题材的诗，接续了沈苇等老一代诗人的新疆书写，《来吧，兄弟》既见边塞风情，又见人间情谊。夏跃锦的诗也越写越好了，几乎每一首都有较高的完成度。

《过金沙江，遇见》写人与自然的关系，"掏出手机，定位"这一行为，又是典型的后现代景观。还有一位云南女诗人陈登，目前求学于西北。跨区域和跨文化的生活经历，古代文学的专业训练，都塑造了她不一样的诗歌面貌。她的诗多用短句，节制的同时强调想象的张力。

总的来说，组稿虽难，但我对这期作品是十分满意的。十位青年诗人的书写呈现出不同的面貌。同样是行吟，但他们的诗写机制、表意方式、语言风格等都各不相同。在这些不同的背后，是不同的生活经历与诗歌观念。这么来看，这期作品就更有意思了。

毕如意的诗

诗人档案 | 毕如意：2001 年生，中央民族大学本科生，喜欢在城市乱走。

香港

是热病，耳鸣

踩住渡轮摇晃的甲板

要逃离死岸

黑暗的轰鸣　驶过两岸浓重　光影幢幢

压过来　莽莽荒原

只是她的黑纱手套

她丢失了珍珠手袋

在荷李活道　文武庙拜下去　背影头发散乱

起身过了五十年　一炷香没燃完

灯牌还浮在黑空里　死在绣花屏风上　艳鬼

骨头一落地就成了灰

花无半日红花墟一年四季

九龙城夜晚　谁从握住的人生里

肇事逃逸　供佛的暗店半拉上卷帘门

橱窗里搁着金镶玉烟嘴　你在反光里见到了谁

电车驶过

旗袍在威灵顿街的唐楼鼓风　绯红色　乔其绒

亚皆老街的底下是　蔬果鱼腥　保险套餐　飞虫

顺着灯管级级上去　通向一双眼睛

二百六十一离岛　梦中梦海水暗涌　埋头行路

回首赫然　撞见墨字木匾

未来过去　荒原无须一堵墙

我们在摩天轮

雨夜太子道西

窗外太子道

是湿影雨林，白　凌晨五六点

世界仿佛只有那把竹扫帚

在擦拭要亮起来的雾蓝

谁推了一把窗子，呼吸散了出去也是白色

大家闭上眼不再讲话

没人去关投影，那是数十年前一个西方男子

一遍遍把自己的声音播放又录下再放

陌生的　大家坐在客厅　慢慢等待

那男子的回声　点点　吞掉他自己　白色尖叫

窗外雨蛇吞下兔子

英文变成钛光洁断续的缓流

最后像一阵钟声

闭眼听到人离去时拨弄推拉门

仿佛合上敞开的口子

给梦境烧上盆炭火，她当真昏沉了

也因这声音　雨夜

在她温热蔓延的睡意中黄油一般融化

雨夜太子道西的谷底

香港的整夜大雨后

是彼世界下午白帘飘动的暴晴

若此颗星球一切倒置

要走　要走

满得到处塞不下的香港也空了

雨流下熄灭的百色巨幕

她所在几乎是个空房间，没有装潢

顶压得低

也是个轻房间

白色的一切　墙、柜门和马桶

几乎承受不住指节敲击　堆放物品　自来水流

只能小心与之相处

沉默也感受到中心喃喃自语的空

从里到外也都像灵魂已出窍的壳，一个个

有些使人发笑。她短暂的香港

一种基本的生活

连窗子外的总是凌晨回来的车都是白色

就这样雨洗着白　日复一日　洗无可洗的　她又要说

那都是因为最近实在太冷。

夏天，一个静音键

被大学放逐的时间每一天我们上山
大多数时候往左走，少部分时候向右
把城市和山想象为线的两个端点。
山们的气质都很不相同
每一天我们都上山去，
一切都在强烈的光线下蒸腾。
我们总要先到达城市的边缘，
（卡尔维诺制造的烟雾）
在路无限上翘之前
经过冒黑烟的要散架的货车和跳来跳去的狗。
手写牌匾"供销社"从不开门
（店口即一个窗口，爬满藤蔓）
一个兵蹲在尘土之间抽烟，
姿势像正在发芽。

我们每一天都路过那里，绝非到达
窗外桉树像海藻一样摇晃，倒置了两种蓝色
某一天，作为礼物，我们的城市将我们开除。
于是他的讲述作为第一句进入我的耳朵
松树苦涩的香味从更高海拔处掉落。
后来我先发现
第三种方向也到达一座山。

我们只去过那一次，
左前方白色货车负责制造声音
天缺少颜色，一切如此二维
（被一只手拍扁了。）
笔直的路插进地平线的肩胛骨
白雪公主的屁股本质上就是浴室亮闪闪的瓷砖。
我如何排列也无法组织出相同符号在微信或纸张。
从那以后我们选择每天在同一块正方形里环绕、切割和发现，
得出的结论是：
雨季泡软和弄皱了正方形完美的形状。

陈登的诗

诗人档案 | **陈登**：原名苏杨文静，1998 年生人，云南省作家协会会员，西北师范大学古代文学研究生在读。作品见于《散文》《散文选刊》《草原》等刊物。

夜话

从前围炉　　如今

围坐琥珀餐桌

一道木门　　与飞过海鸥的淡蓝玻璃

都曾无声息地共你生长

坠地的才是果实　　鸟雀喧闹

重力外的柔软落款翎羽锋利

如　　一切离散之后必有的谶语

小满即事

融化于粼光　　和岸上

湍湍不绝的瞬息

某刻　　渺小那么感人肺腑

毕竟曾一厢情愿认定

一个人即是所有人

迎风衣领缝入干燥剂

也缝好干燥的幸福

辅以柳枝　遥远高原的衣带

在无数问句与摇摆间

拆解为心愿遂成的暗喻

是的　你我必要就此别过

各自挑拣圆满　或残缺

不动声色地　买定离手

五月二十一日　浪花宽阔

如臂展　铁丝网下的石隙中

水　不断地　覆盖水

风抹除着风

盐湖

或许我们只是　盐晶的

某种形态　四月遗失断翅

于 2018 年　于茶卡

暗黄色羊群

骤然踏上流放之途

逐草求生　谦逊

而惶恐地嚼断枯茎

羊角北向无言
荒原下还有荒原
茧下仍是茧

幼鹰狩猎着
咸水中的最后涡流

雪堆作呜咽的山丘

范庆奇的诗

诗人档案　**范庆奇**：云南省作家协会会员。作品见《北京文学》《诗刊》《诗选刊》《星星》《江南诗》《诗歌月刊》《青年作家》《草原》等刊物。参加 2020 年星星诗歌夏令营、2020 年《中国诗歌》新发现诗歌营。曾获 2021 冰心儿童文学新作奖等。

在梅里雪山静坐

我能确定，今夜星光在我身上

种下一片短暂的银河

我清瘦的肩头担着风尘赶路

从高原的东端奔赴西端

天空被撕裂之前，我望着漆黑的远方

不知那里是否也有人和我对望

太阳在时间的伤口中抖落

梅里雪山顶峰泄露金光

雪白的峰丛和白云融为一体

澜沧江从山脚奔腾而过

山腰的村庄在日复一日中老去

你看，卡瓦格博是撑起高原的脊梁

天空，也为一座神山沉默

环顾群山，经幡静止，风停在耳边

时间静止，凡心被雪水带走
你知道吗？6740 米的地方住着神明
伟大而古老的神话被一代代相传
佛塔前僧侣合十的指尖倾向雪峰
我身后的人群坐在寒冷的地上
安静如同山间一块风化的岩石

苍山之上

苍山脚下，天空是远的
只有借助外物才能看清一朵云
四方拥来的游人争先爬上山顶
他们极目远眺，想看清一座城市

从苍山上往下看，城市变得渺小
那踽踽而行的人就像蚂蚁
在大地的心脏上搬运石块
唯有山间的庙宇是广大的
接受善恶美丑的人前来跪拜

常年生活在水边的人
习惯了海风吹拂脸颊
习惯了以一泊水照亮自己

高原上没有海，人们便把想象融入大湖
许多人一生都没有走出高原

也没能见一见海的本来面目
只能站在苍山上，朝水流的方向望去

牛栏江行记

这里长满仙人掌
空气中蔓延着沙漠的味道
我们一路向下，至谷底方停
你说这里的山，有了别样的生命
这的人，命坚如岩石
地震劈开山脉
河流从山腹中泻出
那些乱石横卧的山冈
远看如一座坟墓
如果石头多一些，便是墓群
耕种和时间融为一体
人们企图在山坡上栽满花椒
上面的刺可以放出震后遗留的瘀血
果实可以麻痹隐痛的心
倒塌的房屋，受伤的人群
等待花开，等待伤口结痂脱落
我是过路的豹子，忘记嗜血的天性
渴了饮一口牛栏江水，这几年
江水变咸，泪腺已坏
月光在牛栏江上降落
表盘里黑色的指针发出银光

付炜的诗

诗人档案 | **付炜**：十二岁开始写诗并发表作品，曾参加星星诗歌夏令营、《中国诗歌》新发现诗歌营。获东荡子诗歌奖·高校奖、光华诗歌奖（复旦大学·2021）等。有作品发表于《诗刊》《星星》《江南诗》《诗歌月刊》《诗选刊》等刊物。

忆旧游

对我们来说，有些疑窦古老而常新
譬如那密林后隐藏着什么东西
那纷攘的行云将要往何处去
暮春深静，极目远望，黄昏下的小城镇
像宇宙的最微小的碎片
充满恩典和神秘，我们竟霎时
有一种不可抵达的忧伤

我们在春光中柔化、渐隐
同时沉默，又同时听到彼此的回声
天空像一片湖，在你眼里闪耀
那令人屏息的晦暗的植物
有种挽歌般的深情，我读着你

读着你走过的歧路与山巅
如同一眼就望穿了灵魂的答案

我钟爱的依旧是美丽的事物
幽暗的火、飘浮的羽毛，旧书躺在
空旷的石头上，为我们一页页
讲述着时间，那时我们有些
可爱的贪婪，所有的事物都离我们
那么近又那么遥远，我们爱着
存在着，像群树的暗影不知疲倦

巨石与芦花

从国道下来，走一条业已成荒墟的
小径，我注意到枯草填满了
祖父的沉默，还有那桦树、柏树
在坟墓上空此起彼伏，像隐秘的潮汐
浸湿往事与时间的轮廓

我带她去我的出生地，水库旁的
小村庄，看一座石头小山
一路上我们谈论植物、天气
剧毒而艳丽的果实，谈论这座山
形成的万亿年前，诗还不存在

或者，仍然是可耻的。我们

登上山顶，看我故乡的风景
我勉强能够解释手机镜头里，我偏爱的
那些局部，但更多时候
我们只是单向地注视着这一切

初冬的阳光有些晃眼
石头在我们脚下微微发烫，返程时
她指向远处，我从没有涉足过的路
她说那儿是美的，我信了
于是我们从山顶下来，去踩那条路上
如雪的芦花

南湾湖

为了落日我们一次次赶赴至此
看山水在我们的沉默里臻于深广
我们必须辨认彼此所拥有的
那伟大的钝感，辨认周遭
汹涌的幻象，和幻象赋予我们的
天真，甚至不幸。我们在眼眶里
毁灭了无数落日，但
它仍然还有被拯救的可能
仍然陌生，仍然在时间里永难完成
这样的美令人难过
当古典的寒意渐次袭来
我们投身到树影与暮色中

鸟鸣坠落在我们身后斜坡上
清寥而迷人。我们的足音被覆盖
只剩湖水喧响，多么像
一种无边的遗忘

时好雨的诗

诗人档案 | **时好雨：**贵州大学化学与化工学院材料与化工专业研究生。作品曾刊登于《青春》《大观》等刊物，作品偶有获奖。

苏州

你可以选择行船

也可以选择过桥

只是用相异的方言说了一首词

用不同的词写一条河

从瓦楼流过的河

流过园里石山的河

听夜曲的河

一首曲用女子的声音唱一件事

红色乃至绿色的情事

红色乃至绿色的灯笼

像一种合适的竹篷

慢慢盖住河里的云

他躺在船里，一夜都在流着

一部分列车

狠心卸下肩上十月之寒，填进黝黑的炉膛
远行的火车充满燃料与欲望驶向山
今天重负和枷锁都交给蜻蜓，请它妥善保存
唯一可支配的无非是拒绝，再找个夜悔过

从长长的列车前往后看山峦，看到你的列车
轰轰地错过了我的列车，我赶忙返回车厢
坐在硬椅上，看向对窗的你像你看对窗的我
我们都未在意，为什么疾行的时光使我们影像静止

黑夜的太行山上，内心踱步而出的寺院
点起灯火。也许静止的灯不是为了山客
是为了经过之人，替他注一条意外的破折线

微观

上次贴的邮票
是 2003 年神五发射的纪念票，地址
洛阳市伊川县酒后村小康街
后面填不下去了
最后驱车回乡
将信与信里的东西

519

送到黄土大街上
每天下午都有一头牛从街上走过去
从阳光打亮的第二棵槐树走到书院的尽头

信里提到
核桃有时会代替月亮，跳进院里的深井内
它也会在水的内部抽出芽
让一枚相似的核桃
从水里跳出来

陶汝豪的诗

诗人
档案

陶汝豪：云南宣威人，毕业于西北政法大学，现为新疆兵团三支一扶志愿者。有诗发表于《边疆文学》《回族文学》等刊物。

天山

一个比肩盘古的男人
白雪披肩，肌肉延伸成山脉
垂布于天宇
吞吐太阳

戈壁上看不到边际
但我们知道有一座山
矗立在戈壁之上
天山，一个庄严肃穆的神
一个不敢仰视的神

在一百多公里外
天气极好时才能看到天山
有一天，我要爬上去

把神从神坛上推下

伊犁河上

越来越喜欢河流
特别是越出地面的河流
在新疆，很多河流太过瘦弱
甚至是一条干枯的河床
穿过一条河流要屏住呼吸
要像敬仰神灵一样
敬仰一条河流
你不知道一条河流跃出地面
要积蓄多少雪水
要向荒漠交纳多少钱粮

当然，伊犁河是个例外
这是一条莽撞的河流
从天山上奔下，如一匹野马
把河床撞开
把巨石粉碎成卵石
驮着无数生灵在河谷中飞奔
穿过我
积攒千万年的长啸
想从喉咙中
吐出

在巩乃斯河

四野苍茫，绿追赶绿

往眼眸中挤

白杨跑弯了腰

山在左边，河在右岸

大巴是逆行的船，溯着流水

流浪的石头敲响河水

暮春在哗啦啦声中一次次上映

野苹果花再次盛开，柳条摇晃腰肢

不只是为了我

牛羊低头，忙得不可开交

神坐在天山顶上，放牧万物

河流是他挥舞的长鞭

夏跃锦的诗

诗人档案 | 夏跃锦：作品散见于《诗刊》《星星》《边疆文学》《滇池》《椰城》等刊物。曾参加中国作协 2018 两岸青年文学营。

原始性

木制台阶拾级而上
总有小孩奔跑着，领先于大人
他们不断冲刺，无须领略沿途的风景
两个小女孩，总跑在我前面
当我快赶上她们时，那停顿的脚步
又开始迈开。在朽坏塌陷
起伏跌宕的地方，她们就会趴下
借助双手的支撑而跨越过去
像极了两只顽皮的幼兔
当然，双手着地，四肢攀爬
我们是不被允许的
至少在双手还不必高举投降之前
我们依然可以躬下身子
回到原始的土地上去

翻刨那颗被埋葬已久、干净透明的心

山水帖

不过是群山堆砌的谎言
不过是石头垒成的谜
暴露于旷野。在花海中
我将自己埋葬，哭泣的花朵不是我
受伤的马匹不是我，垂泪的羊群不是我
轻轻推开雨水的门缝
那些石头上暴晒的水珠
我是最诚实的那一颗
在我与我之间徘徊的
是额头上的风，艰涩而又滚烫
这是我被遗漏的一部分
头痛的时候会慢慢溢出来

俯瞰牛栏江边

直到一条河流弯下身子，绕过山脉
才清晰地看到山的轮廓
森林、岩石、沟壑……还有一些声音
直到那些声音从对面走出来
才可以用耳朵去盗取一些秘密
比如，两只斑鸠站在树枝上，颤抖着双腿

相同的声音此起彼伏，而出自相爱的两只
或者单独的一只吼破嗓门，请求回应
哪怕是静谧的山中，一块碎石滚动
而我，作为登山寻求宁静的人
往往会跟着它们，吼上几嗓
直到又一块碎石滚动
砸进弯腰滑行的流水当中
适才找到片刻宁静

小玖的诗

诗人档案 | **小玖**：山西师范大学 2022 级现当代文学研究生。诗歌见于《诗刊》《长江文艺》《边疆文学》《诗歌月刊》《滇池》等刊物。

允许

我们被允许说唱方言拗口，汲取同一种酒
在露天。雪失信于昆明，昆明失信于冬
坚果色炭火把持着我们缓缓呈出的玻璃性子
此刻，银杏叶在不远处拼命朝这边赶来
可能是说起李白，他与魏晋金盏菊有些许区分
之处。新肉熟透溢出薄凉的意味，我总是要从
你们亲切着掉下的句子中找出我的"听说"：
听说很久前有人舍弃高居的庙堂空掷江边
大雪雕成一个人的样子，赤门挥泪，市井淹阁
而你们常叹息冷却的时间，所有未尽的事宜
季节它下落不明，谁决心重启热烈
就要绝对，允许一些埃粒，碰碎我们的身体

远山放牧

我渴望着你的，自由的牛犊，插上你透明的翅膀
在绿色的我的家乡门口的小山上滑翔，山林空茫
而你依然有我的，水流状柔软和一张完美发音帖
——食色性也。我想让你自由而你不必受制于
春天，一切草木，都往低处延伸。只是春天的山
总在落日之后才露出它的腹肌。我渴望着你，毫无
违和感的翅膀，如你毛发般存在于，自己的山区
云朵上摔下的石头，透明的雨滴，也顺势清扫
那些身上的绿色，至树叶黄落。无论我渴望着你的
牛犊自由，还是被自己流放，在薄薄的绿和锐翅
我们终将是自己的一片山区，年轻的身体在春天
的青涩地带，贴满腹肌的力与雨水的感动

可可托海的牧羊人

在神钟山，海是可以呼吸的肺，每一棵树都有白色的帽子
它们的爱人隐藏在果实里，互相沉默，互相模糊在森林里
回头是件多么简单的事，一个孩子骑马飞驰，一匹马坐在云端
越来越小，房子消失，近几年它逐渐停止觅食
海岸因夕阳面红耳赤，会有多惭愧？进入不受掌控的边缘
面对北方，在门口修补鞭子，许多咀嚼的声音夹杂着青草味
羊群终于隐现，日光投身于手上的阴影，并不保持联系

528

我在一首歌的岸边察觉松叶稚嫩柔软，谁是伊犁的姑娘
风从冰冷的峡口下来，卷起一个牧羊人的口哨

张雪萌的诗

**诗人
档案** | 张雪萌：作品散见于《人民文学》《诗刊》《星星》《青年
文学》《诗建设》等刊物，获 2021 年东荡子诗歌奖·高
校奖。

犀牛角杯
——访西汉南越王博物馆

昔日满盈的，皆为覆水

未曾到往天竺，却有奇卉异兽，纷纭献呈至

帝国的想象。前朝的琼浆还未干透

战鼓和角声，又在营外奏起

环顾间，垂珠止不住地摆动。妆面也被搅乱

你看出她们急欲离身。重头歌韵，丹枫碧云，趁王位还

悬处大殿中时，喝，喝下这一杯吧

宴饮行至终章，想抓住的，唯有晕眩

料想与功名，总是参差而已

讲解员揿灭了天线里的导览辞

射灯，人潮，白炽悲伤的记号，黑暗中，重又

向它闭合。像酒滴，慌乱间

委身于一块绣毯。来不及拭去

车站

从未将它视作目的地，尽管

每日的疲惫准时涌入：一个途经的匣子，最好

洁净、不拥挤，细心地备有纸巾

去维系恋情，骑士

去为下一单生意，成功者

去把脑袋靠在玻璃

发一会儿呆，不为了什么：沿途植被

匆忙披覆上苍绿，翠绿

南境以南，越发浓酽的涂层

目的摆动起手脚，催促着

在准点时刻抵达的拥抱

磁铁般吸住彼此，匣子里

两个靠近的发条玩偶。凌晨时分

它停下咀嚼，消化尽体内的蚁群

大理石地面，重又映出吊顶的镁光

钟摆。偶尔尖锐的播报。角落里

那个疲倦如麻袋的工人

都哪里去了？先生。女士

先生的女士，至于那位，我们更不曾打量过的

灰鼠一样钻进地铁的父亲

在我们身后，空荡如遗址，久伫

像世纪尽头传来的，一句嘲讽。只有这匣子

未竟的目的地

消隐着。挥手，外乡的塑料玩具
泪水，必要的寒暄与喊声

正太饭店

那位悄然离席的客人是谁
挤出张张欣喜的脸
屋内炉火正旺，去飘落雪片的窗前
点上一支荷花烟

铁路沉静加速，大纪事全在屏息间
一种变数，挑逗着烟蒂的火边
那从空中掉落的是什么？我们谈到了发展
像侍者递来的香糖，噙住就让人神迷目眩

如今法国人都已搬离。不远处，算命仙
毛片贩，仍据在涂鸦布满的地道
旧事危楼如疮疖。从南三条递来过季的时装
拆迁铺子下，店老板把批发的昏灯清点

城建紧而危，教人加速调整记忆
人声密锣，一夜催发丛丛皎净的亮笋
怎样敏感才能知晓它跃动
而广场上花白如瘤的鸽子，这见证者

呼啸翻飞，集聚成一片并非曾经的云

恍惚间，你看见她从大石桥上走过
桥东到桥西，一筐新摘的绿韭
摇晃在她腰际，旁边堆放着你带露的爱情

你还在窗边。战乱，解放像久远的陈迹
雪落在纪念碑上，落在建筑工地的推车
最繁华的波心，在物是中落回人非的荡漾
他们在笑。拉开椅子，你走回照片。这是杯中酒了

赵淑婧的诗

诗人档案 | **赵淑婧**：2002 年生，现就读于中央民族大学文学院，朱贝骨诗社社长。

重庆的雨

下雨的时候我们歌唱

这些夏天的透明落叶，发出

干燥的沙沙声，敲在木窗框上

我们一起唱的时候，一些人

不知道另一些人的心

是湿的

就像小小的秋雨，一大簇叶子里

总藏着几片是干的

也不可能把灵魂从心湖里

捞出来看看呀

那是五月的夜晚，我们开车到山里去

吃饭，烤火，然后写遗书

学着思忖生死大事。有人念了，有人沉默

然后在小屋里弹起吉他，围坐一圈

像夏夜山里的一个小水洼

我们有的气压高，有的气压低

嗓音起伏，又终于汇合
但会出声的和沉默的是一样紧要
我知道遗书也像一片叶子，或像簧片
在接近死的微风里振动
遗书现在还摆在那里吧
那些湿漉漉的灵魂，又到哪去了
总是有些什么，把空气打湿成雨
我总认为是这样

天山下雨

天山下起小雨，渡船驶出去
长长的波纹
一块绿玉石

人们躲在木檐下，拧着矿泉水
咕嘟，咕嘟
降落春天的喷泉

长阶一级一级，望不到头
木头平台，垃圾桶，小兰花丛
都是湿的

戴着塑料遮阳帽
上上下下，寻找自然的出口
迷路人的雨

压轴诗群·浙诗小酒群作品大展

主持人 起 伦

（按姓名音序排列）

冰水 达 达 胡理勇 吕 煊

天 界 涂国文 吴警兵 今 木

严敬华 应先云 周小波

雅聚，以诗酒相洽的方式

起伦　冰水

仲夏闷热，窗外有蝉鸣和雨声。仿佛河堤崩塌的力量，从地底下冒上来。又似乎雨打芭蕉，闲适到不想有多余的言辞。靠近窗台的榆木书桌，潜伏的暗香，有陈年的旧气。电脑屏幕上大面积灰白色块，像极一个小型庄园。此刻，我正在安静地阅读"浙诗小酒群"10位诗人的行吟诗作。

阅读总是能引起阅读者的遐思的。我不由得想起北宋画家王诜的《渔村小雪图》和画中那蓄满水汽的白。旧时文人士大夫，可以有西园雅集之类的方式遣兴生活，他们到底是自在的。西园为驸马都尉王诜之府第，当时京都文人墨客多雅集于此。元丰初，王诜曾邀苏轼、苏辙、黄庭坚、米芾、李公麟、秦观等人游园。李公麟为之作《西园雅集图》，米芾作《西园雅集图记》。西园"宝绘堂"落成后，苏氏兄弟又为之作记作词。可想当年西园之沛兴，不输兰亭雅集。

我自然会想到酒。中国文人士族饮酒之风由来已久。再往上者，魏晋竹林七贤，饮酒纵歌，肆意酣畅。曹操曾下禁酒令，但从士族到平民，都做不到真正禁酒。阮籍听闻步兵营藏好酒三百斛，主动求职步兵校尉。刘伶更是"唯酒是务，焉知其余"。而司马昭曾想和阮家通婚，阮籍荒诞到连醉六十天，以此躲避，可谓痴狂。

漫说唐代诗仙李白斗酒诗百篇，诗中弥漫桂酒、菊花酒、葡萄酒、白醪酒、清酒、绿酒的醇香，据统计，有三百首跟酒有关。诗圣杜甫、诗鬼李贺、诗狂贺知章皆为尚酒之人。而书家"颠张狂素"留下的醉墨，千古流芳。清代"扬州八怪"更是以难得糊涂，在扬州城内诗酒唱和，名噪一时。

中国文人善饮。酿好酒，作天下文章。事实上，从古至今酒在人际交往中扮演着重要角色，更为雅士钟爱。从某种意义上说中国文学史书画史有一条支线就是酒的递迭，并不为过。

"浙诗小酒群"便是浙江一支诗酒小部落。部落中人皆善饮，会写诗，以酒为媒，因诗结缘。2016 年 7 月 21 日，在义乌缸窑，一群人借着窑火和陈氏米酒这个偶然的机缘，天界、詹明欧、许春波等人发起，遂成立"浙诗小酒群"。他们曲水流觞，诗酒唱和，快意人生，并以酒量、酒德、诗艺、人品立下群规。一些有着各自独特职业的诗写者，云集到旗下，他们中有教师、医生、媒体人、职业编辑、企业高管、私营业主，他们是美术学博士、竹雕工艺师、摄影师、编剧。从此每年雅聚，推出纪念专号，出年选，行吟的足迹遍布横溪、义乌、杭州、中州、长兴等地，人生在路上、诗文在路上。

诗如其人。细细品读这一辑诗群作品，我能真切地感受到这是一群热爱诗歌又颇具才华的有趣人。百花开了。兰香是一种。梅香是一种。酒香也是一种。

一群真诚的诗写者，诗歌风貌开合恣纵。他们以不同的视角做着同样快乐的事。安静和孤独，喧嚣和争辩，冷静和燃烧，没有对名利的追逐，没有媚骨而有洞见，他们守着孩子般的好奇和天真，面对自身的需要，在写诗。涂国文雍容富丽的江南共和国，天界脱落凡俗的吴带当风，小波苍劲姿媚的青藤不羁，达达萧散的元曲，詹明欧机趣的风致，吕煊平朴的禅机，先云飘然的丰美……这个群共有 36 位诗人，犹如天罡 36 的自然崇拜，散落在浙江诗的星空，个个圆润。这是有生命力和创造力的前行，以诗酒的美名，完成另一个自己。

最后，我还想补充一句，"浙江小酒群"虽然是同一个星系，是一个整体，然而在诗歌艺术的追求上，星与星之间依然而且必然地保持着彼此的距离。因篇幅所限，这辑所选的诗群11位诗人的行吟作品，虽不能代表诗群整体风貌，然尝鼎一脔，窥豹一斑，未始不可想见其全也。

冰水的诗

**诗人
档案** | **冰水**：文学博士，中国作家协会会员。在《诗刊》《飞天》《星星》《扬子江诗刊》《诗选刊》《诗潮》等刊物发表作品。出版诗集《虚像》等多部。

百丈漈观瀑

山顶观瀑。急驰的水流自由地
向山崖射出无数的白箭

百丈漈在宏大的场景里
推动白昼与黑夜
水的坠落与欢鸣，让时间加速

沟壑，滩涂，溪渠
撞击，翻滚。水亮出狂裂的态度
磨损着土地，也将天空
抓得更紧

无关接受，也无关放弃
只有巨石明了饲养与吞食的过程——

峡谷底部，抗拒是轻盈的水雾
是摇曳之美：太阳仍在远处
静观万物的嬗变

沙溪之夜

夜的水流，白昼的我，一盏宫灯
打开初夏

树林从远处蜿蜒而至
穿过我的身体。暗淡的屋宇晒着月光
而廊桥之下，有我虚拟的
隐世的火山

风吹拂着玫瑰。那些男人和女人
饮醉着美酒。谁谈论起潘多拉之盒
多么不合时宜。如果有古琴
必能引来仙鹤

溪水映照星辰，鱼群唱着赞美诗
芦苇掩饰我的唇：我采集夜的眼
正装填着整个沙溪

金鸡岩

植物的茎芽，洋溢着植物的灵魂。
这就是真实……
在金鸡岩，你注目一块石头
石头就持有你的面孔
这也是真实……

真实就是潮湿的光
扣住水的欲望。真实就是
你曾在一面镜子里
投影，捕猎鼓胀的欢愉……

那就再一次在真实中张开心情——
你看，野天鹅等到了它的母亲
鸟群在水底洞穿
女人的身体

而有时，真实不过是另一种虚构
金鸡岩不会记录风暴，也不会
与走出山坳的人说再见

达达的诗

诗人档案 | 达达：本名詹黎平，中国作家协会会员。作品见于《十月》《诗建设》《星星》《山花》《江南诗》《诗选刊》等刊物。出版诗集《生活史》《混世记》《光阴诺》《箱子里点灯》等七部。

远山

远山退到远处，
就是一道天然屏障。

远山有点远。
因为太远，
我从未踏足过远山，
只能远远地看看。

与近山不同，
远山的颜色比较淡然，
像水墨画一样。
是那种不经意又不可缺少的笔触。

如果删除了远山，

生活将会怎样？
会不会四处漏风？
会不会招来不速之客长驱直入？
会不会留不住随风穿堂而过的候鸟？

而远山跟我们的距离也不固定。
我向远山走去，
远山就向后退几步。
以致我总无法有效抵达远山。

几十年过去，
远山仍在远处不变，
我的身影仍在城里穿梭不止。
我有时会停下脚步朝远山看看，
仿佛远山总有我看不厌看不透的东西。
我一直不知道远山叫什么山。

慈溪走笔·路过上林湖

作为一个名词
上林湖多次出现在一些诗人的诗句中
闪烁着动人的光芒

作为一种真实存在
上林湖隐居于慈溪南向的山野间
在白日里或月光下波光粼粼

作为慈溪的标志性地理
上林湖无疑拥有其独一无二的象征性
统率着诗性词语中的隐秘光泽

面对从未见的上林湖我怀有谦卑谨慎的态度
知道此行我必会闯入它腹地
接受这陌生的地域加予我的撞击和震荡

但最终的结果是我路过了一个
低浅到几近干涸的上林湖
并在离湖数百米的农庄呷酒助兴

我擦过上林湖的肩膀获得了一个词语
我没有听到湖内部的涛声
我撒落此间的遗憾已混杂于山野之湖本身的遗憾

府山未老

在绍兴，府山就是我们的靠山
它静静耸立在办公楼后
向阳的坡面与北窗对视
日常时不止我一人站在窗前与府山交流
看到还有别的同事曾像我这样交叉抱着双臂

山上，林木茂密，枝干挺拔

数不清的灌木自生自灭

林中，有兔子、穿山甲、蚂蚁，甚至蛇

我们看不见，但可以探究和猜测

如果上了山，目光还能捕捉到一些更隐秘的事物

这样的风景已为我呈现多年

可我从未心生厌倦，但也未关注得更多

面对一座沉默不语的府山

我并无其他欲求。当我的目光

投向山上的树木和林地，亦曾为一种坚持而深深咏叹

胡理勇的诗

诗人档案 | **胡理勇：**浙江永嘉人。作品见于国内诸多刊物。

湖边垂钓

我面对广阔的湖水垂钓
我提一下竿
整个湖就皱起了眉头
还没上鱼呢，痛苦什么

坐在湖边，从远处看我
就像一个凝固了的符号
朋友问，在傻想什么
在清空自己，准备装鱼

人应该具有这样的优秀品质
再忙，也要偷一把闲
痛苦，也要过成幸福的样子
学会嫁祸于过程

鱼上钩，最高兴的，不是我

而是喜欢烹饪的人
我落入水中，幸灾乐祸的
不是鱼，而是我的敌人

仙岩山麓

破旧的只剩下灵魂的这些老屋
被重金购买，重新安置
就像再生了一次——
时代的符号，时代的记忆
失去了，如何找到回家的路

恰巧，石斛在边上，大片种植
九大仙草之首，能滋阴壮阳
没得主人允许，我擅自采了几根
匆忙咀嚼起来。其实
主人好客，早泡好了石斛花茶

一大堆水，被打造成镜子
微风送来，年轻的脸，不起皱纹
有人，揽镜自恋
有人，迫不及待地破镜而出
都孤独得，一丝不苟

习惯把山的胳膊弯，叫坑
坑口，是只大喇叭，接近尘俗

若即若离，神仙的生活
医者楼英，把自己的骸骨埋在这里
忙碌了一生的人，急需安静

湘湖寻履

越堤为柄，湘湖是一只精彩的杯盏
越王勾践，把酒饮恨
假装酒醉，被押解北上
从此，吴王夫差多了个诸侯王级的奴仆

湘湖的水，纯又净，清又澈
酿造的香醪，人人杯不释手
也许还杂有西施、郑袖的胭脂、香粉
吴王醉不醒事，三年就把劲敌放了

越王城山里，十年生聚，十年教训
成大事者，不仅要学会屈，还要学会装
一眼泉，此山的独眼，是为见证
苦心人，天不负，三千越甲，终生吞了吴

据传，吴王死前，要求蒙上眼睛
无脸再见地下的先人，悔之晚矣
兴衰，一念之间；成败，一念之间
英雄、狗熊，一直在做轮盘赌

至今，湘湖不少一抔土，风光更加旖旎
越王、吴王，不知化为了哪一粒尘埃
湖底出土了刀、剑、戈、矛
待考古者仔细辨认，再晓以天下苍生

吕煊的诗

诗人档案 | **吕煊**：中国作家协会会员、新闻从业者。近年来着迷于整理研究代际诗人，已编辑出版《70后中国汉诗年选》《70后代表诗选》等。

写给细雨中的一帘幽梦

你对我絮絮叨叨的怨和恨

都化成了我对你滴滴答答的思念

即使野草轻易围剿了你精心侍弄的花园

我仍坚持每天去看你种下的蔷薇

我坚信你回来时　花就开了

你有蒲公英的洒脱向往风的故乡

不是我舍弃远行

沉重的躯体承载不少千山与万水

我已折腰江南

在江南的雨水里

数着黄昏还原晾干的衰老的记忆

有时候的美好

是雨中一帘不忍打开的幽梦

对一枝荷花说出爱

同是一池塘水里养的荷花
从白色的一朵到红色的那一朵
祥云的白和露水的清凉从左至右
缓缓分行
我在镜水山庄的阳台
目睹太阳从山岙里升起
母亲从池塘边捎回清甜的莲子
饱满的颗粒向我们展示植物的虔诚
人世的苍凉又算得了什么
对一枝荷花表达宁静的温暖
人间的书写拥有无尽的幸福

幽兰别院

在鸟鸣和花香，在暮晚
循着灯火找到一条归家的小径

在青石板和棒槌，在清晨
倾听洗衣姑娘敲击的低声回荡

在酒的旗幡和猎猎的风中，在深夜
推开水乡的温润和人世的温暖

在故事高潮起伏的章节，在午后
情感的面具无须添加自然演绎

繁华和落寞只隔着一堵矮墙
转念间灰飞烟灭　抑或潮落潮升
剧中人就住在幽兰别院
等你讲　一路走来的过往

天界的诗

诗人 档案

天界：中国作家协会会员。写作以诗和评论为主，出版有诗集三本、合集两部等。

夜宿衙前

天大地大不如盘中的鱼大——

这一晚端坐酒碗里

低吼"星汉灿烂"的人都沉迷于船夫特制的甲板

一枝白黄马蹄莲或仙客来有着金鱼草的上唇

有连翘和矮牵牛的漏斗状香气

谁准备了桃木手指

谁就拥有一个美好的夜晚——

春天的小雨有时来得太早

天还没亮就催赶柴火起床了

总有吸引向考验半生耐心的某种暗示

他活着就该想些什么——

很正确的一个理由，有时就这么莫名其妙

那些人做了什么已不重要

该记住或忘记也没有必要去争执

比如祠堂、纪念馆甚至故居

而另一个自己，或许已经早就睡着
直到醒来，才又拿出一把暗藏的枪
昨天留下的尘土，不要擦拭干净
床头柜里存放的清单
这辈子结不了，也让另一个自己偿还
不用这么辛苦。我们都是好人
不欠这个世界什么

夜宿沙溪

只有隐藏了翅膀的大鸟才懂得飞翔
一个人投宿进山里
肯定不仅仅是为了安静
沙溪中的石头，要么被溪水推向不知明处
要么沉埋于一堆石头底下
假如有一棵会暗自行走的树
终于留守某一个地方
这提示了什么？天亮时
不一定谁都希望看到太阳升起
溪水分明带着独立思想
更多时候，它是否也顺从了人性
它是否比鹅卵石更加圆润
或圆滑？夜宿沙溪，听到虫鸣
玫瑰园大片玫瑰花瓣打开
以及月光在风中破裂的声音
如果那些蜿蜒曲折

又深不可见尽头的山路
都是经过时间考验留下的杰作
那么活在目光之外的事物
是不是有必要努力靠近它们
弄清真相？夜宿沙溪，除了夜比平时更黑
更静，由此想到的某一些
似乎也更不平常

夜宿尤溪江南大峡谷

一次又一次从酒中复活自己。
并不断废除游戏规则。

他早已忘记时间和死亡之间的契约。
此刻春天不是春天；
夜鸟肯定也不是鸟。

我们所要的语言，
正从天地的密码箱里翻山而来。

早已规避的风险，此时重新刻在脸上。
同时剔出骨子里的卑微、
自傲、得意以及苦闷。

只有在酒中，我们才能最清醒，
轻松地活着。这是快乐吗？

我们搬出整条尤溪，
坐在倒立的金字塔尖看月光，
酒碗里游来游去。

我们拥抱自己逐渐懒惰下来的身体，
认真为人间的掌声鼓掌。

涂国文的诗

诗人档案 | **涂国文**：中国作家协会会员、中国文艺评论家协会会员。

严子陵钓台

这满山的风都是先生的：先生的高风
这满江的水都是先生的：先生的清流

一方钓台，高于三山五岳和堆叠的史册
一根钓竿，长过韦编和乌鸦的暗疾

春江潮涌，托起两岸青山
万顷碧波，沉淀了多少绿色的倒影

一条石径，是奔向先生的热肠与古道
涛声中间隐，先生在云中的坐姿依旧

姜太公钓王侯，柳宗元钓雪
先生在七里滩只钓江上烟雨

先生的精神化为了林立的诗碑
正午的阳光静默地翻动着石中的文字

在先生祠，我对先生揖手三拜
一拜先生耻于同流合污的高洁情怀

二拜先生不屈于帝力的傲岸风骨
三拜先生淡泊率真的赤子心地

在东钓台，我听见从西钓台传来的
谢翱追缅文天祥的恸哭声

并且看见江中游船上的自己正沉入梦乡
而此时，天地一片阒寂

瀛山书院

一如想象中的模样。矗立在青山之巅
抵达它，需跋涉数百级石阶和六百余部经卷

它隐匿在绿树丛中，像理学隐匿在儒学深处
像理的曲径，通往人类社会的最高准则

先生的面目依旧栩栩如生。一只学术大雕
盘旋到哪里，哪里便响起黄钟大吕

在白鹿洞书院、岳麓书院、鹅湖书院和
故乡的东山书院，我都听到过这种声音

一场豪雨，幕布一样裹住了青山
山脚两只白鹭，像两道白色闪电撕开雨帘

它们一前一后，贴着山林飞向山顶
停落在书院门前，如同两个立雪程门的童子

太阳与月亮一起失踪，只有这两只雪白的鸟
将重生于山顶的书院，烛照得一片光明

我认得这两只白色精灵
它们一只来自江西婺源，一只来自福建尤溪

翘檐易朽，而杏坛永远不会腐烂
如同乡愁，如同先生与詹仪之所缔结的友谊

天下书院大多摩天接云，挺起巨人之肩
让站立在它上头的人，一览众山小

文渊狮城

作为水下遂安古城的反义词
文渊狮城，在地面上获得了更显豁的语义

我们在一场雨中走进这座复活之城
以水的词性，汇入它的修辞学中

一次对水的最高技艺的仿写
城墙与城楼是它醒目的标题

宽阔的青石板街道像纵贯的情节
林立的石牌坊，不断将故事推向高潮

鳞次栉比的店肆构成一种水晶晶的排比
檐下的红灯笼点亮夜的细节

马头墙下，生活的线索纷纭复杂
唯有循着巷子的草蛇灰线方可理出头绪

窗边民国招贴画上粉面含春的女子
她们脸上的笑容写满时代的悬念

染坊中的夜色被蜡染为印花的江南
骤雨被油纸伞收纳，倒挂在粉白的墙上

一只稀世的双面铜镜作为千岛湖的喻体
在水下水上的对比映衬中完成塑形

巨大的虚构在展开：一棵湖中长出的
参天神树，文渊狮城是它的葳蕤冠梢

吴警兵的诗

诗人档案 | **吴警兵**：著有诗集《磨刀石》等三部，主编诗集《春色由来已久》、散文集《那么美吗？去山里看看》等五部。曾获首届"浙江诗歌奖"入围奖。

方山遇雾

被迷雾包围，让自己暂时脱离实际
脱离一些丑陋的想法

从仙天门到渡仙桥
越往高处，我们越不需作任何选择
多宝塔或明或暗

——似千军万马奔腾而过
登临，变得可有可无
那些被遮掩的，都难以启齿

云霄寺就在眼前，我们经过这里
像一场有限的出走

六洞山地下长河

邀请一座山，把自己隐藏起来
让时间失去意义

水流的方向不作任何改变
如果需要逆流而行

那是你的事。没有人可以阻拦
越往深处，越见玄机

源头活水似有来路不明之嫌
欲作证词者，早已词不达意

在这里，人们吞吞吐吐
像一场突如其来的盛宴

使人情不自禁
又防不胜防。这瞬间的消失

木棉湖的春天

窈川之水，覆盖一小块山谷
需要足够的坦诚

才能照见自己

枯枝伸向湖面，想抓住什么
仿佛春色，从不计较得失

瀑布的颂词千篇一律
不企求神的眷顾
雾气弥漫开来，天籁隐若云彩

置身于一个陌生的词语里
细雨与云霭交替出现

大地的面具最负盛名
在不断刷洗中，我们无法确认
何为行之有效的途径
春天，并非是单纯的装饰

兮木的诗

诗人档案 | **兮木**：浙江省作家协会会员，有组诗见《诗刊》《西湖》等刊物。

梅庄赏花

我们先被路边一株茶花吸引

它有三种开放姿态

和细长的花骨朵

其中最大那朵，更有中国式的红

这仅仅是开始

到梅庄，你真的快乐起来

你的黑发，蓝色蝴蝶结

如春天纤细的羽翼

当你穿过湿淋淋的石板路时

紫花地丁正开在最低处

你先好奇于一株碧桃为何两种颜色

又在樱花树下跳跃。几片花瓣

也从时间边缘缓慢撤退

一个人的童年和花的眼睛

飞舞着——

我们描述的语言，轻轻地
在它们身上着陆

金鸡岩下

一滴水，从高处赶往低处
有让一块岩石洗心革面的决心
一群人，尝试赞美
江南的小九寨

溪谷环绕，蕨类植物丛生
此时是三月，樱花开在小亭外
还有甜香的灌木丛
所有这些，都带来记忆的影子

是岩石。是流水。也是孤旅
水面，蓝色纱巾飘动
松鼠在枝头婴儿般凝视
几朵山地野花，和那个游离的
曼妙的背影指向同一个地方

冬日

光小一点，再暗一点
墙上便真有了梅的身影

她终于不再被自己打败

一枝孤影，能疗病客

屋内还有菖蒲、宋陶，白茶花与红茶花

月光落在谁身上

谁就开始兀自生长

只有梅用沉默省略了荣光

省略了嘘寒问暖

她看见欲望的沟壑

被无数降临人世的星星填满

看见枝头飞出蓝鸟

能不能找到，飘着松木香的小路

"到我内部来吧"，一株白梅

沉浸在遗忘中

严敬华的诗

诗人档案 | **严敬华**：浙江省作家协会会员。作品散见于《诗刊》《扬子江诗刊》《诗歌月刊》《诗林》《诗潮》《飞天》《西湖》等刊物。出版有多部诗集，作品曾多次获奖。

若隐，在竹语涧

一切都刚刚好。被阳光照暖，被命运所临幸
终成灿烂一部分，而最佳收官方式
莫过于翻越世俗的掌声
与自己达成和解，卸甲、归田

于是，在竹语涧放下身段——
让时间暂时静止。打坐、冥思、悟道
乡间的阴冷，麻利地穿越身子
这低处的哲学，刚好洗刷我们好高骛远的心疾
然后，涤空体内的虚火

暂时隐遁。不做时间附庸
以草的方式蔓延，再度抵达最真实的存在
那吹过的风，通透、深邃

掌纹里的命理，又会像植物一样
生长、开花

浅春，问道青城山

一只空心的南瓜从青天上飘浮下来
蜀道之难，被一面之词所困扰

为了戈十六，我们兴师动众地安排了一场战争
骑士的对决无须揣摩对方表情

彼时的隐形韬迹，在盛开的胸脯之上
精确还原汗水以及风的斑斓

伸出骨骼。浅春，在留白处夹道欢迎
复刻一只白马的身体

拽住空气按在地上摩擦，糖原、盐碱以及河流
分割彼此疆域

这所有逆光而来的，都配得上这世间所有的好
青城山的荣耀，终会以另一种方式凯旋

河西走廊的两尊石狮子

玉门关在北，阳关在南
扼控汉帝国河西门户的两尊石狮子
一个春风不度，一个无故人

来往的人习惯于落寞
——这，很西域

总有历史的镜像从这延展开去
及至更远又折返归来
如戈壁大漠复述不完的黄，锈迹辽阔

关，其实是洞开的
大吏、啬夫懂得接纳附庸、荒诞、傲慢和缄默
所有破门的、叩门的、串门的
过境，都是客，敬之以酒

就这样，两关肩负经略使命
一次又一次置于薄凉的利刃之上
拆解着心与心的隔阂以及灵魂的狼藉
僵硬事物终究被分化、归于平静
成为肺腑、成为股肱
成为国之血脉，绳厥祖武

但也有一些无解的死结
在岁月的包浆下，身体式微
如一粒尘埃，风一吹，遁于无形

累月经年之后，石狮子被时间剔除陈旧的部分
匍匐在地，但姿势依然很鲜活
像立了一块不朽的丰碑，嵌入骨髓

应先云的诗

诗人档案 | 应先云：浙江天台人，浙江省作家协会会员。出版诗集《云的应答》。

在磐安，夜听流水

西溪有温婉的美，
碧玉的绿，
深浅，恰恰好。

夜宿枕溪居，安安分分
听流水——

哗啦哗啦，一下又一下
滑过
磐安的春夜。

那么动听，那么直白，
仿佛刻意是多余的说辞。

熄灯了。周围静止，

而水流不息。
一条溪，以它的耐性将自己
和盘托出。

河床之上

我还是来迟了些。

如今，河床失去它原先的生气——
鱼族迁移，卵石搁浅，
就连白鹭也另觅新欢。

是谁搬空了
碧玉似的流水，缩减了明镜般的倒影？

谁在言不由衷，睁眼说瞎话——
你赤裸裸的躯壳真好看。

给自己找个台阶——
交出了隐私，更能坦然面向天空。
什么生死，什么爱恨，皆抵不过
这一刻的安详。

垂钓

湖面上，一截枯木在无限地延伸，
觅食的鸟雀爱理不理。

露出骨头的落叶，褪去青苔的石块
可圈可点。

美食的诱惑，何异悬于头上的利刃？
想避也避不了。

不必问
水深不深，水里的生物寂不寂寥。

我以影子为竿，目光为钩，
钓起圣洁的雪团。

周小波的诗

诗人档案 | **周小波**：杭州人，某诗刊编辑。有小说诗歌发表。

榉溪古街的药引子

小路有圆润的性感
卵石的，像一个个饱满的乳房
脚步探索着人类不远的历史
好似昨天，好似刚才
和他们千层底下阴阳鱼的符号碰撞
爬行着最初的文字

从孔庙吹来的古风带着一本正经的书香
带着穿越的虫洞
从前的从前就是这个样子的
夫子们和我们一样
腰间自带酒壶，踏进蓝莲小酒馆
带着一脸醉意说：
今儿不喝酒不喝酒
来点药膳补补肾，书中碰到了颜如玉

蜡染的老板娘最解风情
抓一撮最好的药引子入酒

在绍兴挂满红灯笼的河边

河埠头像极了唐朝的那一刻
一壶老酒当润滑
小曲在牙缝间自由穿行
用十个脚趾划动的乌篷船
行走在被风压弯的水面
暧昧的红灯笼倒影在水体上躺着
一群嬉笑的女人在等着旧时的船夫

记住，长得太瓜田李下了
那就离得远一些
美到尖叫的声音藏在了午夜
哪儿捡来的笑
碰掉了一颗牙齿的春天

如果想你了，就从电话里钻过来
从乱得像一张旧地图的某个点出发
纸杯一样走动的行人
薄薄的热气
和杯内晃荡着的丰乳

577

末日的声音荒腔走板
不一定是莲花落。一只猫伸着懒腰
院子里散发着发酵的甜味
熟透的女人坐在酒缸沿
像一枚熟透的桃子
玩着指甲，等着时间加持酒香

飞起的叶子打破了天空的脑袋
雨开始倒立，成了诗的润泽
或是酒的基调

在磐安，说好要下雨的

说好要下雨的，结果没下
伞成了累赘，像被嫌弃的小三

园的玫瑰吹弹可破
有点露水就会抱住一个小太阳

山的手臂紧抱着的风车，搅动着天大的心事
拉起云的轻纱，羞如少女

下猛药的人，自己被猛药绊倒
因果就像俩斗狠的女人，你抓头发我一巴掌

时间像水泥路一样结了硬块

走在上面连脚印也不留

另辟蹊径（后记）

摸索前行，不断修正，力争给读者呈现一部不一样的年度诗歌选本。

相较于 2021 年的行吟诗歌精选，2022 年的选编有着显著的变化。

第一，力邀具有深厚诗歌理论基础的女诗人杨碧薇主持"悸动·2022"栏目。新生代诗人代表着中国诗歌的未来，充满朝气、活力四射、兼具诗歌创作和鉴赏能力的年轻主持人理应成为他们的旗帜和号角，这片新土壤永远留给那些有梦想有追求的未来之星。当然，这些明日的花朵不仅需要春风与阳光，更需要雨露和时间。

第二，"域外·2022"栏目的横空出世，代表着中国行吟诗歌精选编选的一种新走向——走向世界。科学和文化是无国界的，跟随中国经济走向世界的中国诗人并没有把中国新诗引荐给域外读者，或者说中国诗人行吟 960 万平方公里以外的诗歌，显得形孤影寡，散落无章，不具体系，难成气候。世界诗人大会常务副秘书长兼中国办事处主任、著名诗人北塔立志聚沙成塔，妙手丹青，读者必定为"域外·2022"的惊艳而惊叹。

第三，《解放军文艺》前主编、著名诗人姜念光和著名诗人、文学评论家远人联袂精心打造的"2022·高峰"栏目，依然是本选本的定海神针。这枚"神针"已然深入人心，不仅在变大变强，而且众星拱月，其触角将伸向大江南北、五湖四海。今年有九十多位诗人加入了中国行吟诗歌的大合唱，声势浩荡，绕梁不散，这必将丰富中国新诗的内涵和走向，更将把中国新诗推向空前辽阔的视野和新的高度。今后，将逐渐纵深推进这种新尝试，团结和邀约更多的中国诗人加入到行吟诗歌的队伍，一起来积极推动中国新诗及行吟诗歌的发展。

第四，开篇之作"年度头条诗人"海男的勤奋和成就在中国文坛是有目共睹的，她立足"彩云之南"这片沃土，潜心于文学艺术的殿堂，孜孜追求，硕果累累，具有扛起这面开路大旗的实力和魅力。而著名诗人起伦召集的"压轴诗群"的"十一金刚"的作品完全可以成为这部年选的"基石"，支撑起这部行吟诗歌选集的厚重和质感。诗人们在东海之滨精心打磨的心血之作，字字珠玑，行行生辉，闪耀着人类智慧的光芒，必定能承受住读者挑剔的目光的审视，也为本年选画上一个完美的句号。

学海无涯，不进则退，编书亦然。站得高，不一定看得远，低着头满眼就只有脚下。中国行吟诗歌的未来在哪里？答案在作者、编者和读者的心里，唯有"三者"相向而行，相依相随，不离不弃，才能共同构筑起这道璀璨的风景。

为人作嫁衣者最大的快乐，就是读到好作品时拍案叫绝，喜形于色，爱不释手，烧死的脑细胞立马满血复活。我深信，明年更值得我期待。

感谢编委杨碧薇、姜念光、远人、北塔和刘起伦的辛勤付出，同时，在编辑过程中，得到了新疆女诗人如风的诸多帮助，在此一并深表谢意！

李立

2022 年 8 月 22 日于云南丽江

阳光路过了人间——中国行吟诗歌精选